游牧者的归途

YOUMUZHE DE GUITU

南 子 —— 著

GUANGXI NORMAL UNIVERSITY PRESS

广西师范大学出版社

· 桂林 ·

图书在版编目（CIP）数据

游牧者的归途 / 南子著. —桂林：广西师范大学出版社，
2019.12

　ISBN 978-7-5598-2343-4

Ⅰ. ①游… Ⅱ. ①南… Ⅲ. ①随笔－作品集－中国－当代
Ⅳ. ①I267.1

中国版本图书馆 CIP 数据核字（2019）第 240302 号

广西师范大学出版社出版发行

（广西桂林市五里店路 9 号　邮政编码：541004 ）
　网址：http://www.bbtpress.com

出版人：张艺兵

全国新华书店经销

湖南省众鑫印务有限公司印刷

（长沙县榔梨街道保家村　邮政编码：410000）

开本：889 mm × 1 194 mm　1/32

印张：9.5　　　字数：220 千字

2019 年 12 月第 1 版　　2019 年 12 月第 1 次印刷

定价：56.00 元

如发现印装质量问题，影响阅读，请与出版社发行部门联系调换。

序

    又是一年中牛羊转场的季节。在新疆阿勒泰牧区狭窄崎岖的山路上，我不时地与黑红脸膛、目光安详的转场的牧人相遇。变幻不定的光与影附着在他们的身上，浩浩荡荡的羊群以及不多不少的牛和马在缓缓行进中踩起一团团尘土，在牧道上升腾，弥漫。

    高大缄默的骆驼背负着鲜艳的毡房骨架，绣着羊角图案的花毡，大捆的木柴，奶桶，以及各种家私——都在尘土中飘摇。他们经过了一棵又一棵树，经过了一个又一个没有篱笆的牧场，他们走了一千年、一万年都不曾停留。要到达的地方还会那么的遥远，而极度寒冷的冬天就要来临——

    我的内心被这一幕深深触动了，从那时起，我便开始行走在边疆游牧地区最偏远的地方，从肃南草原到新疆天山及阿勒泰山脚下，关注边疆地区游牧民族的生存现状，还有附着在游牧生活中的住居习俗以及传统文化，感叹于他们性情中的真挚豪爽和神秘的游牧本能。比如：在伸手不见五指的黑夜里，牧人只要伸出手指在嘴里含一下，举到空中辨别风向，再下马看看禾草的种类和倒伏的程度，就能准确地找到几十里之外的毡房；普通的哈萨克族妇女，能把四五十个看似模样一样的刚出生的羊羔子，准确无误地抛向它们的母亲，还有从它们的脸型和叫声中判断出它们的母子关系；在冬季驱赶牲畜转场的途中突遇暴风雪，牧人能在茫茫雪原中最快地确定最近的避风地——这种我们常人已无法体验的技能和知识，只可能来自大自然冥冥中的引导，还有牧人对长天无比敬畏而产生出来的神奇力量。

要知道，游牧和农耕是人类历史上很重要的两种生活类型。特别是游牧民族，无论是在无法改造利用的沙漠和山丘地带，还是在广阔的草原及荒漠地带，依靠群居性的有蹄类动物，开拓了人类的生活空间，视野被打开。游牧民族对水的珍惜和对草场的热爱，已经深深融入他们的血液中，并以独特的生活方式，保持着草原生态环境的平衡，使其生生不息——

但是，当我们谈到边疆游牧民族的时候，只知道他们是世界上搬家次数最多，迁徙路程最长的人，因而会想象，游牧民族的世界是一个没有驻足地的世界，一个与永久的家园互不沟通的世界，一个从不在此处停留也不会在别处滋生出枝蔓的世界——

在这里，你可以看见落后，看见贫困的生活方式，也可以看见牧人们在草地中酣睡，孩子赤足而行，老妇在房前绣补花毡，少女在河中洗衣服，微风拂过树枝，一片叶子落入水中，无数的白色毡房在草原上，彼此贯通，没有围墙——

现如今，随着社会的发展和生产方式的变迁，全球工业化进程的加快，这一切都戛然而止了。昔日的游牧民族正以定居为转折点，进入农耕社会的进程当中，牧民们逐水草而居的大游牧格局业已改变，这是历史发展的必然。人们对昔日神秘的游牧文明，无论是珍爱、留恋还是怀念，都无法挽留历史前行的脚步。

从人类历史上来看，那些曾经对于人类社会有过巨大推动力的游牧文明，存亡兴衰无不如此。如美洲相对短暂的游牧史，又有如蒙古高原数千年的游牧史，所保留下来的辉煌的草原文化，业已成为人类文明的组成部分。

在边疆游牧民族即将全面转入定居化，进入农耕文明的今天，我通过持续几年来对游牧文化的体验和考察，有幸见证了游牧文化到绿洲文化的变迁——从游牧文化中的阿肯、冬牧场、牧驼人、羊角图案、转场等到绿洲文化中的贡瓜人、丝绸之路上的驿站、大地上的"蜂蜜猎人"、十二木卡姆传人，等等，我写这些文字的目的绝不是对边疆生活的猎奇。这些经过自己慎重选择的边疆文化的"孤本"，这一个个普通人的故事，其中所提示的生存方式，仿佛历史的凝固，它将提供给读者以更为沉潜的心境以及面对现实的态度，感悟边疆人民在特定历史环境下所形成的文化精神——坚韧、务实、生命至上。

文字是有限的，但每一个人，他们的世界仿佛天空，大而无涯——

对即将成为历史回声的游牧文明，从过去到现在，仍然有不止一种方式的叙述可能，但我相信，每一次叙述等于一次再认识。因为，过去与今天、与未来并非没有联系，它是一种恒久而普遍的东西。每一时刻都是过渡的时刻，正如人类永远处于历史的环链当中。

南　子

2019 年 4 月 25 日

目 录

上　卷

游　牧

牧场

　　每年入冬之前，分散在阿勒泰地区福海县萨尔布拉克、哲兰德、塔吉肯等春秋牧场的牧人们，结束了在夏牧场悠闲自在的驻牧生活，开始了长达两个月的向冬牧场的迁徙。在没有过上真正的定居生活之前，这些哈萨克族牧人一次次重复的转场迁移是肯定的。

　　沙吾尔远冬牧场分布在和布克赛尔蒙古自治县境内的沙吾尔山地带，也就是冬窝子（游牧地区在严冬时为畜群所选的防寒避风的地方）。巴依奴尔、吾浪库台、沙尔铁布克、吾土布拉克、波尔托洛盖等都是当地牧民的放牧点。

　　走进沙吾尔远冬牧场这片雪域并不是一件太难的事。旷野上一片纯白，铺满白雪的路被风吹得坚硬光滑。沿途偶尔看见带着暖意的炊烟，从蹲踞在雪原上的几座毡房里升起。目光所及之处，四野空旷苍茫，没有一丝声响。这些牧人的家一户比一户相隔遥远。每一个牧人都享有几十里的空阔前庭，又枕靠同样几十里空间的腹地。

这是我第一次来到沙吾尔远冬牧场,感觉这里的冬天太过空旷,像一个清瘦的乡村思想者,又像一个散于空中,雪之上,羊群与日影之间的倾听者。这里的夜晚,静谧得像是能听到几里以外的羊的咳嗽。彻骨的寒风一直在毡房外喧哗,把季节残留的热气全都吹到冰雪里。

过了很久,远远地看见雪原上有一大片灰白色的小圆点在蠕动——是羊群。它们在雪野茫茫的荒草之上迈着缓慢的步伐,在寒风中抖动着短而卷曲的鬃毛,偶尔停下来,紧紧地蜷缩在一起,羊蹄重重地刨开坚硬的雪层,柔软多毛的嘴唇撕扯着草茎:沙葱、小蓬驼绒藜、伏地肤、芨芨草、蓝刺头、木旋花、樟味藜……一道道黄褐色的草丛与白雪交错着,在暮色中变得黯淡。

一个小黑点在移动——是一位哈萨克族牧人骑着马快速地向我们靠近。马蹄在他的脚下溅起一片雪雾,近了。只见他满脸脏污黑红,穿着厚厚的羊皮袄,羊皮裤子,头上捂着羊皮帽子,像一个古人骑在马上,正向我垂下他的牧鞭——他说一口粗硬的哈萨克族语。微笑的时候,冻得红红的脸上绽开一嘴冒着热气的白牙。

他叫努尔别克。他的家就在沙吾尔远冬牧场,对于骑在马背上终日游荡在冰雪世界的他来说,时间是一种静止。因为他从14岁开始就在这里放牧了。每一天,他的生活只有一两百只福海大尾羊围着他转。

如今的他已步入中年,但是他的生活依然没有什么改变。

羊是他生活中的另一片牧场。

在雪原中没走多久，就看见一座孤零零的"霍斯"（毡房）蹲伏在茫茫雪海上。这种简易的小毡房多为圆锥形，没有房墙，房杆是直的，用数根木杆斜撑成骨架，木圈顶一般是正方形或圆形，房杆直接插入木圈顶的洞眼内，它周围不围芨芨草墙篱，只围帏毡。轻便，易于拆卸、安装和携带，只是里面的空间太窄，多用于牧人转场途中的临时住房。

我掀开厚厚的"霍斯"毡帘，里面坐着一位面容沉郁的牧人。他的脚下有两只湿漉漉的降生才一两天的小冬羔。他不停地用手抚摸着冬羔身上柔软卷曲的细毛。

他叫毛勒提别克，不到30岁的样子，脖颈上有被太阳的紫外线灼烧结下的两块紫红色的疤。他坐在铁炉子对面，不时用铁叉钳起几块干羊粪填进火焰里。炉子上架着一只搪瓷盆子，里面盛满了雪块，枯黄的火苗活泼地跳跃着。

我目不转睛地看着他脚下一盆子雪块在缓慢地消融成浑浊的液体。

"霍斯"一角的地上铺着羊毛毡子。在这里，无论穷人、富人全躺在毡子上睡觉。累了或无聊的时候，可随时扑倒在这张"床"上。毡房里没有女人，没有电视、电话，甚至没有牧人家都有的"收音机"，也没有冬不拉。空荡荡的毡房一到做饭生火时就烟熏火燎的，所有漏风的地方都用羊毛团子堵死，但还是感觉奇冷。

无比漫长的冬日里，毛勒提别克独自一人在这个偌大的雪原上是怎样生活的？

他的脚下搁了一只平底锅，火炉旁有一只塑料盆，盆里有一大团发酵好的面团，为了醒面，盆子用羊皮袄包裹住了。他说自己每隔三天烙一次"厚馕饼"，每次只烙两只。

他的话题全在羊身上。

两只浑身湿漉漉的小羊羔蜷缩在炉子边取暖，身下铺着破烂的布条。它们是我们来的前一天晚上降生的。他今年在冬牧场上迎来了六只新出生的家畜。母羊早已把这两只冬羔舔得干干净净，被毛勒提别克带到了生着炉火的"霍斯"里。从那一天起，这两只小冬羔就是毛勒提别克家的新成员了。

在寒冷的冬窝子，冬羔的诞生对牧人来讲是一件大事。

当一只湿漉漉的，浑身沾着血、羊粪和黏液的小冬羔降生，天亮了，它在晨光中睁开了惺忪的双眼，摇摇晃晃地站了起来，目光清亮，宛若处子。眼睛贪婪地顾盼着四周，吞下整片晶莹的雪海。

听牧人们说，转场至春秋牧场的路上，好些有孕在身的母羊自然分娩，将残缺不全的羊的胎盘丢弃在路上。它们舔净胎衣，把羊羔弄干净后再喂以初奶，然后赶上羊群，好像什么都没发生一样地继续吃草。

黄昏来临。"霍斯"外传来几声遥远的犬吠与羊鸣，隔了一层毡子，我听到了外面的大雪沙沙地落在毡顶上，有如牧草上的潮声。

在阿勒泰极其寒冷的四方游牧地区，物竞天择，留下来的都是耐寒品种，"阿勒泰大尾羊"（原称福海大尾羊）是阿勒泰畜种的当家品种。人们津津乐道于大尾羊的优点，赞美它的耐寒、善长途跋涉。

在沙吾尔远冬牧场的短短几天中，我向哈萨克族牧人请教了不少有关游牧方面的知识。比如，哈萨克族牧人把羊耳朵的形状分成三种：宽而下垂的耳朵叫"透克"，直挺挺的呈筒状的长耳朵叫"克固乌斯"，向两边突起的短耳朵叫"求纳克"。牧人们正是靠羊耳朵的形状一眼辨认出自家的羊，一点儿都不会错。除了这三种形状外，有的羊还长着向两边突出的、耳幅略宽的耳朵，叫"沙日班"。

毛勒提别克说，"沙日班"是"透克"和"求纳克"的中间形状。好多畜群在经常迁徙的地方，能够觉察出迁移的大概时间。随着九月的寒气上升，羊群开始变得躁动不安。

他还说，十多年前，沙吾尔远冬牧场上流传着这么一件事：冬天过去，即将向沙尔布拉克春秋牧场迁移的前一天夜里，一位牧人的羊群突然不见了，人们想尽了各种办法寻找，迁移推迟了十来天，但还是没有找到。无奈之下，牧人们带领剩下的羊群继续向冬牧场转场，却意外听到了这群没有牧羊人带领的羊往北走的消息。

当牧人到达沙尔布拉克春秋牧场的时候，发现这群失踪的羊正在牧场上悠然地吃草。

原来，羊群熟悉这几百公里的迁移路。

每年的八月至九月，是哈萨克族牧人上山给家畜打草储备冬粮的季节。之后，意味着可怕的严冬将要来临。

阿勒泰地区的远冬牧场，哈萨克族牧人一年中有一大半时间是在严寒的冬季度过的。这一带的冬牧场，有如古代一样寒冷。在茫茫雪原里走上近公里，也看不到一个人。只有零星几座灰黑色的毡包，没有电。到了晚上，冬牧场静得可怕，静得有如一根尖锐冰凉的银针，悬而不落。在这样的严寒天气中，牧人们的放牧可是一天不少。

每日凌晨，牧人们推开毡帘的第一件事，就是打开毡房后面圈羊的木围栏，嘴里含混着像魔咒一样的特别用语。羊群听懂了呼唤，一只只奔出围栏，裹挟着雪粒的晨风将它们身上的毛吹得蓬松，它们就像是一串串白色棉毛球飘了出来……

牧人们早上出去放牧，到了晚上才回到毡房。他们穿上厚厚的用生羊皮缝制的羊皮大衣、羊皮裤子，戴上羊皮帽子，哈着一嘴白气从毡房外进来，肩上落了一层晶莹的雪粒，笑容也像古人……

在沙吾尔远冬牧场，我来到了另一个牧人家里。

与别的哈萨克族牧人不同的是，赛力克与妻子帕娜尔住的是"地窝子"（一种较简陋的居住方式，挖制方式比较简单：在地面以下挖约一米深的坑，形状四方，面积约两三平方米，四周用土坯或砖瓦垒起约半米的矮墙）。

他们把老人们留在沙吾尔乡定居点，让他们在温暖的砖房里过冬。自己则赶着羊群从300公里以外的苏木凯木夏牧场来到沙吾尔远冬牧场放牧，在这片平坦的阿勒泰南部地带，他们将忍饥耐寒，在这里度过整整大半年的寂寞时光。

不过，与往年不同的是，今年，赛力克与帕娜尔身边多了一个新的家庭成员——阿尔曼。他才刚刚出生五个月，是一个面目清秀的男婴。

阿尔曼出生在到处绿油油的苏木凯木夏牧场上。在经过春牧一季的辛苦后，夏牧场眼见的都是青草茂盛，牛羊肥壮。牧人们住得安稳，消磨着丰腴的盛夏。很快，初秋来临，从苏木凯木夏牧场向沙吾尔远冬牧场转场的时间到了。牧人们赶着羊群沿途颠簸整整两个月的时间，要搬二十多次家才能到达这里。一路上，牧道羊群欢鸣，烟尘腾起——而后，寒潮逼近，便进入了四野茫茫的冰雪世界。

赛力克与妻子帕娜尔从苏木凯木夏牧场出来时，阿尔曼才刚满三个月，一路上，山麓的松林中荡漾着草潮。在路途中，刚刚出生不久的小牛犊走不动路，蜷伏在路边，帕娜尔便把它背起走，因为转场的路太难走，只好把小牛犊驮在骆驼背上的筐子里。骆驼的背上，一头是小牛犊，另一头是出生才三个月的阿尔曼。

驮着婴儿的骆驼，背着小牛犊或小羊羔的哈萨克族妇人的奇妙情景，在哈萨克族牧人转场的途中常常可以看到。

你看——两个筐子在骆驼背上摇晃着，小牛犊与小婴儿各自从筐子里伸出头来东张西望，小牛犊看着路边的景色，一脸神秘的表情，还不时地与筐子里的婴儿阿尔曼对望。而小牛犊的妈妈——一头花斑母牛则一直跟在骆驼身边，迟迟不肯离去，常常在骆驼休息的间隙，凑上去舔小牛犊的脸。

这个情景让我很感慨：哈萨克族的孩子，他们从一出生开始，就有这样的视野，所见必多，但又为了什么默默不语，不求表达呢？

对于哈萨克族牧人来说，家，就是一座毡包，或一组毡包，更是一个男出牧、女留守的牧人小组。天生自然的一个游牧单位。

为了迎接这位新的家庭小成员，年轻的父亲赛力克与哥哥用了四天时间挖了一个"地窝子"——这埋入冻土下的土房子拙朴的模样快要被外界遗忘了，却出奇地结实、御寒。

一扇窄窄的木门钉上了厚实的毛毡，粗糙的木桩支撑着低矮的、泥面的屋宇。柔和的光束——就好像是自己能发光一样，从一片巴掌大的窗玻璃上斜射进来，笔直地打在泥墙上，可以看见光的粗大颗粒在移动。泥屋子里含着酥油、泥土、薄雪、柴火、婴儿的奶香以及亲人之间的贫寒的深刻气息，温暖而又炽烈。

地窝子木门的开合间，升腾起一股浓重的水气，女主人帕娜尔低下身子，往炉膛里塞刚打好的梭梭柴。晶莹的冰粒的碎屑还停留在灰黑的枝干上。火炉子里飘着淡蓝色的火焰。长长的铁皮筒的一端伸向炉口，另一端通过呈直角的拐弯伸向窗外。烟雾已经将屋檐熏得发黑。在这穴居的陋室里，她时不时轻盈地弯下腰去，端去铝锅，用木棍从炉子里夹出就要燃尽的木柴。

午后的空气中，一点点地弥散出某种细碎的甜蜜，且越来越浓。那是一种久违了的底层生活的甜蜜味道。

从去年九月到现在，这个"地窝子"没有什么客人造访。

我们来到她家时，看得出来年轻的女主人很激动。待我们坐定后，她抱来一个布包裹，"哗啦"一下，魔术般地摊开一大堆用羊油炸好的包尔萨克（哈萨克族人的油炸面果子）。

"帕娜尔"在哈语里是"马灯"的意思。她与赛力克曾是两家毡包相隔20多公里的"邻居"，是在各自放牧，转场的途中

"好"上的，后来，他们干脆把两家的羊群合在一起——结婚了。

婴儿降生，羊只增多，一幅平凡而温暖的人间图画。赛力克对新盖好的"地窝子"很满意。毕竟，不用再像以前那样在冬夏牧场费力地来回迁移了。

"这也算是正式'定居'了吧。"

赛力克特意强调了"定居"这两个字。

的确，牧人们在沙吾尔远冬牧场的游牧生活不是那么舒服的。在冬牧场上，经常会遇到暴风雪和寒潮天气。这样的天气，对靠天吃饭的牧民来说是一件大事。

赛力克给我们说起一件在沙吾尔远冬牧场刚刚发生的事情：一位19岁的年轻牧人不听父亲的劝阻，赌气赶着羊去了很远的地方牧羊。不想遇上了暴风雪。羊群四散，追着风跑。不一会儿，羊群的蹄印儿被风吹得无影无踪，极目之处，再不见它们的影子。

年轻的牧人在茫茫雪原上辨不清回家的方向，在找羊的风雪途中迷路了。在大风呼啸的暴风雪中，平常熟悉的山脊变得无比恐怖和陌生。牧羊人和200多只羊失踪的消息，很快传遍了沙吾尔远冬牧场。牧区的男人们和福海县的干部们都连夜出动寻找，直到第二天早上，才在一座背风的山脊后面，找到了这个快被冻僵的年轻牧人。

还好，他依靠有限的牧人经验，紧紧依偎着大绵羊，靠它传递的温暖体温，才侥幸度过这可怕的风雪夜。

不知为什么，我听了后感到心里有一种尖锐的刺痛——这源于一个古老的民族在这日益脆弱的草原上生息，源于个人生活的过失、错误、期待以及痛苦……就这样。

其实，当我们在谈到哈萨克族游牧历史的时候，往往会想象这是一个没有驻足的世界，一个与永久的家园互不沟通的世界，一个从不在此处停留也不会在别处滋生枝蔓的世界，一如哈萨克族牧人在大地上生，在大地上死，他们循季节逐水草的转场，在路途中看到了更多的大地。

但是，关于牧人一生要走的道路，很像是博尔赫斯的"沙之书"，它拥有无限的页码，一个牧羊人在大地上撒下了多少只羊，在冬天的暴雪中又死去多少，没有人知道。转场的一路上，笨拙的、迟缓的、胆小的、犹豫的、易受惊吓的羊只和牧人们在一起行走中，实现了他们各自的存在。牧人的生活因此变得单纯而又无比丰富。

如此，我不得不寻找语言来描述这一切——那种适于表达的人不能仅仅只倾听自己的步履，还应该看看牛羊的道路，牧人的生计，异样的习俗以及他们历史的风尘远影和难言的心境……

沙吾尔远冬牧场，无限的冰雪世界。羊群在没有障碍的牧场吃草。它们不会想到人类社会那么复杂的关系和事情。是的，人类之间的复杂事情真的是太多了。再过几个冬天，它们还能不能在这片牧场上吃草呢？

晚暮的沙吾尔远冬牧场将黑还亮。

无边雪野中，地气广阔的丝缕使我看到了大地所隐藏的哺育者的力量，凛冽的冷风中，一柱灰白色的炊烟从地面上袅袅升起，让我感到震动和惊讶：只要有炊烟升起，就没有什么可怕的。只要能吃饱肚子，烤暖身子，就能够安心歇息，就能够养老生幼，就能在这孤寂的远冬牧场一直生活下去。

从很远的地方传来牧人们赶羊的声音。一会儿，其他方向也传来了赶羊的声音……在寂静中，没有什么东西能够吞没这响亮有力的声音。

除此之外，没有其他声音。

一切的归途都在时间中。

左面

　　我在一个阳光充沛的正午抵达了那拉提，让我意外的是，那拉提到处人流浩荡，车流滚滚。我走了几步，发现商业圈包围了这里……后来得知，那拉提草原已成为新疆最为出名的景点之一，当地政府希望它能够成为这里的支柱产业。

　　据说十几年前，哈萨克族牧人还不会做生意，没有什么商业意识。游人进了他的毡房，问他毡房门口晒的奶疙瘩卖多少钱一斤，他说不卖，你喜欢就拿去吃嘛。游人不好意思了：要不3块钱给我10个奶疙瘩？牧人欢天喜地地对他说：好嘛，你要我就卖嘛。游人又大着胆子问：那——2块钱你卖不卖？牧人还是一副欢喜的表情：好嘛，你要我就卖给你嘛。

　　今天，人们若是发现了一块尚未开发的草原，推土机、水管等马上就会跟来了，然后，一辆辆旅游大巴车运来了另一个崭新的世界——如潮水般的人流出现，饭馆、人造的木质栈道出现，柏油马路、镶瓷砖的水泥房子出现，卖矿泉水和方便面火腿肠的小卖部出现，宾馆出现，路边蹩脚的象形雕塑出现，各种饭店、歌舞厅快速而集中地出现，红男绿女出现，汽车、钢筋、水泥、玻璃瓶子、塑料袋、电视天线打破了草原古老的宁静——它们如火如荼，如果人们需要，大自然就只能让步。

在那拉提，我见到的一切都是那么的索然无味，加深了我的失望。在距离旅游大巴车不远处的停车场上，我仰头就看见了绿色山坡上白色宫殿似的雪山。

雪山之上，是蓝得恐怖的天空。

我一时间无法说出那种感受，面对雪山，我才知道，自己其实是个什么也说不出的人。我在那拉提牧场上漫游，顽固地寻找那昔日的草原——我没在这里见到草原，真正的草原正隐藏在不知何处，任意起伏、或枯或荣。

这让我想起多年前，当我初涉游牧世界，我的内心还十分敞亮，当听到"那拉提"这个名字的时候，感觉它就是住在我心中的一个光明之神，神采奕奕，朝气可感，端坐在那里，就像一个真正的牧人那样。

那一天，那拉提牧场一侧的马场上，呈现出热闹的交易场面——很多内地来的游人在这里挑选合意的马匹，要在草原上驰骋——当然也是有价的，一小时60元。马主多是附近牧场上的哈萨克族男孩，他们在这个短短的旅游高峰期要努力挣得下学期的学费。

我在16岁哈萨克族少年艾尔肯的怂恿下，骑着他三岁的枣红马，沿着一条狭窄的牧道向着左面的牧场渐行渐远，将喧闹的人群抛在了身后——牧场越来越开阔，山花烂漫，草场安静，人影稀少，雨水和阳光出没无常。

近两个小时后，眼前出现了一座狭长的山峰，山中牧道深深，大畜的粪便在途中不断出现。骑马走在这条狭长的牧道上，我看见坡底下有一个很开阔的盆地，白色的毡房，牛羊多了起来。

艾尔肯指了指山下说，这是一个哈萨克族人聚集的夏牧场。因地处偏远，平时少有游人来到这里。

马儿走过山坡一个拐角，山岩角上有一大堆垒砌得整齐的卵石堆。艾尔肯看我一脸的疑惑，便对我说，哈萨克族牧人因为常年居住在大山深处，极少见到山外的世界和山外的人，而牧羊人大多是与他一般大的十五六岁的孩子，他们拣来附近山上掉下来的碎石块，垒砌在自己曾经放过羊的地方，算是牧放记号，记号的意思是：这里羊吃过了，下次不再来这里，待草长高后，我再来。

我无法描述我和艾尔肯在一起的下午：刚下过雨，整个草原松弛下来，阳光稍暗。牧场的水汽凉而浊重，青草地上湿乎乎的。空气黏稠，由水而起的战栗在我的皮肤上游动。

就是在这条湿重的草原牧道上，有羊群在徘徊，孩子在奔跑。风拂过树枝，几片叶子落在草地上，牧场上闲卧着数不清的牛羊，白色的毡房星星点点，每家都彼此贯通，没有围墙……

这时候，一道巨大的彩虹正挟带着不可思议的七色光环，横跨整个草原。那七色光环隐约、宽阔而又清晰——真的是太美了，这才是真正的那拉提草原！

我被这连绵的牧场，牧场上的人，还有白芝麻般撒在大地上的羊群和毡房所打动。大尾巴羊从肥绿的草丛中露出头来看着我，目光善良而温和，一位牧羊人指着不远处的一座毡房，要我去他家里喝奶茶——

我惊讶地发现，在此刻，那拉提草原的生活正分成两半，差别很大，右边是供游人参观游玩的旅游商业区，左面却是当地哈萨克族牧人们世代生活的家园，牧人的日常生活就在这里展开。因为中间隔着一座不算矮的山包，所以大多数旅游者都止步于此了。

再往前走，牧人的毡房越来越密集。在靠近山坡的一处牧场上，我看见数百个哈萨克族人在围观着什么。

当我走近，看清了，他们正在做"巴塔"（bata）仪式。哈萨克语中的"巴塔"意为"祷告、祈祷，祝福、祝愿"。一位哈萨克族长者双手平悬在胸前，手心朝上，头仰向天，嘴中道出虔诚的话语。那声音朴素而又深沉，深蕴着力量，营造出一种神秘庄严的氛围。旁边的人不分男女老幼，也纷纷双手朝上，跟着他的举动念念有词。然后，长者双手向脸，轻轻抚摩，又迅速放下。

我发现，部落里的哈萨克族老人，不管是男性还是女性，个个都是样貌端然，威仪十足。

哈萨克族人一生中会接受无数个巴塔，也会给予他人许多的"巴塔"，尤其是老人，也许他们目不识丁，但常常说出幽默风趣、情真意切、优美动听的"巴塔"语。

据说，古代的哈萨克族人在每年第一声春雷响起时，要边敲打毡房，边祈求全年风调雨顺、牧业丰收。

当一轮月亮升起的时候，人们会祈祷：

我仰望圆月，我仰望安康，

我又看到了往日般的时光，

过去的月份承蒙你的恩典，

新的月份里还望渥泽恩光。

"巴塔"仪式结束后，几位年老的哈萨克族妇女被很多人簇拥着，她们的表情非常的古老，一种置身世外的样子。我还注意到，她们衣着上的刺绣图案也有一种古老的感觉，纯白的棉布绣满红色花草，彩色石头饰品在她们的白色衣裙上闪烁着光芒。她们的存在，给喧闹的人群带来了一种不可抗拒的静默。

这时，一位老者拍拍我的肩，用汉语对我微笑着说："你好。"

这位老人叫切肯。

"你是谁家的孩子？是我们那拉提草原托哈里部落的吗？"他在问我。此刻，在这片牧场上，就我一个汉族人。

看我一脸疑惑的样子，切肯老人笑着对我挤了挤眼睛，用汉语说："我知道你不是的。"

可能是看我在这样一种生疏的环境中感到孤单，切肯老人叫来了他的女儿——来自新源县当中学老师的阿依登。她说，她从新源县到那拉提的一路上，牧人们见了她也总是要问这句话，意思是你是哪一个部落或氏族的？

她还说，在过去，我们哈萨克族人有一个习惯，陌生人见面时，总是要相互询问所属部落、氏族。哈萨克族流传着一句俗语：不知七代祖先名字的人是傻瓜，而能背诵许多祖先名字的人则被认为是聪明人，会受到尊重。

所以，我们哈萨克族的老人们都非常清楚自己部落的世系关系和七代祖宗的姓名，你只要说出某一部落、某一氏族的名称，他们就知道血缘关系的远近；如果说不上，则被认为是孤儿而受到冷落。要知道，在阿肯弹唱比赛中，有的阿肯专问对方的祖宗姓名，直问到对方答不上来而取胜。

你知道吗？有的阿肯一口气可以说出自己30多代祖辈的名字，这真令人佩服。

切肯老人说，这次在那拉提草原上的数百人大聚会，是为了一件大事情。这件大事情就是那拉提草原托哈里部落的人近十年里第一次团聚在这里，为200年前的部落首领搞一个纪念活动。

他指了指眼前一顶毡房上三个摆放好的画框，告诉我画像里的主人公依次是哈里部落的首领沙浩、沙浩的妻子热斯布布和他们最小的儿子。

我在沙浩的画像前站立，并长久地凝视：这是一张杰出的脸，应该是沙浩中年时的模样，明亮的前额，嘴角深沉，鹰鹃般的双眸闪烁着强悍、坦荡和乐观的光彩，他的脸上有着宽阔的爱和宽阔的笑，还有一种饱满的沉默，如同这天色将黑时刻的风。拥有这张脸的人，一定是在历尽人世沧桑后以其巨大的爱意，把这种美德当成内心的宗教一样去恪守。

切肯老人说：在过去的年代，哈萨克族牧人都有自己的"阿吾勒"。"阿吾勒"是游牧部落的意思，但这个"部落"不是随便可以落户的，只有血缘关系最亲密的人家才能加入，一般由十几户到二十多户组成。由于牧人常年转场流动，部落也不完全固定，所以，只要大家聚集在一起的地方，就称为"阿吾勒"。

实际上，阿吾勒是传统宗族社会中的一个隐喻。

由于"阿吾勒"是亲密血缘关系的组合体，所以大家团结得十分紧密。无论谁家有了困难，大家都会主动去帮忙。在搭毡房、擀毡子、打羊毛、剪羊毛、剪马鬃、抓山羊绒、小畜药浴等劳动中，各家男女老少齐出动，共同完成。在夏牧场上，除了无数个歌舞活动和节日外，还有诞生礼、摇篮礼、四十天礼、骑马礼、割礼、婚礼、葬礼等一些礼仪活动，大家也一起参加。

每个"阿吾勒"都有一个部落首领，哈萨克族人称之为"阿吾勒巴斯"，"巴斯"是"头儿"的意思，一般由"阿吾勒"中的一位德高望重、经历丰富的人担任。牧人的搬迁时间、目的地、搬迁顺序都由"巴斯"来安排。

由于有了阿吾勒这种组织形式，大家相互照应，并相互监督不做违约违章的事情，对丧失劳动力的老人和孤儿都要照顾和收养，所以在哈萨克族中没有乞丐，如果出现了乞丐，将是整个部落和氏族的耻辱，会受到舆论的谴责。如果出了英雄人物，则会受到部落、氏族的爱戴和尊重。

就像他们曾经的托哈里部落的首领沙浩，以自己高尚的品格与秉性，把整个部落的人团结在一起，共同抗击外敌和难以计数的天灾人祸，他的后人们在他精神的感召下，才一步步走到了今天。

如今，现代生活已经在改变着人们的生活方式，随着定居政策的实施，哈萨克族部落制被废止了。作为部落的实体虽然没有了，但是，部落的观念和记忆还在哈萨克族人心中存在着。

不仅如此，部落观念更实际的意义是，千百年来，哈萨克族人一直遵循着部落、氏族外婚的戒律：七代之内禁止通婚，因此，在这个部落的哈萨克族牧人当中，没有一户夫妻是同一部落的。

切肯老人拿出一个破旧不堪的本子，纸上的字都是用哈萨克语写的，规范而整齐。老人告诉我，这是托哈里部落的一个史志，记录了这个部落初成时家谱的来路，每个重要的人，还有发生在这个部落200年来的每件大事，是这个部落的人一代代写就并传下来的。

寻根是一件不容易的事情。

对于托哈里这样一个部落来说，家族有如一个结构复杂的庞大系统，老人们一轮轮地死去，小孩子一茬茬地诞生，逝者的队列漫长，看不见首尾，在时间中渐行渐远。当他们回忆逝去的祖先时，有如逆着时间行走。这些逝去的先人就像陌生人一样成群结队地来到他们面前，每一位逝者都与托哈里部落的某一个时间刻度有关。

那是一种生生不息的绵延感——所有的人名都真实地存在于毡房和大地，好像一声呼喊，那些远远散落在各处的，与名字相连的人就会一一回应。

我看着这个本子，不敢动手去摸，本子的纹脉混合了这个部落的气脉和表情，它所承载的故事令我这样一个探秘者惊喜而又迷惑。

在切肯老人对家族的讲述中，那画像上的色彩也变得饱满、丰富和艳丽起来，如同种子遇到了丰沃的田野，它拔节的细微声响无不体现着一个被人遗忘了的主题，一段被尘埃封锁已久的历史。而在这段历史被开启的那一刻，好像戏台的大幕正在锣鼓和掌声中，被"哗"地一声拉开。几百年来发生在这个部落里的一切，在此刻，已交织成纸页上的众声喧哗。

探索那拉提草原哈萨克族托哈里部落的源流，我处于一种难言的情愫当中。这样一个数百人的部落聚会，那些分散在四方的人，如何会在同一时间，来到同一地点？

要知道，如今的哈萨克族人的家族观念早已不像从前那样具有明确的空间感，他们不再聚居于同一个牧区，而是分散到各个地方——那拉提、新源、特克斯、伊宁、乌鲁木齐，还有人举家迁到了毗邻的哈萨克斯坦。他们在外形、口音、见识和秉性中有着万千的差异，只有先阅读这部家谱，与祖先建立起联系，才能看出一些血脉的线索来。

后来才得知，召集者先从最亲近的老人开始，逐个打听族人的下落，其结果，得到的是一个个陌生的名字。这些名字与某些熟悉的称谓相连，也与自己家族的血脉相连——如此，他们渺小的个体，就会被放置在整个家族深远的背景中，一个个地闪现出来。

阿依登的母亲是新源县的一位退休中学教师，叫马娜卜汗。马娜卜汗对我说，真没想到，今天在牧场上看到了好多熟悉的面孔，这些人都是曾经在新源县大街上常常遇到的，今天见了才知道，我们竟是同一家族的人，看着他们一个个过来跟自己打招呼，我感到很亲切很惊喜。

马娜卜汗的丈夫是这个部落里的人，所以他们一家五口人都来参加这个有特殊意义的活动。很多参加这个活动的人也都带来了他们的孩子。在马娜卜汗看来，在这个牧场上，几个年逾百岁的哈萨克族老者像是博物馆里的活标本，对他们的尊重，有助于年轻人更加看重他们自身传统的文明，而不是盲目地追求现代文明，年轻人前进了，忘记过去的速度也会放慢。

但是，时代变化的步伐是令人吃惊的。对于更年轻的哈萨克族孩子来说，"部落"这个词就像一块陨石，遗落在前世的时光里，最初的传奇已变得无关紧要，很少有人去关心那拉提托哈里部落初成时的那段激荡岁月。他们似乎更喜欢喧闹的街市生活，认为传统是与自己不相干的一件事情，游牧文化将面临中断。

我发现，这个家族的人是如此地喜欢合影。

在牧场上，我被邀请去给毡房里的一家家人拍合照，安排那些高大的矮小的，单薄的肥胖的，强壮的还有病弱的，一一站好。家族的分支——家庭的合影在他们的心里是一个支撑点，也是血亲、宗族的一个证明。他们每一个人，都在镜头面前装点和收敛着自己的情绪，相互配合，共同完成这一幅幅牧区生活的风俗画。

在拍合影的过程中，站在前排最中间的一位长者大多手里捧着沙浩的画像，合影过后，家族的成员对这个从未见过的部落首领的画像喜爱极了，一遍遍地抚摸着。在这个牧场上，几乎家家毡房的正中位置都挂着沙浩的画像。

在一个个的家庭影像中，家族在这里终于显现出具体的形态，不在纸张里，更不在想象中。我看着偌大的草场上那些静默或走动的人，没有再怀疑曾经有这样一个庞大家族的存在。

在拍照过程中我得知，这个家族的好多人，因为散落四处，今天也才第一次见面。他们三五成群地或站或坐，拉着对方的手，小声地絮絮而语，久久不愿分开。

到了吃晚饭的时间，在毡房里的老人做完又一场"巴塔"仪式之后，大家坐下来，开始吃手抓肉，一碗一碗地喝奶茶，然后唱歌，同一调子的歌要重复好多遍。

歌词我听不懂，大概唱的是关于他们托哈里部落祖先的，唱部落的首领沙浩怎么勇敢机智，带领部落的人对抗侵略，他的美德有七七四十九个，他怎么给部落的人创造了好生活，还有，这个部落的男人女人怎么生下来，牧场上的牛羊又是怎么多起来……

一个叫那孜拉古丽的老人的歌声真的很有魔力。只要她一开口唱歌，那些遥远的，被忘却了的回忆就像在昏睡中被人唤醒——毡房、黑夜、马车，刚融化的冰河，合着她的声音开始热烈而庄严地呼吸。她的声音，使这个平凡的黑夜有了意义——牛下犊子了，要擀毡了，部落里的小男孩要举行割礼仪式了，儿子一夜间长成了俊小伙了——这个草原，像是在尊奉神灵的旨意，报答着勤勉的、认真生活的人。

他们唱了很久很久，毡房里的好多人都睡着了，东一个西一个地躺着，有人站起来找酒喝，熟睡的娃娃被粗鲁的动作惊醒了，迷迷糊糊地发出几声抽泣。

在那拉提草原的这片牧场上的三天时间里，我与牧人们一起喝马奶酒、奶茶，住毡房，白天漫游，晚上观天。

200年过去了，那拉提大草原本身也发生了太大的变化，但最先改变的是这个世界。

在一户哈萨克族的毡房里，毡房的主人是一位老人，叫塔巴兰，也是托哈里部落的人。他告诉我："从前，那拉提牧区的草能齐腰深，但是现在，很多的草场都荒掉了。"他用"荒掉"来表示他的忧虑。他回忆起50年前在那拉提，他所居住的阿吾勒出现过一头雪豹，那语气，就像在谈论一个神明。

"那雪豹——真的是美丽傲慢啊，一整夜围着阿吾勒的毡房小跑嘶叫，声音哀鸣，还有愤怒，那愤怒像是喷着火焰。"

原来，是牧场上的猎人掳走了它的孩子，这个得罪了雪豹之神的村庄整夜缩在黑暗中瑟瑟发抖。直到猎人放掉了它的孩子，这头雪豹就消失了。

这件事情是真的，没有人怀疑它的真实性。

在那个年代，令牧人恐惧的事情不是来自文明世界，而是来自大自然。

那时候，牧场上的野兽与人的关系十分亲密，它们就住在牧场边的森林里、雪山上，有时也会闯到牧场上来。牧区的孩子们听大人吓唬自己最多的话就是"狼要来了""豹子要来了"，有的孩子还真的从牧场外的深山里听到过狼的嗥叫。

从20世纪80年代开始，当地政府鼓励牧人定居，离开赖以生存的草原。当很多牧人住进城镇，他们在草原上生活的技巧就逐渐丢失了。他们的先辈通常是以观察某种蝴蝶的出现来预测森林里野兽的来临，以获得狩猎的成功。但是现在，多数定居的哈萨克族牧人已不记得应该观察哪一种蝴蝶了。

如今，那拉提的牧人们仍生活在贫困里。年轻人纷纷离去，翻过山坡，去遥远的大城市闯荡，只有一些老人，留守着最后的家园。

塔巴兰老人说，他也要搬走了，他在那拉提的这个夏季放牧点将会迁移到雪山右面的一个叫然诺切干的牧场去，因为这里要继续扩大草原的面积，用来开发旅游业。不光是他家，整个牧业点都将全部迁走。

"我老了，走不动了——"他的神情凄然。

也许，大地的传统已进入尾声，但还没有消失。那些哈萨克族牧人，也许隐隐地觉察到自己正置身于古代世界的边界，这样的生活就要结束了，哈萨克族骑手们热爱着摩托，马儿正在隐退，成为草原的装饰物和游人的玩具；各种载满物资的卡车正尖叫着开到草原上，而草原，似乎再也不愿固守自己的纯性了，绿色牧场在缩小，让给了旅游区，牧场被划分成各种不同的区域，建起围栏、铁丝网、度假村、人造的木桥和可以冲水的厕所等。

在这样的喧哗和骚动的后面，我看见的那拉提草原像一位年迈的女性，在晚年呈现出一种母性的开放。无论它是丰饶的，还是贫瘠的，它深具大地的根性，吐纳和吸附一切，也供养一切。

没多久，那拉提草原进入了黑暗，犹如一头黑色的牦牛从苍天中慢慢地蹲下来，遮住一切。而遍布天空的星星多得吓人，也亮得吓人，像一颗颗尖锐的冰粒子就要掉落下来。

也就是在这样的一个夜里，我被毡房外巨大的响声所惊醒。雷声滚滚，一道道闪电把天空照亮，整个那拉提草原瞬间下起了暴雨。我隐约看见有人在天空中奔走呼号，那是那拉提草原200年前的首领沙浩的灵魂吗？

阿肯

8月的炎夏，我应邀去阿勒泰地区参加一年一度的阿肯弹唱会。在前往哈巴河县的路上已临近黄昏，车子却抛锚在了草原上，两个多小时等不到一辆车经过，又渴又饥，便打算去不远处的萨尔布拉克乡牧民家里找奶茶喝。

此时的萨尔布拉克乡夏牧场上，牛羊开始归圈。从很远的地方传来一位哈萨克族老者的歌声，那是一位牧民，正坐在自家毡房前一个木墩子上，抱着一柄冬不拉唱歌。那只木墩子黑黑亮亮的，像是已经存在了很多年。

他唱的是牧羊调吗？将一群绵羊吆喝出圈门，羊儿在拂晓中醒来，挣脱了梦境的束缚，一路走，一路看见了鲜嫩的草，而牧人也同样挣脱了梦境的束缚，吆喝着羊群在草原上一路漫游——或许，这整个儿一支牧羊调唱出了老牧民一生中周而复始的牧羊生活，他时而悠扬，时而感伤的牧羊调随着起伏的牧草，在草原上飘荡。

当我来到他面前的时候，他的歌声已经结束，他看见我的照相机在对准他，便站了起来，调整了一下自己的装束。他说他是一个阿肯，我点点头，说看出来了。

这个老阿肯叫托列拜·恰胡，今年67岁了。我在他的毡房茶饮间，看见一张老照片被主人小心翼翼地摆放在木柜上。黑白照片的画面中，只见毡房里挤满了兴高采烈的哈萨克族牧人，画面右侧，一个壮年的阿肯怀抱着冬不拉在唱歌。他微闭着眼睛，一脸的沉醉。在他的脚下，竟摆满了一台台老式的，在今天要被我们视为古董的砖块状卡式录音机。照片的名字叫《欢乐》，摄于1973年，地点是阿勒泰哈巴河县牧区。

他们的这种欢乐，在事隔30多年后，被我这个汉人看见。

托列拜·恰胡指着照片右角的一个年轻人说，这就是我，而这张照片中的阿肯弹唱者，是当地一位很著名的阿肯，他叫库尔曼别克。

我没想到的是，在这次阿肯谈唱会上，我会与库尔曼别克相遇。

哈巴河县8月的清晨依然清凉、寒冽，当晨光朗照大地，阿肯弹唱会还没开始，好多哈萨克族牧民从各地赶到这里，空气中散发出一股酥油味儿，还有羊皮袍子和动物体味混合在一起的膻味儿。

这些牧民们，看着台上对唱的男女阿肯，发出热烈的掌声，朝空中高高地扔出帽子，这让我感觉自己是一个外人，始终在他们欢乐的边界徘徊、打转。他们的欢乐，我加入不进去。因为，他们唱的歌我一句也听不懂。

语言，让不同民族的生活呈现得奇特而丰富，尤其是游牧民族。这些年，我走过许多游牧地区，但未能学会其中一个关于"羊"，或者"奶茶"的词，更别说我能够同他们细致入微地去谈论草场、牛羊的膘情，去谈及羊群中单独的一只，也更别提要谈及他们家毡房里的事情了。

我唯一学会的一句问候语"加克斯嘛"（你好）也被我说得扭捏、结巴。

真是遗憾。

与老阿肯库尔曼别克的见面颇具戏剧性。

那天，在哈巴河县白桦树林里举行的阿肯弹唱会已进行到了第三天。中午休息的时候，会场上突然哄传着"库尔曼别克来了"的消息。几位当地的哈萨克族记者已与我相熟，坐在草地上很有兴致地在谈论这条新闻。

"库尔曼别克？干啥的？我可不认识。"我说。

"不认识就算了。"其中一位哈萨克族年轻人用责怪的口气对我说，"不知道这位当代最杰出的阿肯对唱大师，你怎么去了解我们哈萨克族的阿肯文化？"

按照他们的指点，我来到81号毡房，去拜见这位有名的阿肯。毡房里围坐了一屋子的人。他们好像刚喝过了酒，脸上都有一抹酡红。

"请问库尔曼别克阿肯在这里吗？"我问。

在座的那些哈萨克族人都没吭声，看着我。

"你不认识库尔曼别克吗？认不出他吗？认不出就算了。他不在这里。他嘛……出去了，放羊去了。"一位坐在毡毯正当中的哈萨克族老者接上了话头。他头戴民族式黑色塔合亚（帽子），微胖红润的脸上，一双深褐色的眼睛含着深深的笑意，还有一抹顽童似的狡黠。

周围的人不知为啥都哄笑了起来，也不知他们为啥笑。这位老者不邀请我就座，而是站起身，径直走到毡房的一角，合上件衣服就睡下了，只一会儿，他的胸膛里便响起了呼哧呼哧像拉风箱一样的声音。

我觉得无趣，便失望地离开了。

第二天早上再次拜访时我才知道，那位老顽童似的老者，正是哈萨克族当代著名的阿肯——今年七十七岁的库尔曼别克。

大清早的，库尔曼别克带着一脸的惬意正独自喝白酒。他说自己最爱喝酒了，早上喝三个（杯），晚上喝两个（杯），平时吃晚饭也要喝个七八个（杯），得了气管炎还要喝，这几天见了好多的老朋友啊，那喝下的白酒就更多了。

"每个晚上，那些年轻的阿肯就到我的房子找我来了，围着我转，我要是不喝不唱，他们的肚子胀呢（生气）！"

由于语言不通，交流有难度，我与库尔曼别克老人的谈话进行得颇为吃力。最后，老人给我建议：还是去找一个翻译，要专业的，因为讲的是哈萨克族文化，阿肯说出的话要像医生那样准确才是。

一位当地报社的哈萨克族记者充当了我们的翻译，通过翻译，库尔曼别克告诉我，他精湛的阿肯对唱的才能是天生的，是大赋，因为阿肯绝对是有才能的人，他们往往才思敏捷，出口成章。

就这样，我在这个陌生之地，静静聆听着一位老阿肯讲述他自己的故事：库尔曼别克居住的青河县，那正是一个多与哈萨克族人游牧生产相连接的地方。每年转场到这里的牧人们，在夏末秋初牛羊的膘情最为肥美的时候，都要举办各种阿肯弹唱会、赛马会。不少牧民和流动的商贩不论远近都到这里来看热闹。每当有这种集会的夜晚，阿肯们往往要对唱到天明。这种生活，使草原上的牧人，最终获得了赞美诗般纯洁的音色，音域宽广，深沉有力。库尔曼别克在这里度过了他的童年、少年和青年时代，最大限度地呼吸到了哈萨克民族浓郁的游牧文化气息。

要知道，阿肯弹唱是一种即兴创作，因而阿肯之间，也是一个即编即唱，比才智、比勇谋的激烈的竞赛过程。所以，这种对唱是最随意的，它们的曲调不固定，歌词可以随意增删，直到唱得胸臆吐尽时，它才最后获得完成。而游牧民族的文明，就这样丰满起来了。

我一直对这样的一种生活充满向往——那些生活在偏远牧区的哈萨克族牧民，他们有前额就布满了皱纹，有眼睛就有欢喜和忧虑，有鼻子就有呼吸与芬芳，有嘴就有倾诉和沉默，有耳朵就有倾听到的声音——那是期待着自己的声音去无限驰骋……

想想看，在有洁白的毡房，无边的羊群和草原的古老场景中，那些风尘仆仆刚刚骑马赶到的阿肯上场了。他们唱起来了，他们歌唱日月环绕，歌唱无边的草场、杉柏、牛羊和毡房，然后是爱情。爱情在他们看来就是呼唤，他们呼唤毡房下的每一道敞开的门扉，呼唤赶马人回头，呼唤情人快些回家……

阿肯弹唱离不开冬不拉，几乎所有的阿肯在对唱的时候都用冬不拉伴奏，边弹边唱。因为在哈萨克族人眼里，不会用冬不拉伴奏的阿肯就不是真正的阿肯。缺少冬不拉琴声的对唱，就像失去翅膀的鸟儿一样不敢飞向天空。

他述说的这些，让我深深感到游牧世界并非那么缺乏变化。还是用天山做比较——哈萨克族人所居住的牧区多在崇山峻岭中，诞生于那里的乐器冬不拉，琴声急促宛如蹄声，所以，冬不拉的旋律体现了哈萨克族人骑马的行动方式。

对唱阿肯用老柳树或松树制成的冬不拉，不断迸溅出哈萨克族人生活的火花。他们说："我的冬不拉有两根弦，一根柱，干木头为啥不能说话？当'干木头'开始唱歌时，草原也会沸腾。"

阿肯们内心的琴弦，一刻也没有停止。他们手中用猫头鹰羽毛装饰的冬不拉，琴弦上的马蹄声，勾勒出哈萨克族人的灵魂世界。然后，盛装打扮的男女阿肯出现了在了舞台上。他们的脸上带着笑容。笑容是一个人内心世界有梦想、有音乐和有激情的表现。我在哈巴河县观看阿肯弹唱会的那几天中，看到的人都是一脸笑容。

当人们还在留神阿肯们唱什么，以及怎么唱时，阿肯们之间的清亮对唱便歌连歌、诗连诗地开始了。男女阿肯们在对唱中用不同的语调，祈丰收、家园美好，祈六畜平安兴旺。歌颂被日月所耗尽的每一种劳动的时光，记叙的情节和歌词中，你会看到哈萨克族隐秘的文化。这样的阿肯对唱此起彼伏，持久不散。

他们用什么曲调演唱呢？有的阿肯用快书，有的阿肯用慢书，曲调和旋律都简单至极。听过几遍就能哼出来。对于哈萨克族人来说，那旋律是他们游牧生活中本身的旋律，是有关他们的毡房、吃喝和做梦的旋律，是老和少、醒和睡、奶茶和冷热间的一餐一食、哭泣和欢唱，是游牧民族几千年的迁徙生活，在草原和陆地相互厮杀中，挑落下的最后一个带着温度的音符，微微倾斜在冬不拉的琴颈和丝弦上。

按照当时哈萨克族人俗语的说法，一个男人成家立业的基础是：第一要有健康壮实的身体，第二要有白头巾（妻子），第三要有五只奶羊。年轻的库尔曼别克拥有了这一切后，又凭着他出口成章的过人才智，以及别有风趣的诙谐对唱，使他成为当地远近闻名的阿肯。

在他的身上，具有一名民间艺术家真正的谦卑，即无条件地热爱和学习。那个时候，邀请他去家里做客的人多得几乎排不上号，在一些长辈的毡房里，只要一听说他在，等着听他吟唱的人像是要把毡房顶掀翻似的。他的存在对当地人来说，是个没有银幕的电影，没有舞台的戏剧，丰富着当地牧人的生活。

那些年，库尔曼别克游历了方圆几百里的各大乡镇，哪儿有牧场和毡房，哪儿就会响起他的阿肯对唱。

对于阿肯的深奥定义，他从小就具有一种惊人的天赋和惊人的领悟力。当库尔曼别克被誉为一名真正的阿肯时，阿肯弹唱便成了他生活中不可缺少的内容，度过了无数个激动人心的夜晚：

夜晚的星星不如月亮美丽，
水獭不能和珍贵的海狸相比。

猫头鹰只能在黑夜里乱飞，

它哪能靠近天鹅的羽翼。

白昼和夜晚不能并列，

这是大自然本身的规律。

是有生第一次吗？我从异族的语言中，见识了这么有趣的比喻，这样的一种表达，使我感到新奇。现在，与歌声共存的，是那些弹唱者的脸庞。那样的一种演唱方式，在某种程度上，有着与阿肯一致的形象。

有人说，库尔曼别克性格中有一种惊人的隐忍，他把对人世、生命的终极见地，凝聚在他的弹唱中以及冬不拉的琴弦上。可以听出来，他性情中最大的成分，依然是善和爱，以及对生活的一种强烈的感情。

此刻，当库尔曼别克呵呵笑着侧过身来看我时，神情活脱一个老顽童。

可以肯定的是，库尔曼别克在新疆是最后一代靠技能而著名的阿肯艺人，因而也是一个传奇。他靠母语营造出了专属于自己的阿肯形象，就好像，他天生是哈萨克族民间音乐在当代的一个回声。

库尔曼别克的文化程度不高，按照现时代的标准，他的学历不会超过小学二年级。但是，他在音乐上的听觉与触觉，依旧停留在哈萨克族民间的牧区，他的音乐内容，体现出一个牧人式的悠久的山水气息。这一点，在库尔曼别克的身上体现得最为充分，就好像他天生就沐浴在这层光辉里。

可见，一个民族的文化习俗，其根部仍需牢牢扎在无名的乡野。书本以及城里的街市生活，只是对其简单的仿制。不像如今在城市里的学校学习的年轻阿肯们，他们的血液里，缺少牧人式的文化和生命观念。

现在，我就坐在毡房的右侧，安静地倾听着他，看着他宽阔而饱满的额头闪烁着智慧的光泽。此刻，时间的无声坍塌和耸起，正在形成一座无形高峰，让我心怀感动。

新疆当代的哈萨克族对唱阿肯中，唯一能够和库尔曼别克齐名的，是一位来自塔城的女阿肯，她叫贾麻勒汗。这不仅是因为贾麻勒汗在各种阿肯对唱中获得的荣誉几乎和库尔曼别克相媲美，还因为他们是一对交手了整整40年的对唱阿肯。

我见到这个神奇的女人，也是在这次阿肯谈唱会上。

那一天，一头无人照看的老牛横在一条牧道中间。司机停住车等它，好一会儿了，它还赖着不动。司机吼道，咋？你舒坦够了没有？这时，从路口飞快地跑来一个哈萨克族少年，使劲地牵着牛缰绳，将这头犟牛拖到路边，给我们的车让开了路。

少年听说我们要找贾麻勒汗听歌，笑着说，她嘛，唱得好，嗓子劲儿大。

几番周折，我们被这位热心的少年引进了贾麻勒汗的毡房，她正半卧在毡毯上吸烟。她的身边弥漫着呛人的烟雾，好像烟雾已变成粉末撒在了她的身上。

毡房里除了她，还有几位哈萨克族老者。

她的烟瘾很大，一支接一支地抽，但抽烟的姿势不好看，可以说是粗鲁，但放在她身上好像又很自然，好像她天生就该是这个样子的。

贾麻勒汗生过10个孩子，其中有3个孩子先后夭折了。

"我从小就在塔城额敏的草原上长大，那个地方叫加依尔吾尔卡西尔。加依尔是哈萨克族语，简单地说就是加依尔部落，那是一个史书上都有记载的地方。小时候，我父亲就给我讲述哈萨克族的《黑色达斯坦》，这里面有500多个故事传说，有5000多个谚语呢，在我11岁上学前，我几乎把它们全都背下来了。我想我是有天分的，要不为什么我家里那么多的孩子里，只有我一个人当了阿肯呢？我丝毫不怀疑这一点。

"我16岁那年第一次在公开场合阿肯对唱，是在亲戚家的一个婚礼上，我开口唱歌时，那些传说故事、谚语什么的都在我脑子里活起来了，好像排着队等我叫它们出来。这种感觉像灌顶的雪水，开窍的一击，弄得以前在草原上寻寻觅觅，不知干些啥的我满心欢喜。从那次之后，我再也没停下来，一直唱了40年。"

在那个时候，对在草海中追逐畜群作息，观望水草迁徙的哈萨克族人来讲，对唱阿肯们在任何场合对唱都不是非礼，从不拘泥于时间、地点。只要他们想唱，对唱就可以开始。也从来不认为有机会用对唱争执是错事。

因而，在我看来，阿肯弹唱有点像哈萨克族人的竞技场，而男人们都喜欢竞技，这好像是天生的。他们在竞技中显示出自己的力量。现在战争没有了，但男人们仍喜欢竞技。他们带着巨大的热情看着对手。这个对手一般是男人，后来是女人。当两个对唱阿肯相遇到一起时，意味着一个人的意志与另一个人的意志对立，目的是打败对手。

正如阿肯弹唱的歌词中所说的：

> 天上的星星和月亮怎么能一样，
> 牛皮和羊皮来自不同的动物身上。
> 如果没有遇上厉害的对手，
> 怎能显得出百灵鸟会唱？

在传统的阿肯对唱中，裁判多由令人尊敬的长者或老阿肯担任。他们公正的裁判能准确地把一根毫毛从中间劈作两半。比赛有输就有赢，按照旧时的习惯，在对唱中受挫的一方要向得胜的一方赠送礼品作为纪念。礼品的厚薄由馈赠者自己决定。有的赠送戒指，有的会赠送一匹马或一两只羊。

有时，对唱中输了的女阿肯没有钱馈赠礼品，会委身嫁给获胜的男阿肯，这里面也许有爱慕的成分在里面。但在形式上，却是以阿肯对唱中失败者的身份嫁给对方的。

哈萨克族人大都诙谐幽默。在阿肯对唱中往往夹杂诙谐的唱词，令人忍俊不禁，让台下的观众掌声、笑声不断，场上的气氛像炸开了锅。阿肯对唱的喜剧性反映在双方争辩和争执上。男女阿肯在对唱中相互戏谑、开玩笑。用库尔曼别克的话来说，对唱中的玩笑戏谑的诗句，就像奶茶中的一撮盐，没有它就不够味儿。

在过去的哈萨克草原上，历来有两类民间纠纷，即土地、草场和寡妇的人身纠纷，落到一句话上就是：财产和利益的纠纷。

谁拥有了权势，谁就拥有了最好的草场，拥有成群的牛羊。而女人死了丈夫，亦是夫家的财产，按传统习俗，要嫁给亡夫的兄弟、近亲或部落的某一人，由不得寡妇们自行决定自己的命运。何去何从必须由家族的人说了算。但是阿肯幽默的对唱词，在这时就会变成锋利的刀刃，唱出她们心底的申诉和愿望。

"人们都说我是一个泼辣的，多才多艺的女阿肯，身上附有'诗仙'。好多阿肯都不敢与我对唱。在我 27 岁的那年夏天，我去塔城额敏县参加阿肯弹唱比赛，对手就是四方出名的来自阿勒泰地区青河县的库尔曼别克。我们两个阿肯对唱到天亮都分不出胜负，来看热闹的牧民人山人海，把毡房围了一圈又一圈，最后竟把毡房给挤倒了。阿肯弹唱会只好留到了来年的夏天在夏牧场举行。

"我去参加阿肯弹唱会的时候，那时候还没有像样的交通工具，而我那时刚生完第四个孩子不久。我不放心，就自己驾着马车，在马车上放了个摇床，跟着摇床一起颠簸的是我的刚满周岁的婴儿。马车上还堆放着大捆的柴火、白面和酥油。在那次阿肯对唱会上，人真多啊，场面很大。好多个阿寅勒（村庄）的人都来了。结果那次我赢了。人们称赞我是舌锋如火的女阿肯。"

我盯着毡房的墙上看。一柄冬不拉琴在昏暗的毡房里弯曲着线条。

我对她说，我很期待此次的阿肯弹唱会上，能够聆听到她与库尔曼别克的对唱，她笑了："我自己早已不唱了。今年 71 岁了，老了。"

她说，她想寻找几位合适的年轻人，做让她安心的阿肯弹唱的继承人。然而，她总是感到茫然，她的两个女儿进了城，成了公家人，她的两个儿子则成了走乡串镇贩皮子的商人，另外的几个孩子，对阿肯这门技艺压根不感兴趣。

周围的年轻人，谁会接过她手中的冬不拉，成为一个阿肯艺人呢？她不想在这样的时光流逝中，让自己的经验变得没有用处——

她说这话的时候，我感到她像一盘旋转不止的古老车轮，在无声的、重建的时间中，成为这个时代在情感上的最为孤单、最为明晰的见证。

牧驼

接近四十个井子北部的托别勒塔木沙漠草场时，会感到一股冰冻的冷气掺在空气中，时息时起，当风起时，冻僵的空气像猛地抖出一声响，粗拉拉地割着脸颊——多年来往返新疆各个牧区的经历，没有谁，会比我更熟悉这空旷中的寒冷。

我下了车，踩在脚下的是一眼望不到边的、铺着一层薄薄的残雪的旷野，这个地方留不住厚雪，只留得住寒冷。举目四望，只见残雪裸露处，铁青黑硬的砾石成滩成片地铺着。

贫，旱，裸，荒，瘠——该用怎样的一些汉字来形容呢？

托别勒塔木沙漠草场是一块被时间浇铸的琥珀。没人知道它的确切历史。年轻牧人讨厌这里的偏僻和荒凉，只要有可能，就会逃离这里，去过热闹的街市生活。

到了夏天，这里是黄绿相间，亦沙亦草的沙漠草场，有谁说过这样的话：在这样一种中亚细亚的地理环境中，一切都没有了，只有两样东西占据着人心里残存的最后意识，那就是热，就是路。

酷热和道路主宰了人心里的时间和空间。

牧驼人叶赛尔家就在托别勒塔木沙漠草场上，我们耐心地等待着驼群的归来。

过了很久，远远地传来牧人低低的吆喝声，我们连忙出了门，站在他家屋子后面的沙包上观望，庞大的骆驼群朝我们走来了，身躯在覆盖着薄雪的沙地中走动，掀起的沙尘把茫茫雪原，还有灌木丛都裹了进去，驼群身边拉起了一道庞大的白色尘雾。

没多一会儿，一大群骆驼簇拥到了我面前。

谁能想象我与这些稀有的长眉驼相遇的惊喜呢？它们过于高大的身躯昂立在低矮的坡地上的样子完全像个王者。它们在斑驳的雪地上停住，先屈起一条前腿，轻轻抬起来，又无声地放下，圆圆的蹄子淹入雪里，动作缓慢而从容。

这让我确信，它们的美是绝对的。是戈壁沙漠无数生命中美好的一种。

怎么说呢？普通的骆驼很难与这些长眉驼的样子相比，它们看起来更为高大，脖颈处的毛浓密而长，直直地垂下，当它们弯下脖颈的时候，那纯白或金黄色的毛像一匹光滑的绸缎流泻下来。

真像一头雄狮啊。

原来，当地人就是称它为"狮子头骆驼"的。

长眉驼是它后来的名字。是因为这种长眉驼有三重长睫毛，比普通骆驼还多了一层睫毛，眼帘垂下来，浓厚而密，像两把黑色的小扇子一样。它的血统珍稀，抗风沙的能力也比普通的骆驼强得多，当地的牧驼人叫它"长眉驼"。哈萨克族语中称其为"乌宗克尔莆克提玉月"，意思是"长睫毛骆驼"。

我很难忘掉这些很有王者风范的长眉驼。时时能够感受到它们的存在，它们的美，还有它们的力量。

我记得那天的很多细节，它们在荒野中踏着积雪，草丛、灌木在蹄下成为泥泞，其行路时昂首的神俊与骑士的精神气质是完全吻合的。

在这群骆驼中，有一峰高大的长眉驼看起来有些不可思议的古怪：整个脸上糊的是一层厚厚的白沫子，把眼睛都蒙住了。我问叶赛尔，才知这是一峰长眉驼种公骆驼，正在发情期呢。这个时候，它的野性很大，常常口吹白沫子喷向路人，要是在发情期间一直找不到伴侣的话，脾气就会变得很暴躁，身体像是拉开了失去控制的阀门，在戈壁滩上拼了全力奔跑，以释放出在强健的四肢中束缚潜藏的野性和欲望。

听说有些眼睛被厚厚一层白沫子蒙住的公驼，在奔跑的时候看不见前方，会一头撞在草场的围栏上，或残或死，样子很可怕。

在这里，我多次听人说到博斯坦乡的一个叫阿吉坎•穆合塔森的哈萨克族牧驼人。说他家四代人在这个叫四十个井子北部的托别勒塔木沙漠草原牧驼，人如何善良、义气，而他所牧养的骆驼就是很稀奇的长眉驼，全国也就300多峰，而他家就有200多峰啦，等等。

我们终于见到了传说中的牧驼人——阿吉坎老人，叶赛尔的父亲。他瘦而长的黄脸上，细密的皱纹无所不在。浑浊的暗黄的眼睛，是被一年一年的风吹老的，在亮光里微微眯缝。

我之前从未见过这个老者，但却总觉得在哪里见过，而且是很熟悉的，是不是那些哈萨克族的牧民都长了这样一张脸的缘故。他的背影，他上炕的姿势，他咳嗽的声音——中国人素有"面相"这一说，想来还是有一些道理的。他讲的是哈萨克语，很难听懂，许多话要他那个30多岁的儿子叶赛尔再说一遍，但叶赛尔也只能重述一部分，一些话只能明白意思，无法转述，尤其是那些关于昔日在荒滩上与骆驼生存的传奇故事，都已经随时间沉下去了。

不过，他一听我们说起长眉驼就笑了。他说："骆驼就像牛和羊一样，是几乎不睡觉的，一辈子没闭上过眼睛。"

因此我觉得，它们不睡觉，一定比需要睡觉的动物所见的多。

人们喜欢骆驼，也许是因为骆驼综合了十二生肖的特征：兔子嘴，猪尾巴，虎耳朵，蛇脖子等，是许多动物的集合图腾，正是这种真实的存在，使人们建立起某种对应关系的文化想象。

特别是牧人，相信骆驼和其他动物一样，与人的心性是相通的。那些牧驼人，多将骆驼称"驼子"，语气中都有几分特殊的亲昵。

特别是牧驼人，把骆驼看成是上天的礼物，一种神圣的动物。他们吃骆驼肉，喝骆驼奶，骆驼的毛细软，可做各种耐用的织物，而在西域古典时代的占卜术和诗歌中，脚力迅速而又安全可靠的骆驼是作为慈善和高贵的牲畜出现的。骆驼沿着古代丝绸之路的商道走到了今天，曾掀起过历史的波澜，把我们带到了时间深处，它们无疑是文明生活的使者。

据说，阿吉坎老人的爷爷艾吾巴克尔15岁就给别人家放牧。因为放牧精心，膘抓得好，人们都愿意把自己的牲畜交给他代牧。

20世纪初的一个秋天的早晨，艾吾巴克尔在沙漠中牧驼，发现一丛齐人高的灌木丛中有一峰受了腿伤的骆驼正低低哀鸣。这峰骆驼看起来与自己平日所牧的骆驼的模样有所不同，尽管受伤了，可神情却如雄狮般傲慢，不让人轻易靠近。它的毛色浓密而长，居然是纯白色的，脖颈处的毛像绸缎一样流泻下来——再细看的话，会发现它有着三重长睫毛——这峰骆驼是从哪里来的呢？可怜的艾吾巴克尔想破了脑袋也没想清楚它的来历。

后来，有人考证，这是一峰从阿尔金山被偷猎者围追堵截的野骆驼，受了枪伤误闯到了这里，成了艾吾巴克尔的种驼——

可是，这个说法却从未得到老人的亲口证实。这么多年来，每当有人问起这个传说时，他的嘴角会有一抹秘而不宣的笑意，告诉这个好奇的人，自己所牧的长眉驼是经自己选育杂交出来的。

不过，到了阿吉坎·穆合塔森放牧骆驼，已是长眉驼养殖世家的第三代了。

在那几百峰起起伏伏的骆驼中，如何辨认出哪个是头驼？阿吉坎·穆合塔森老人说，没有头驼，每峰长眉驼都有自己的名字，比如——

木卡西：跑得像摩托车一样快的骆驼。

苏提皇吾尔：产奶多的骆驼。

哈吉提：有用处的骆驼，与阿吉坎·穆合塔森老人的孙子同名，因为都是同一天降生的，现在各自都有三岁半了。

吾库楞汗：与新娘帽子上的羽毛一模一样的骆驼。

桑达利：像"二杆子"一样鲁莽的骆驼。

沙勒莫音：长脖子的骆驼。

阿吉坎老人熟悉并了解它们中的每一峰，都能叫得上名字，一点儿都不会错。

还有一峰骆驼也与阿吉坎老人的小儿子同名，叫热汗。

那是 1992 年的一个冬天，热汗 7 岁，他这个年纪，已经整天跟在父亲的后面"吆"骆驼了。

有一天，他父亲赶着骆驼一大早出了门，留下热汗赶着一群年幼体衰的骆驼在离家不远的草场上吃草。暮色渐渐涂满了荒原。天黑了。突然，暴雪下起来了。雪在这赤裸荒漠中往往只是一个打前站的黑客，它后面还有风呢！不久，风沙就裹着暴雪刮了起来。风雪一会儿快，一会儿慢，骆驼们拼命往回家的路上赶，好不容易冲出风沙没走多远，却又被裹在雪雾里面了。

如此折腾几番，骆驼们有一种被戏弄的感觉，索性放慢脚步，这时候，暴风雪却奇怪地停止了。四周荒漠上赤野千里，平平地铺开，一片洁白。混沌的天地静悄悄地，充斥着死灭的静寂。没有了家的方向，他们迷路了。在这个时候迷路是一件很可怕的事情，年幼的热汗从未经历过，他噤了声，连哭都不会了。

厉风在黑夜中嗷嗷叫着，像是黑暗中奔突着数不清的恶狼。

这时候，热汗感到身后一张喷着热气的嘴顶着他的小小身躯往前面的雪路上推，回头一看，是骆驼的嘴。不知过了多久，骆驼顶着他的小身子，一路上跌跌撞撞地往背风的地方赶，最后来到了一个低矮的雪峰后面，齐齐卧下了。热汗几乎被冻僵了的身体被这峰骆驼紧紧裹在它厚而密的长毛里，又暖又软，一股浓郁的，又呛又烈的驼毛的气息弥漫着，很快就淹没了他熟睡的脸庞。

第二天凌晨，阿吉坎老人带着牧区的人，远远地赶来了，找到了迷路的热汗，还有走散的十几峰骆驼。

从那以后，这峰救命的骆驼就与热汗同名了。如今，它已23岁了。

真的是不可思议啊。我听呆了，也听迷了。

你真的存在吗？托别勒塔木沙漠草原上的神？

阿吉坎·穆合塔森老人有三个儿子，叶赛尔、阿汗和热汗。现在，只有叶赛尔、阿汗帮着父亲牧驼。

太阳每天都一样，每天都从东面山坡上托别勒塔木的夏牧场上升起。

每天太阳升起后，叶赛尔和阿汗的驼群就沐浴在阳光里了。

就在刚才，叶赛尔从草场那边"吆"回来30多峰骆驼。这些多是怀孕的母驼，就快临产了。带羔的母驼肚子重，每天只能就近吃草，不能走远，说是怕出啥意外。叶赛尔说，骆驼的妊娠期是16个月，一般产2胎。不管怎样，新生命的孕育、诞生是一个令人激动的过程。

待冬天的"白灾"结束后，春天来临了，温度每上升一分，积雪就会融开一尺，很快，原野微微地斑驳了。

　　春天正是一个接羔的季节，牧人们每天又惊又怕。因为母驼在临产期，不会在一个地方好好地待着，随着肚子一阵一阵地疼痛，它们在旷野上到处颠着跑，想甩掉肚子里的胎儿，在牧人找不到的地方独自产下幼驼。这是它们的习性，它们的主人并无选择的可能。往往这个时候，麻烦就来了。

　　托别勒塔木沙漠草场上有很多骆驼的天敌，其中最可怕的要数狼。在荒漠中，狼是那些食肉欲望最强烈的动物之一。到了母驼产春羔的季节，那些饿了一个冬天的狼终日在草场上游荡，远远地就嗅到了母驼分娩的气息，躲在一旁窥视，等待着捕食的机会。它似乎先验地悉知自己的使命，知道自己来临是为了收回骆驼的生命。

　　叶赛尔就不止一次地经历过这样惨烈的时刻——

　　2013年春末，驼群里有一峰毛色灰白寒碜的母驼就要分娩。阿吉坎老人认为这峰弱不禁风的母驼产下的会是一峰毛色如雪的幼驼。他的话无人相信。因为这峰老母驼的皮色，就像是一团乱七八糟的、沾着灰尘的褐色抹布。

　　这峰母驼分娩前两天，却失踪了，独自在离家十多公里处的一片大草滩上抽搐着卧倒了。整整两天两夜，它在那里卧着，抽搐着嘶吼，身子下的草皮被磨秃了。它的嘶叫声让人联想到一个真正的女人。

　　草潮屏息不语，黑暗从四下潜来围护。

　　最后，它扬起流淌着污浊汗水的头，用尽全身的气力大吼一声，两块黏糊糊的血块重重地摔在了地上——两个新生命诞生了。

这个时候，两天来终日跟踪它的一只饿狼逼近了。当浑身虚弱的母驼歪着身子，从地上刨出一蓬粗大的骆驼刺，正埋头大嚼时，恶狼扑了过来，集中了它所有凶残的野性，敏捷地跳跃，一口咬住了它的臀部，这时，它没有力气扬起那雷电般的后蹄了。

母驼流着泪，把两峰刚刚降生的幼驼死死埋在了身子底下。待牧人阿吉坎老人和儿子赶到时，这峰刚刚做了母亲的骆驼，身子已被凶残的恶狼啃吃了一小半，死去多时了。阿吉坎老人把母驼的身子翻转过来的时候，奇迹发生了：混沌的白天白地里，两峰幼驼迎着喷薄的晨曦颤颤巍巍地站起来，毛色如云如雪。

可这峰母驼死去的时候，脸上很平静，带着一种赴死的悲壮，没有丝毫挣扎的痕迹。

母驼就是以这样的方式，在我的身心中埋下了一种观念。

我跟着叶赛尔来到屋子后面的驼群里，寻找那两只毛色纯白的骆驼。我敢说，在这样庞大的白色骆驼群中去辨认出它们其中的一个，肯定是不行的。这时，叶赛尔走到一峰面向夕阳看似傲慢的骆驼跟前，抚摸它的腿，喉咙间发出一声低低的鸣响。这峰骆驼太高大了，大概已经习惯了被牧人抚摸这个地方，或者说，它们已经养成了这个地方被抚摸的愉悦感。

所以，当叶赛尔抚摸着它的腿时，它的眼睛微微闭上了。

叶赛尔说："它也快要做母亲了，你看看它的肚子，鼓鼓的。"

太阳就要西沉了。空气中渗进来青暗的凉气。这时，有一道夕光射到了它的腰身上，一层纯白的，微微透明的光晕勾出了它俊美难言的体型。它猛一甩头，就在这道夕光中弯下了修长的脖颈，用那浓密的眼睫毛下的一双含情的、琥珀似的大眼睛望着我，然后缓缓地探过脖颈，柔软的金茸茸的嘴唇触到了叶赛尔的肩头，然后静止不动，把自己变成了一座雕像。

我被一阵颤抖的热流淹没了。

我问阿吉坎老人：你怎么知道骆驼产下的就一定会是毛色纯白的骆驼呢？阿吉坎老人微微一笑：这很简单，这峰母驼刚生下来的时候，毛色也是这种高贵的白色。

原来，色彩已随基因一起，在诞生之前，就已融入了精血中。生命的秘密就是在降生、生长、伤残和牺牲中迸发出的钢火，它在这一刻出类拔萃，成为纯粹的骆驼的精灵，对此我深信不疑。

这种通灵的动物给他们一家带来了不少的快乐。他们对长眉驼充满热爱，看护和牧养也是精心的，不过，骆驼死去和失踪是经常发生的事情。

"比狼更可怕的是人。"阿吉坎·穆合塔森老人的话使我的心头发冷，虽然，他说的是事实，但老人对此平静得多。野蛮人的脚步，踏碎了自然的静谧。他说，长眉驼的捕猎者开着车，沿着公路来到这里，用各种野蛮的方法进行偷捕，将骆驼当场麻醉，卸块，装到编织袋里，偷运到一个个市场上、饭馆里，然后摆上餐桌。而珍贵的驼掌，则卖到了南方。一种动物的价值就这样消失了。

天黑了，屋子里亮起了灯，光涣散着，亮度有限。人多的话凑在一起，要是谁走动了，那晃动的样子更是把一种影影绰绰的影子糊在泥墙上。

刚满四个月的夏力普在小摇床中睡觉，煮好的骆驼肉在大铁锅里冒着热气。这是平时难得的美味，一家人热热的晚餐就要开始了。如此安宁的夜，有着亲人间凡俗生活的贫寒之味，在一层层阴暗光线下睡着的小夏力普，会梦到什么呢？

阿汗打开屋子后面的一扇小窗，一下子，带有荒野的气息的风在屋子里放肆地穿行，一层层的花毡，把数不清的羊角撒向不知名的地方。

年迈的阿赫亚，正费力地弯下腰，端去铝锅，用火钳从铁炉子里搛出了就要燃尽的炭块；从土墙上悬垂而下的昏黄灯光里，偶尔，那两只拴在梁柱下的灰色布谷鸟在隐秘的阴影里有节奏地鸣叫。人们在土炕上说笑、咳嗽，纸烟的细雾在升腾，屋子外边则是看不见的黑，母驼们在暗夜中散发出一股浓郁的生殖气息。

冬牧场上无边的旷野，无边的夜气，夹带着稻草、雪水，远处的零星灯火和"又涩又香"的牧民家屋顶的味道，还有玻璃似的夜空上拥挤着的大粒的星星，有如海子在诗歌中曾描述过的"把星空烧成粗糙的河流"向我袭来，抹去了世界上所有不洁的声音——冬牧场之夜，生活中相遇的美好，在此我不愿过多吐露。

马

影

　　到了夏季，哈桑牧场就是一个马的世界。当哈萨克族牧人把他的游牧使命延续到这片牧场时，就可以看到一幅游牧民族日常的生活景象。

　　在这里，每到周六的上午，当地的哈萨克族牧民们都会自发举行赛马会。这个赛马会不知是从哪年开始举办的，总之，到了那一天清晨，成年的哈萨克族男人，还有参加赛马的少年，都不约而同地牵着马，相继出现在哈桑草原上。

　　那一匹匹马，有枣红色、白色、黑色以及棕色，在这座人声鼎沸的赛马场上，像是找到了一个乐园，一个驰骋的天地。牧人们牵着一匹一匹的马，就像牵着河流、群山和草原的部分岁月——在哈桑牧场的任一角落，人与马浓烈相杂的气味扑面而来。

　　那天，我在哈桑草原的赛马场上，看到了一个奇特的现象，那就是不知道为什么，牧人们牵着的马的屁股后面，长而厚重的马尾巴都用一根布带子绑成了一束，看上去很滑稽，一问身边的牧人才知道，之所以绑上马尾，是因为马主人希望自己的马在今天的赛事中能够夺得第一名。

在赛马场上，我被一群哈萨克族孩子围了起来。他们的脸挤在了一起，拳头一样紧缩着，显得那么小，年龄小点的孩子都挂着鼻涕，那鼻涕非常自然地待在脸上，他们不擦。这鼻涕和卫生无关。

我注意到一个哈萨克族少年，他只有 15 岁，就已经有了 3 年的赛马史。他头戴一顶毡帽，皮肤有着核桃一样的颜色，手持一根马鞭子，当我被人簇拥着来到他的身边，他骑在高高的马背上，低下头来看着我，目光中有好奇。然后，他笑了一下。

在这里，你遇见过的任何一个陌生人都会用微笑回报你的目光。

我看着他远去，想着会无数次激动人心的时刻，马与少年互相跟随着，仿佛在等待着自己的命运重新开始。它们从牧场而来，紧紧跟随牧马少年走过的路、蹚过的河流、走过的山道，像所有的生物一样，它们在马啸之中同样期待着一幕幕精巧的游戏。

在人欢马嘶中，马背上的追风少年在这片牧场上展开了欢快的角逐，以速度和激情解开了生命的习俗之美。

很难忘记那些草原小骑手们，草原小骑手是牧场里的一种独特的形象。当他们低下头去，发丛里的干草屑、土坷垃就清晰地显现了出来。也许长大以后，这些孩子们会变得像他们的父辈一样，把对生活沉重的忧虑放在心里，闷头干活，开玩笑，抽烟，喝酒——这是可能的。

现在，我正站在一群赛马的对面，看见了一群马与少年相依着。它们弯下身子，凭着少年的一阵呼哨，它们就会仰起头来。

赛马会开始了。

在赛马场上，马的竞技天性最容易被激发，一声哨起，所有的赛马都开始狂奔，想止住都不可能了，每匹马都变得激情四溢。在这壮大的奇观中，人完全沸腾了。

突然，赛马场上那匹最俊的红马像竖蜻蜓一样倒立，扬起后蹄，一位小骑手居然没有以最惊险的姿势飞出马背，马的疾驰使逆行的草原增加了数倍的流速。它这样跑着，周围的景致什么也看不清楚，因为两侧的景致完全融入风里，于是风有了颜色，有了形状。这个小骑手收紧缰绳，可马仍不减速——这真的是一匹不随和的、任性的马呀。

马无声无影地跑。奔。飞。它年轻的韧带使四蹄绷到了极限，也超过了极限。腿和腹部绷得平直，谁也没见过哪匹马能跑成这样，似乎要把自己撕成两半。

人们在一旁哇哇直叫：好马，神了！每次赛马会上都有几个令人兴奋的沸点，这次也一样。我看着欢乐的人群，看所有的嘴都在马蹄扬起的尘土中大张着，突然悟到：真正的欢乐从来就不是孤立存在的，它必定对半掺杂着冒险。

赛马会结束后，我很轻易地找到了这匹马，还有小骑手。因为这两个，在人群中太引人注目了，不少牧人围在他们身边，其中一个中年男人身形彪悍，他是蒙古族人，是这个少年的马术师父，人们叫他金格斯。

金格斯告诉我，这个得了第一名的小骑手叫吐尔巴依尔，今年才刚满 14 岁。

吐尔巴依尔有一双哈萨克族孩子特有的尚睡未醒的、单眼皮的细长眼睛。我们说话的时候，金格斯很怜爱地轻抚着吐尔巴依尔的脑袋。

这匹赛马是金格斯家的，这匹马是真正的英纯血马，是他家的宝贝，名字叫"四蹄踏雪"。

"四蹄踏雪"高大健壮，体型比普通的马更完美。更特别的是，它浑身的毛色红得奇异，但是它的四蹄却是雪白的，让人感到，随着朝晖夕阳，阴晴雨雪，这马的红色也会变化无穷，有时艳丽，有时庄重，时浓时淡，时而红得如同浴血，让人在一刹那间看到了它的青春。

我提出要到金格斯家里看看别的马。他答应了。

这是暮春的一天，中午的阳光很明澈，隔着车窗我看见一只狗从油菜花地旁匆匆跑过。车子在道路上留下了一道深深的辙印。这辙印，正通向下一个村庄的更深处。路上没什么人走动，到处是一片宁静，就像田野本身的宁静一样，把许多有声有色的情节都掩埋掉了。道路两旁是一望无尽的农作物；周围是尘土，狗、羊以及牛的粪便。公路旁有几个小孩在嬉戏。

金格斯是昭苏哈桑牧场为数不多的蒙古族人之一，能说一口流利的汉语。他已近中年，一个饱圆的"哈萨克式的肚子"直直地从腹部挺了出来，令我印象深刻。在金格斯家里，我看到一幅成吉思汗的彩色画像。画像如一本书大小，装在一个泛黄的木质框子里，像个笨拙的木盒子，散发出年代久远的陌生气息，使这个家庭充溢着少许蒙古族人的文化风情。

金格斯说话的时候，吐尔巴依尔就一直在身边专注地坐在地上用手指一下一下地扯着草根，有些孤僻的眼神不时地朝着我们张望。他性格安静，并不像金格斯说的那般机敏好动。

吐尔巴依尔从小胆子大，五岁骑马，到了八岁就开始在赛马场上赛马了——在新疆生活这么多年，我当然知道这种美好的习俗。当哈萨克族小孩长到五岁时，家里人要为他举行骑马礼，就是为小孩第一次上马举行仪式。到了这一天，父母要专门为小孩庆祝。首先把小孩打扮一新，帽子插上猫头鹰的羽毛，骑着马四处拜望众亲戚。而亲戚们在这个时候要为孩子准备奶疙瘩、包尔沙克、糖果等喜食，还要赠送马鞍、肚带、前后配套、马镫、马鞭等礼物。从此，小孩便有了自己专用的鞍具，开始乘骑两三岁的马驹。

金格斯说吐尔巴依尔骑马的速度很快，用他自己的话来说，骑在马背上，马跑起来速度快得好像把眼睛也刮疼了。

我问金格斯，如果想成为一个合格的小骑手，要怎样进行必要的训练呢？他说，要想成为一个优秀的骑手，首先个子不能太高，体重也不能过重。吐尔巴依尔的体重就正好，40 公斤，这个数字却是他每天晚上不吃饭的成果。

还有，最开始在训练马和小骑手的时候，他让吐尔巴依尔先骑，自己在一旁观察他一会儿，再从感觉上纠正他。让他重新体会，再去骑。要知道，一个不经过训练的骑手，在马背上是坐不住的。至于骑马的姿势，随着训练时间的积累，骑手肌肉的力量会增大。学习骑马到了一定的程度，马就会变成第一位的。因为影响马的因素很多，年龄、性别、出生血统、水平和自身的健康等。好马可以教给骑手很多东西——看到我惊奇的神情，金格斯微微一笑：比如，马会在比你高的地方等你。你只要专心提高自己的骑术就行了。

还有，他大部分的时间是带着马去寻找山景野趣，寻找驾驭马的感觉。

我们来到了金格斯家附近的草场上，这也是金格斯与小骑手每天的训练场地。这匹马在小水塘中饮水，我在一旁入迷地看了很长时间。马饮水的姿势是很美的，纤长柔韧的脖颈给人一种静止的舞蹈感，似乎浑身的线条都拉长了，松弛了，一下子变得柔软起来。

吐尔巴依尔不爱说话，可是，当他的头紧紧地斜靠在马背上，手掌插进马背上浓密的鬃毛里时，我发现，他与马相互之间对视的眼神，十分温柔，充满信赖。

这一天，我在金格斯的引领下，来到哈桑草原的毡房世界中，一扇扇剥落了油漆的彩色木门带着哈萨克族人本性中的抒情浪漫天性，向我这个路人敞开。

我走近一顶毡房，毡房的主人恰拜在家门口喝奶茶，他的神情淡泊、悠然。暮春正午酷烈的阳光散发出暑气，阵风吹着他破烂衣衫的一角，再顺便吹一下他黧黑的、瘦骨伶仃的胸脯。歪着瘦弱的身子，坐在毡房前的花毡上，他身下的花毡略显陈旧，交织着好似传说中才有的动物、植物图案。我仔细辨读着毡壁上那些早已失去色彩的毡毯，毡顶上交错的木柱，以及勾连在毡壁上残破花窗的木格纹样，心中涌动着与这些哈萨克族人不同的感受——一线正午的阳光穿过敞开的窗户，斜斜地打在上面，光柱中的尘埃浮动，像花毡上奇异的生命正倏忽而逝。

此时，山间隐隐传来一声闷雷，阴云重叠，将雨未雨。

一只脏兮兮的小羊羔蹾到他的身边嗅了嗅，又满不在乎地走了。当有人经过他身边时，他的眼神直勾勾地，喉咙里像呛着古老的哽咽，发出一阵咕噜咕噜的声音。

在毡房里的一角，脸色黝黑的女主人不声不响地在烧奶茶。在皮质醇厚的奶碗里放上一小坨酥油和一点盐，再倒上滚烫的清茶，用一根插在饼状木座上的木棒上下反复抽动，毡房里立刻香气四溢。

他叫恰拜，是一位哈萨克族牧人。今年67岁，瘦韧的身体，背微驼，大而深陷的双目，他不止一次地对我形容他的如岩雕般的鼻子："你看，它像不像雪天里嗅到了猎物的鹰？"

恰拜一家十几年前就过上了定居生活。在这之前，他们冬天住在拉套山的冬窝子里，夏天就转场到哈桑牧场。他像牧场上其他哈萨克族人一样，祖上留下的习俗仍有如一种召唤，令他们沿袭古老的游牧生活方式，每到来年的五月初始，赶着羊群去转场。他家有50多只当地的土羊和美利诺羊。这些羊只在当地的哈萨克族人里面算是少的。

我环视了他毡房里的装饰，毡房里光线灰暗，呈现出一些简单事物的轮廓，一条长长的羊毛地毡上放着一张木桌，毡壁上挂着几条褪去颜色的毛巾，几缕丝线从布的残破处开始垂挂，使得下面一个大水缸里漂着的葫芦十分耀眼。

他告诉我，自己有两个儿子，还有一个丫头。小儿子在本周的赛马会上得了第二名。说到这里，他笑了起来，露出了一口白牙："我年轻的时候也是一个不错的骑手呢，比赛中得过不少的名次。"

恰拜对我说："我12岁的时候最喜欢骑马，也是当地一个有名的小骑手。这大概是来源于家传吧。我的爷爷叫哈尼提，曾是当地非常有名的驯马师。"

的确，与那些以农耕为主的农民相比，这些以放牧为主的哈萨克族人更像是一种难得的景观。据说，在这片哈桑草原上，男人们在少年时爱赛马，成年后都爱喝烈性酒，而烈酒和马恰恰是哈萨克族男人真正的精神会餐。

恰拜告诉我说他的两个儿子长大后，都没有继续去城里念书，而是留在了他的身边，像当地大多数的哈萨克族牧民一样，过着放牧的生活。

"我年轻的时候，最大的愿望是当一个真正的骑手。我的儿子们也一样，长大后也想成为一个骑手。"恰拜对我说。但是，他却不愿更多地吐露他的愿望为什么没能实现。

在哈桑牧场上，哈萨克族少年的生活永远是草地上的根须，时光流逝着，一些孩子长大后离开了，去了城里念书，但是，更多牧区的孩子仍留在牧场上，留在他们的家人身边。

那不过是些普普通通的日子，他们经受住了时光的磨炼之后，已经像真正的牧人那样难以离开草原的日常生活了，从清晨到黄昏，他们跟随着羊群在牧场上放牧，然后长大，在这块草原上恋爱、生了，重复着父辈们的生活。

如今，机械化的普及，正毫无情面地把马挤出农田阡陌以及牧场。马退出了他们作为牧人日常的骑行生活，牧区的年轻人，更向往有一辆神气的，散发金属光泽的摩托车。

那是一种区别于马的新的速度，也是一种新的生活。

临走的时候，在充满腥臊味的羊圈里，我见到了恰拜的大儿子哈尼那尔，他正在剪羊毛，几个亲戚朋友在一旁帮忙。他们把羊群拢到一块，羊咩咩轻唤着，十分温顺。现在是五月底，牧民们最重要的工作就是剪羊毛。羊毛作为家畜的可利用部分，与乳品一样，其重要性也很大。除了留部分自家用以外，大部分要拿到市场上去卖。

哈尼那尔将一块塑料布围成一个圈以防剪的羊毛被山风吹走，一只只聚集在空地上的羊被拉了过来，其中一个男人抓住山羊的胡须，让它老老实实地倒在地上，另外一个人手里拿着一把长剪刀开始为它剪起了羊毛。首先从尾巴开始，剪到羊脊背直到脖子上的毛，然后再剪身体的两侧，躺倒在地上的羊半眯起眼睛，喉咙里发出舒服的咩咩声。

一般说来，在牧区剪羊毛的工作都是在亲戚及近邻的帮助下进行的，彼此互相帮助而不提薪酬。

黄昏降临了。哈桑草原坡道忽高忽低，每一户牧民的毡房的光线忽暗忽明。哈桑草原沉入逝水般的宁静中。

在恰拜家毡房后面的马厩里，两匹老马将嘴伸到布满草料的马槽里，默默嚼食着一天中最后的晚餐。一天的劳累，使它们变得漫不经心，甚至衰老无力。我默默地看着它们——马曾经是人类历史的参与者和见证者，凝聚着来自远古的骄傲和苦痛存留于人类的记忆当中，却怎么也没想到，马正在向着娱乐时代转型。

不远处，一顶顶昏暗的毡房在夕光下明暗交错，其每一道纹理都显示出了优美的秩序，似乎在为帐顶下生活的人们暗示更高的存在，让我看见，每一盏夜晚的灯光下，每一扇残破的雕花木窗里，一些平凡人的平凡生活遮蔽其中，他们在屋顶上做梦，在屋顶下劳动、欢爱、生老病死，不为外人所知。

而在马厩中饮食的老马的轮廓，那古老的"马"字也大大地被简化，昔日复杂生动的形象似乎已从文字的意义上死掉了，但是现在，我在心里咀嚼着这几个字的美妙音节，好像看见了它们代表着生机的眼睛和鬃毛消失在风中，正四蹄飘逸，渐行渐远……在夕光中，变为单薄的几根骨架。

羊角

刺绣，是一种温柔的手工吗？强调对时间的关注。

在我看来，哈萨克族女性刺绣手工艺几乎与古老的歌谣、毡房一样久远，她们将技艺变成一种生活态度，红的线，蓝的线，绿的线，在一枚银针的牵引下，从少女细白而修长的手，到老妇人长满皱褶与老人斑的手，从她到她们，不知还要绣多少年。如今，生活的内质发生了巨大变化，但是羊角图案如同生活的底本被珍藏，成了哈萨克游牧民族最早的信息以及最原初的思想。

手工讲究的是劳动的精神，而且是无名者的劳动，比如刺绣。刺绣是一种最高级别的手工之一，最高的往往也是最本质的。

要知道，世代生活在草原上的哈萨克族牧民长期远离城市，为了解决日常之需，通常自己动手来制作一些东西，哈萨克族妇女忙完了家务，就坐下来开始这种温柔的手工——在棉布、呢绒、毛毡上刺、绣、挑、补、钩，一针一线都是一个黎明到另一个黎明的缩影。

好像那些哈萨克族女性人人都会绣制花毡，一条绣好的花毡可以用十多年，"千针万线绣花毡"，可见，绣制好一条花毡的确不易。她们的技艺仿佛天成，在一针一线中，粗糙的材料获得完美的肌理和纹样，使一种物质变成另外一种物质，似有文字之美。

在新疆伊犁特克斯县喀拉峻草原的一次漫游，使我深深感受到了刺绣的情态之美。

那些年，喀拉峻草原还没得到深入开发，苍茫的草甸山花烂漫，绿意朦胧，裹挟着雨水的阳光出没无常。那天，我随意走近草原上的一顶毡房，看见一位哈萨克族少女在她母亲的指导下，正绣着一条花毡。

"绣"这个动词后面一定得对应着"花"吗？她在这里想也没想，就绣上了一只哈萨克族现实主义的羊角图案——哈萨克族人世代摹写的对象。哈萨克族的绣品图案讲究上下左右图案的对称。这些羊角图案，一般以羊的角来比喻。是羊只走向栅栏的途中，一个黎明连着另一个黄昏，是哈萨克族少女等待着的青春，背景是嵌在毡房敞开的门扉前那一抹浓郁得化不开的绿色。在浓郁的草腥味中，石头般静止的羊群在起伏的草湖中隐现——哈萨克族的女孩儿从小就拥有了这样的视野，这样的牧人天地，又怎能默默无语、不求表达呢？

而我关注的是刺绣何以完成。

这个哈萨克族少女叫阿孜占丽，今年 15 岁。

"羊的角，在你们哈萨克族语言中是怎么说的？"我问她。

"米依孜。"

"两个角呢？"

"好斯米依孜。"

"一个角呢？怎么说的？"

"加勒哦——孜米孜。"她拉长了音调，眼睛调皮地望着我。

然后，我们在女主人的默许下，掀开她家彩色的毡房木门，走进了"米依孜"的世界。我的视线一下子受到了烙烫般的冲击——满屋子的羊角图案从层层斑斓的色彩中蔓延开来。那么多的羊角，大小不一，姿态各异，一只只簇拥着争先恐后地向我扑来。在绣枕上，在土炕的花毡上、壁毡上，崩毡尾的花带上，芨芨草的围幔上，食厨的木箱上，墙上挂着的马鞍皮具上，婴儿的摇篮上，衣箱上，木床的栏杆上，相互缠绕着，层层叠叠地展开。

那一个个盘曲的，四面分叉的尤物，舒展着圆润流畅的线角，看不见它们相互推搡的肥胖身体，看不见羊角下的眼睛，但我却从它们的呼吸中感受到了它们温顺谦和的灵魂……带着被时光彻底压平的姿态，已经不再是一个个普通的羊角图案，而是抽象成哈萨克游牧世界的一种特殊的符号。在一个遥远的地方，散发着传统手艺的光芒，表达出对传统的敬意，使之成为一种民族的形象和象征。

我早年对哈萨克族文化的喜爱，就是在这样的一个绣满羊角图案的地方开始的。

说到羊角图案，说到哈萨克族人毡房内绣和衣饰所永久摹写的通俗符号，它所拥有的意味要丰富、深远得多。他们为什么如此钟情这个图案呢？在我还未深入他们的生活之前，这仅是一个深邃的谜。我常常对他们依赖着这么一个简单的元素，且能保持持久的生命力而赞叹不已。

草原漾动如同绿波——草原之美，只有哈萨克族牧人歌谣中的描述才最传神。而羊是草原上群居的族类，是草原上世袭的土著。在草原上，若不是以牧羊为灵魂，那么草原还算什么草原呢？

羊是离哈萨克人的生活最近、世界最熟悉的生灵之一。

哈萨克族人把羊的数量多少、肥瘦视为衡量财富多寡的标准。比如一个披着羊皮袄的哈萨克族牧羊人，从小赶着羊群开始他的放牧生活，他必须学会像山羊一样在没有路的地方走路，他生下来似乎就有一些神秘的天赋，比如辨别牲畜特征的神秘视力。当父辈把一群山羊交给他时，最先教会他记住的是有多少只羊，并且每天在羊群回到羊圈时的路上点数，从羊的一只角到另外一只角，他的脑海里便有了这样一个可以维护的数字。

在各种动物中，天性对动物的影响最大。

比如山羊，天生具有丰富的情感和本领，它自愿与人为伍，容易和睦相处，喜欢被人抚摸，依恋人，其天性像哈萨克族小伙子一样活跃、敏捷、爱游荡。山羊不像绵羊那样羞怯，有时还喜欢离群索居，爱攀上山势陡峭的地方，甚至睡在岩石顶和悬崖边上，几乎各种花草对它来说都是适合食用的佳肴。

而绵羊就不同了。它生性朴实，因为脆弱怕羞，或者胆小而喜欢挤聚在一起，哪怕是最小的一点奇特的声响都令它们之间相互挤撞。它们自己不能谋生，高温、烈日、潮湿、寒冷、冰雪、漫漫长途……它们都不适应，比别的家畜需要人类更多的照料和救助，这才使得绵羊的种群得以生存到现在。

这样与活着的家畜、牛羊相依为命的方式，造就了哈萨克族人的多重性格，造就了完全有异于农耕式的思维。农与牧肯定是不一样的。这些性情各异的羊只，就这样给了哈萨克族人丰富而有情调的生活。

只是，这些活跃、敏捷的山羊，与朴实甚至还有些害羞的绵羊相比，哈萨克族人更爱哪一种？

在这座白色毡房里，阿孜古丽的外婆正笑眯眯地坐在花毡的一角打量我们这些不速之客。

她的脸是圆的，额头是圆的，身体——自然也是圆的，舒展、圆润。她是众多哈萨克女人中的一个。但脸上的皱纹有山川的模样，有谁能够模仿山川的样子呢？关于大地，我们又能说些什么呢？看到她，我便理解了哈萨克族人为什么那么喜欢歌唱母亲。那些女性真是太奇妙了——她们快活、大方、强韧、宽容。在哈萨克族的游牧世界中，有女人在的毡房，就宛若一艘草海中不沉的船。若家庭中缺失了这样的女性，则是一件可怕的事情。

"身怀五谷的女人"。这是帕斯捷尔纳克在《日瓦戈医生》中所说的话。意思是说在某些女性身上，有大地母亲的气息、胸怀和力量。他是这样说的："有的女人身上有五谷或者蜂蜜或者皮货。武士们便打开她们的肩膀，像打开箱子一样。用剑从一个女人的肩胛骨里挑出一斗麦子，另一个身上有一只松鼠，还有一个人身上——竟然有一只蜂房！"

这位哈萨克族老人叫乌云巴依尔，今年80岁了。她不懂汉语，我也听不懂哈萨克族语。当她稳稳地端坐在羊毛毡子上，脸上浮现出一层淡金的光泽，如雕像般沉静，她听我们在叽叽喳喳地说话时，目光带着一种奶茶的温度，一直暖到我的心里去。

阔大、苍凉、温情，如草原般无际、善解宽容，这就是她——哈萨克族母亲。像这样的女性形象是我渴望在草原上见到的。她们脸上的慈祥让人心醉，身体仿佛永远怀着神示。

"乌云巴依尔年轻的时候有一个小孩子，死在牧民春季转场的途中，她还有在草原与饿狼搏战的经历，还有呢，她一辈子住在这个草原上，有一肚子的传奇故事呢！"

当地人在旁边轻声对我说。

我郑重其事地围坐在毡毯上，拿出纸和笔。乌云巴依尔老人听不懂我们要问她什么，一转眼，她便晃动着白发，蹒跚着走出了毡房。

原来，她要去劝解毡房门口两只正在打架的小羊。

在我看来，那些哈萨克族妇女似乎更了解羊的历史、秉性、嗜好和叫声中所包含的内容，且远胜于对其远走他乡的子女的了解。她可以见证一只羊从生下来到死去的整个过程，但却无法把握自己子孙们的命运。这恐怕是生命的饲育史上的一个永远无法消除的与自然规律无关的悲哀之一。

因为，每一位哈萨克族母亲都希望自己的子孙永远活在自己的月光中。

因此，关于哈萨克族人的刺绣图案为什么是羊角的时候，我做出了这样的推断：当我们的哈萨克族母亲无力排解这生死所编织出来的情感旋涡时，与自己的生活密切相关的，她可以把握的生灵——羊，就悄然地被置换到了她们所寄托一生的布面上。这些密密匝匝的羊角图案，像是有了魂魄似的，被她们不断地重复，又在不断的重复中得到了安慰，不会因为风吹日晒而斑驳，也不会因为时间的逝去而风化。

这也许只是我个人一厢情愿的解释。

是不是图案借用了生活的外形，现在，又将自己藏匿于生活深处并赋予人们以真正的秘密？

乌云巴依尔老人为我们打开了一幅长卷手工绣品：五米多长的黑色丝绒布面上，刺绣了上千只大大小小的羊角图案，周围还有一些植物符号，主要是花朵、叶片以及缠绕在一起的枝蔓。

当这么一幅刺绣长卷展现在我的面前时，这些羊角图案的走向，和密密匝匝的花朵的姿态，如同记录了哈萨克族女人隐秘的生命符号。

乌云巴依尔老人说，这件绣品是她当年的嫁妆之一，少女时代的她用了整整两年的时间才刺绣完成这幅绣品。

此刻，我的手触摸着这条精美无比的绣品——草原上晚霞一样的红线，森林一样的绿线，夜空一样的蓝线，用最锐利的针，在一块毡子上牵引、缝合、绣制。现在，这些有颜色和姿态的符号，比文字更会言说，一个个话意明晰又枝蔓纵横，它们在过去的时光里休眠，只要略有惊动就会醒来。

可能在不久的将来，这样的绣品因无人仿制而导致失传。

乌云巴依尔老人递给我一碗温热的奶茶。我摸着这件珍贵的绣品，心里似有所动，虽然说不出来，却在喝茶的一斟一饮间细细回味。

转　场

又是一年中牛羊转场的季节——

留恋着稀疏枯黄牧草的大尾羊被赶回来了；

被黑色、硬冷的羊粪熏得黑乎乎的烟筒拔了下来；

骑马人的鞍子上挂着马鞭和皮绊；

鼓胀的风干羊肚子里塞满了羊肉；

抖掉"霍斯（毡房）"尖顶上的尘土，圆圆的网笼里一下子变得透亮；

九月的暑气刚过，哈萨克族牧民的毡房前，积着厚厚尘土的被褥、花毡卷起，静静地搁置一旁。女人的衣服、绣针和一团团羊毛线，男人厚重的羊皮裤子和旧靴子，熬奶茶的铜壶，刷着蓝漆的木摇床，还有一条绣了整整一个夏天的花毡……所有的东西就要牢牢地绑在骆驼身上了。几只高大的骆驼在一旁半卧着，它们的身体在清晨与日暮时分，呈现出古铜的光泽……转场，哈萨克族牧人向着冬牧场的大迁徙就这样开始了。

2015 年 9 月，我在阿勒泰地区富蕴县，随杜热乡的哈萨克族老牧民阔加拜一家在奥塔尔牧道体验了一次记忆深刻的转场生活。

新疆属山地牧区。这些牧区随山地海拔的变化，从低处的荒漠到高山草地，形成垂直分布的不同牧场，这些牧场具有明显的季节性。由于海拔高度和地理位置不同，因而不同的草场、草类及草季之间也有了明显差异。牧人们遵循长期游牧的经验，按照气候的冷暖、地形的坡度、牧草的长势，在一定区域内转季放牧，由夏牧场转移至冬牧场，或由冬牧场转移至夏牧场，这样的做法，他们叫转场。

哈萨克族语中，转场为"阔什霍恩"，"阔什"是"搬家"，"霍恩"是"居住"。

说起来，牧民的转场主要是根据草场对牛羊的供应量，一般的牧民家庭，都要养百只以上的牛羊来维持基本生存，他们以家或家族、部落为单位，在一个地方安扎下来，都要事先考察当地的草况、水势资源等，牧民们遵守自然法则，不会等到周围的草都被吃光了才迁徙，为了草场的合理循环，也为了他们自己的牛羊才进行转场。

当然也有其他的原因，比如遇到意外的雪崩、狼群袭击、龙卷风等。

牧民们在转场前，牧村之间的亲戚、邻居和朋友会事先商定转场的时间、路线，约定途中宿营的地点，盘算转场途中会出现的每一个细节及可能遇到的问题：如转场过程中有没有将要出生的牲畜，对老弱牲畜的安置，合理存栏，棚圈设施，等等。定好了转场的时间和地点，牧民便带上所有的家畜，从牧道口出发了。

所谓牧道，草原牧区以外的人大概没有什么印象。在哈萨克族牧区，通常在各类草场之间都有固定的、大小不等、滩险各异的道路相通。它是茫茫大草原上和高山河谷中，由牧人和他身后成群结队的牛、羊、马、骆驼等牲畜天长日久踩踏出来的。遇到达坂（高高的山口，盘山公路），再高也得翻越；遇到再湍急冰冷的河流，也必须涉水而过……

因而，哈萨克族牧民所选择的转场牧道都是经过好几代人所定下来的传统牧道，他们在什么季节，选择什么时候出发，在转场的路途中以何地作为停留的宿营地，都有着很严格的规定。

而且，牧民们在山区转场的话必须按牧道行走，这样就可以畅通无阻，保证了人畜的安全，还可以防止转场牲畜肆意践踏牧草，破坏草原。如果牧人和畜群不按牧道转场，随意践踏他人草场的话，会有可能引起纠纷。

一般说来，那些牧道都有自己的名字。

阿勒泰地区富蕴县共有两条主要的牧道：吐尔洪牧道与杜热牧道。这两条牧道的长度差不多，都在 450 千米左右。奥塔尔牧道是杜热牧道的一个分支，长度为 180 多千米，这条由牛羊和牧人的脚踩出来的爬山道，道路狭窄、艰险，到处都是尖利的砾石。有的地方还有暴突的岩石阻挡前进的路。牧人走这条牧道，每季转场需 15 天左右的时间。

奥塔尔牧道是转场时必经的一条老路。在 20 世纪 80 年代,这条转场的牧道大都是牧民们和畜群长年累月踩出来的,有的路段不足 15 厘米宽,汽车和拖拉机无法通行,只能让一个人勉强通过,低矮的山脊下面是山沟,与道路交叉并延伸,所以路常常延伸到谷底之后又延伸上来。

可想而知,当年那些牧民赶着大量的牲畜从这里经过时,是一番怎样的景象。

这一天,走在牧道最前头的是阔加拜家的马群,后面依次跟着驮行李的骆驼和马匹还有牛羊群。阔加拜老人对我说,60 岁的新地乡牧民木拉提在 2009 年上半年的转场途中,他的 20 多只羊不慎落水,被淹没,造成直接经济损失两万多元。

不过现在好了,县上 2008 年已修好了这条牧道,但是修建好的道路中,最难走、最危险的路段仍有 20 多公里。

一群沉默不语的哈萨克族牧人走在我的前面。一路上,我闻着他们身上的气息,朝同一个方向走。有的男人裹着破旧的灰黑色西服,腰间捆了一根皮绳,领子露出红色或绿色的毛线衣,大多数男人仅套了一件脏污的军用棉服,头顶羊皮毡帽。而女的,则长裙子里面一律套着肥大的裤子,经过数天的跋涉后,她们的头发乱糟糟的,好像一把秋天的干草,不好看,但眼神却是黑黑亮亮的,整个人仍有着健康、自然的美。

他们跟着牛羊群默默地走在山道上。一个男人弯下腰来,露出胳膊上古铜色的肌肉,上面爬着一只黑壳虫子,静止不动。显然,它把他当成是大地的一部分了。

在这些牧人的后面，牛羊的蹄迹后面，整个杜热牧道烟尘腾起，像一个混乱、不修边幅的人，正围绕着一个核心旋转。

　　这个核心就是他们的转场生活。

　　除了人，我的周围，还有身前身后牛和羊的脚步声，它们从不同的方向会聚到一起，我的脚随着它们也在机械地往前走，不知过了多长时间，便到了一座山坡上。我的左面，是连绵的黑色石头的山脊。那些牧人，仍走在我的前面，同样的气味又成了我的向导。我不知道是谁在引领着我，只知道是一种混杂着羊膻味、酥油味、活体动物身上羊和牛的汗味，在引领着我。

　　转场途中，我不时地看见另外几家转场的牧人从这条牧道上经过，一辆破旧的东风牌卡车上，一辆同样破旧、满是灰尘的拖拉机上，满载着两家转场牧民的家什用具（堆得高高的东西上面坐着几个牧民）勇敢地在牧道上前进。在这样的道路上超载行车，直看得我胆战心惊。

　　而绝大多数牧民转场，依旧沿袭古老的方式：几峰骆驼或者几匹高头大马驮着拆散的毡房和日用家什（偶尔也能见到矮小的毛驴驮东西），骆驼全身舒展着迈开步子行走，绑在行李上的水桶和水壶等金属容器不断地发出碰撞声，挂在脖子上的驼铃发出清脆的声响，牧民们骑着马，时前时后招呼着这支特殊的队伍，"呼——哈，呼——哈"的吆喝声此起彼伏，向四面传播，牧羊犬紧跟在主人身边，而大群的牛羊踏起一片尘土，牧道上烟尘腾起……

转场过程中的"五件宝"

马：古代汉字的"马"，是马的形象的完整描绘——那是"马"的近乎直立的形状。它有头、嘴巴、眼睛、躯体、鬃毛、尾巴——这差不多就是马的一幅写生画了。

马是昔日远行和战役的传说，它扬蹄的骄傲和速度复活了一条道路的荣誉。

在没有路的地方，马蹄踏开了路，人的视野被打开，真正体验到世界的广大。由于马的存在，加深了人存在的深度，人变得更加自由了。现在，我随手写下了"马"字，抚摸着这个早已被简化了的、已死去的、没有生命的汉字，看到它，犹如看到河流流逝，马蹄如风，正漂浮过浩瀚的编年史，使我们再难以访问到在头盔和盾牌中漂浮的人类。

"马"，象形文字中最古老的姿态，就是传说中的影子。

而现在，马丢弃了英雄的鞍，停止了扬蹄，停止了嘶鸣，卸下了盐、粮食、石块、草料以及布匹，成为哈萨克族牧民们转场途中的重要的伙伴：赶畜，拦畜，骑乘，看地形，查路况，找水源等。在哈萨克族牧区，牧民们人人都有马，而哈萨克族小孩子，才七八岁，就已经是一个不错的骑手了。

骆驼：牧民们在转场的途中需要负驮家当，而骆驼，一直是哈萨克族牧民转场时最重要的交通工具。在今后的几十年，也依然是这一物质传递的忠诚使者。骆驼耐粗饲，耐寒，耐旱，耐饥，在转场的一路上，它们驮着300多公斤的重物不吃不喝也能牛存好些天。

每到六七月间暴雨过后，当山洪袭来，河水暴涨，一些足以砸断骆驼腿的大块山石从山体上剥落下来，滚入水面，相互冲撞的沉闷声响从河底传来，骆驼往往会犹疑不定地在河水中驻足不前，哀哀的驼鸣声响彻山谷。

整整两天中，我随牧人阔加拜一家七口人在通往冬牧场转场的路途中，长时间骑乘骆驼，最让我无法回避的是骆驼的头。平时人们看见骆驼觉得它怪，那是因为它与我们惯常所见的东西不相适宜。

一路上，我忍不住盯着它起伏的头部看，找到了骆驼之所以怪的原因：骆驼的头，可能就是史前动物在今天的唯一翻版，所以，怪得超乎想象和常规。

现在，正是它们褪毛的时候，驼身整个儿看起来衣衫褴褛，既滑稽可笑，又惹人怜惜。它们像被无形的神谕差遣，被自己粗犷的外形赋予一往无前的苦役形象。

阔加拜说，哈萨克族人把骆驼叫"风驼"。

当骆驼与风一起穿过历史，该有多么的了不起。

火：转场的路途遥远，充满了艰辛和危险，牧人在转场的途中要烧茶、煮肉、取暖，若是没有火，简直是一件无法想象的事情，所以，哈萨克族人崇拜火。他们不转火堆，不用脚踩灭火苗，不朝向火堆大小便，这是因为他们相信火是神圣的。在牧区哈萨克族人的婚礼中，新娘进门先拜的不是公婆，而是"火母"。婴儿第一次睡摇床时，老妇人会在床前点燃火苗，以驱逐邪气。

小刀：在哈萨克族牧区，男人们都随身佩带一把刀，佩带它是一种习俗。

对牧人来说，刀的用处很大，日常生活中吃肉、杀牲宰畜都要用着它，而制作各种工具的时候就更离不开它了。

牧人阔加拜在腰上随身挂着一把用了20多年的银柄小刀，刀柄上镶有大大小小的看不出颜色的石头，很古旧的样子。

转场的路上，我目睹了阔加拜用这把小刀给一匹受惊了的马放血。

转场的第一天下午，大概三点半左右，一匹驮运家什的老马在狭窄的牧道上突然拐弯，径直向坡下一条河走去，这匹老马因驮着重物，没走稳，身体沿着山坡湿滑的枯草滑落河中，半个身子沁入冰凉而湍急的水里。猛然受了刺骨冷水突击后的老马，在水中全身抽搐，样子很可怕。

阔加拜见状，快速地跑下坡，一边拔下腰间的这把银柄小刀，一边急速地摆手，招呼我从这里离开。后来，我才得知，阔加拜要用刀子在这匹马的腿上放血，以挽救它的性命，而这时，女人是不能在一旁观看的。

我退到了山坡上远远地观望，坡下的河边站了一群男人，都是路上一起转场的牧人。大约一个多小时之后，阔加拜与其他人走上了坡，他的脸上带着些许疲惫的笑意，他手中拎着的那把刀，在阳光下闪着光。

牧羊犬：对哈萨克族牧民们来说，"人是靠牲畜来生存的"。而真正为他们所承认的家畜只有山羊、绵羊、牛、马和骆驼五种。只有这五种家畜才算是生产性的家畜，而且是牧民们放牧的对象。最重要的是，这五种家畜通常被认为是财产。

我问阔加拜：牧羊犬不算家畜？阔加拜摇摇头：不算。不过，牧人在进行游牧作业的时候，牧羊犬是一定要跟着羊群出去的，帮着牧人赶羊，护圈。所以，我一路上所见的库尔特乡库伟夏牧场，还有塔尔夏特牧区，几乎每户牧人家里都有狗。我见到的这些狗，都是些体格健壮，很警觉，鼻嘴黑乎乎的家伙。

在转场的一路上，阔加拜家里也有一条毛色灰黑的牧羊犬跟着，它看起来模样普通，耳朵也像其他的牧羊犬一样，是齐着耳根切掉的，说是为了好与狼打架。

我总觉得这条狗有点太活泛了，一点儿都闲不住。

可阔加拜说，这狗好着呢。

前一年的冬天，阔加拜的大儿子在放牧回来的途中找不到自家的毡房了，其实毡房距离他迷路的地方只有两千多米，正是这条狗，凭着敏锐的嗅觉，在暴风雪之夜带领迷路的人回到了家中。

这条六岁的狗没有自己的名字，在转场赶着羊群的一路上，阔加拜称呼它"啊咻，啊咻"，是什么意思呢？是"快跑"还是"到这儿来"？我没问。

阔加拜说，这条狗是我放羊路上的一个伴呢。

朴素的天文气象知识在转场中的应用

一份很有影响的大报曾这样说：从电视台天气预报栏目开播

的那天起，它就成为"人们感受季节的皮肤"，从而得知天气的变化和季节的更替。

但是对城市里的大多数人而言，我们身体的皮肤早已经死掉了。

转场前的一天，牧民阔加拜骑着马从杜热村那边走来。远远地看，他浑身都是黑白色的，而他脚下的草原和他身后的村子却呈现出本来的颜色：浓绿和土黄。当他经过我的身边时，我看不出他的羔皮帽子和紧裹着的羔皮袍子的颜色，只看得出质感，还有他如刀刻一般的脸，在穿越了漫长的紫外线光和风沙，出现在我的视线里的时候，他的脸上布满了无数纵横交错的肌理。

他手持缰绳，一路上走走停停，身体在马背上尽量挺直不动，目光投向天上的不知名处。从他眼睛的朝向，我猜测他是在看云。

哈萨克族牧人在长期的游牧生活中，通过对大自然的了解，总结出了好多朴素而有规律的气象和天文知识。就像汉族人发明二十四节气、天文民谚用以指导农业生产一样。

关于天文气象知识在牧民转场中的运用，是阔加拜告诉我的。

根据经验，在春天时发现日月有晕圈后，第二天肯定会刮风。

在夏天时，如东边出现彩虹，天则晴；要是彩虹出现在西边，会下大雨。四周山脉亮，无雨；先打雷后刮风，雨不大；而若是出现闷雷低吼，会下冰雹。

他说，牧民们还会根据新月初生的方位预测该月里的天气变化，并根据预测来制订转场的计划。比如，他们认为新月的弯口朝上，那么这个月就会雨水充沛，有时还会降暴雨。如果新月的弯口朝下，就意味着这个月多为晴朗天气，但在旧月和新月交替的几天会下雨或降雪。

阔加拜说，牧人的游牧生活确实不是那么舒服的，在有可能突然发生的各种情况中，牧人们时时要去应对风雪天。一旦刮起强劲的白毛风，羊群顶风走动，畜群四散，其结果就只有损失。因而，天气的好坏决定他们每天放牧距离的远近以及时间。

在牧区，每个牧民家里都有这么一只收音机，纤维板做的盒子，红红绿绿的电线密布在盒子中，只有中波，放四节一号电池，不能用交流电。收音机作为重要的"家用电器"，被主人郑重地摆在家里的最显眼处，一般由家里的长者小心地拧开收音机，嗞嗞啦啦的细微杂音里传出清晰的声音，喜悦、新奇、疑虑、信赖……怎么会有这么好听的声音呢？

但是，在过去没有收音机的年代里，哈萨克族牧人信赖自然界中动物本能的"生物预报"。他们会通过观察野生动物的迁徙变化来预知天气的变化：比如大雁南飞，预示着寒流将至；野鸭的鸣叫预知是否下雨；大批的黄羊突然集结迁徙，预示着暴风雪将至；可以联想到，在暴雨来临之前，一群群蚂蚁搬家迁移到地势高的土坡上……

这些动物对自然的预知性要远远超过人类。

转场的禁忌

在奥塔尔牧道转场的第一天，我们停留的宿营地叫耐布来。

秋雨声敲打毡房的声音越来越大，上午 10 点多了，雨还是下个不停，毡门外一片昏暗。一大早，阔加拜的小儿子阿兹就跟着羊群出去放牧了。在转场的途中，雨下得再大，牧人也必须跟着畜群出去。

阔加拜说今天不往前走了，今天是星期二。哈萨克族牧人在转场或出行时，不会选择在星期二或星期五这天出行，他们认为这两个日子不吉利。

当然，转场时还有别的禁忌，比如转场时遇到别家牛羊群要绕道而行，不能骑马进出冲撞，以免伤及羊群；还有，在转场时遇到别人的毡房，不能骑着马走到毡房门前下马，要在主人的拴马桩处下马，然后再进毡房，否则，就意味着对主人的不尊重。

阔加拜说，今天不走还有一个重要的原因，是他要到附近的村子找兽医去，昨天在转场的路上，一匹母马左前腿的蹄铁磨薄后钻进了小石块，受了伤，拖着个跛脚，他要让兽医医治好它。不仅仅是这匹马，还有一峰驮"顶拱"（毡房的主要配件）的骆驼让口嚼子磨破了嘴皮，伤口很深。

就这样，阔加拜为这些事儿忙碌了大半天，当他送走了兽医已近黄昏，而毡房外的雨终于停了。但是云层很厚，天色看起来仍是灰蒙蒙的，羊只是下午六点后归圈的，一只只全身都湿透了。过了两个多小时，雨又下起来了。秋雨淅淅沥沥，连绵不断。

这也许是冬天来临的前兆吧。

头 羊

凌晨 6 点半起床。雨停了，天色渐亮，下弦月依然挂在空中。毡房外传来牧人的低语声。看样子大家都起来了。阔加拜的小女儿开始生火做饭。主食是厚馕饼，用水稀释的酸奶，还有奶茶。火光映到周围一片昏暗的沙地上，飘浮不定。

就在这时，阔加拜发现一部分羊群不见了。它们大概在人们熟睡的时候，跑到别的地方吃草去了。阔加拜一着急，早饭也不吃了，和儿子哈拉哈孜一起分头去找，在距毡房不远的矮树林里，发现了这群正在吃草的绵羊，把它们赶回来之后，已是 8 点多了。

在早晨收拾行李好像比晚上花费的时间要多一些。阔加拜向家人乱发了一通脾气，又对着骆驼、马扯着嗓子吆喝，简直就是一个混乱的场面。当家人与畜群排好队伍准备出发时，已经过了 9 点。离开宿营地的时候，阔加拜的妻子乌云把做饭时留下来的垃圾整个地扫成一堆，埋在了泥土里，还用脚用力踩平实了。

早晨的林子里有薄雾。随着太阳的升起，东方的云层渐薄，出现了一大块蓝天。转场的牧民们沿着奥塔尔牧道，赶着畜群，又进入了边放牧边迁移的状态。

队伍横向穿过布满石块的扇状地，缓缓的上坡路很平坦，但是一不小心，就会有被石头绊倒的危险。道路弯曲成一个大 U 字形，走了还不到一个小时，便进入了一个岔道。

阔加拜说，这一天要走的路，是整个行程中危险性最大、距离最长的一段路，这个岔道每年都会发生各种事故。有的骆驼会被迎面行驰而来的汽车惊吓，也有被汽车碾伤的羊只，还有从受惊而立起的马背上摔下来的牧人。不管是哪一种事故，起因都在于在这条牧道上过往的机动车的流量太大。

阔加拜老人家的羊群有自己的记号：若是白羊的话，就会在羊背上用黑墨画一个"1"字。黑色和褐色，用白漆画一个"4"字。而别家牧人的羊也分别有自己的记号：如剪耳朵，耳上穿洞，或前腿或后腿打印记等。一旦羊走失了，凭着羊身上的印记就能找到主人。

"放羊的活儿好干吗？"我问阔加拜老人。

阔加拜老人摇了摇头说：放羊其实并不简单，放得好易产双羔，放不好的话，就是单羔多。这句话，让我理解了他这么大的年纪，还要跟着牧队来转场的原因。他是不放心啊。

羊群在我们前面走着，很密集，但却不乱，此起彼伏的蹄子让脚下的沙地发出细碎的声响。从后面望上去，它们挤在一起走动着的身子，犹如一波波灰白色的涌动着的波浪。我注意到，一只羊始终走在羊群之外，遇坡它先爬坡，遇河它先过河。羊群始终跟着它在行走，它始终在判断着前面的方向和行程。

后来得知，它是一只头羊，正是因为有了它对羊群的引领，走在后面的主人不用再操心了。仔细看它，也没有什么特别的，和羊群中的任何一只都一样。在牧人的放牧技术中，除了吆喝以外，还存在着领头畜的问题。在转场的途中放上一只领头羊，让它来引导整个行进的畜群，这在哈萨克族畜牧世界中是很平常的一件事情。

我问阔加拜："什么样的羊才能当头羊？"

他笑了笑说："任何一只羊都可以当头羊，等一会儿你就知道了。"过了一会儿，那只头羊有了变化，它先是显得有些气力不支，继而就放慢了脚步，羊群随着它的变化也有了变化，显得散乱起来。这时候，羊群中走出一只羊及时接替了它。那只羊充当起了头羊的重任，领着羊群又往前走去。

至此，我才明白，当一只头羊累了的时候，总会有另一只羊及时替补上。走在最前面带路的头羊，因为要时常观察路线和方向，加之还要带羊群前行，所以比别的羊要多耗去些力气和精力，它一旦累了，就会有另一只羊接过此重任，羊群就会跟着它一直走向目的地。

要过河了，仍然是头羊先下水。羊群却站在河边不动，等着它探出一条有石头的河中路，头羊边探路边走，走到河水中间时，突然一下子踩入深水区中，水淹至它的头部，它扑腾几下游了出来，已没有力气再去探路，只好返回。这时，另一只羊马上进入河水中，它巧妙地躲过了刚才的深水区，可是没走几步，却在一块长着青苔的石头上滑倒了，它奋力站起，不得不返回。第三只羊及时踏入河中，躲过前面两只羊陷入过的危险区，又向前走了数米，但它还是滑倒了，被河水冲出很远，才爬上了岸。第四只羊像是憋着一股劲似的，"扑腾"一声跳进河中，绕过使前面几只羊失蹄的地方，顺利地上了岸。岸上的羊们看得明明白白，沿着它探出的地方一一过了河。四只羊转瞬间你下我上，用头羊的精神探出了一条过河的路。当所有的羊上岸后，最后一次探路的羊当仁不让地当起了头羊。

正午了。太阳照在奥塔尔牧道的绿色山谷里，有一种难以忍受的潮热气息。山路变成了羊肠小道盘旋着往上延伸。

一路上，低矮的山脊与柏油马路交叉着向下延伸。山脊的底部是山沟，所以，这条牧道延伸着到谷底，又爬上来。牛群和羊群很轻易地越过了这段牧道，可是骆驼却怎么也不肯再往前走。它们好像一直这样，驮着行李而不习惯于走下坡的山路，笨拙的步伐使行李左右摇摆着，阔加拜在它们的前面拽着缰绳，吆喝着赶它们走，可是它们却一个劲地往后退。于是，阔加拜的儿子，那个狠心的努尔肯用手中的牧棍拼命地拍打它的臀部，它这才很不情愿地挪开了脚步。阔加拜站着不动，狠狠地看着努尔肯手中的牧棍，眼睛里像是飞出了小刀子，在责备他。

等所有的家畜都顺利过去了之后，阔加拜加快了速度，赶到牛群和羊群的左边，把畜群往回拢，"呼——哈，呼——哈"的吆喝声穿过尘土飞扬的砾石路，向山谷的四周传开去。

转场的途中，阔加拜老人遇到了同村的一个小伙子，他叫帕热提。

当天下午三点多的时候，这支转场的队伍慢慢西行。路上，阔加拜遇到了一辆卡车，还有一辆小型拖拉机，令人惊奇的是，车子上都挤满了羊只。

年幼的小波拉提站在路边，大声地："羊——羊羊——一只，两只，三只——"

他尖叫着，大声数着车上的羊，很快，他的这个非礼的举动就被阔加拜制止了。

因为狭窄的牧道被畜群挡住了，车辆在前方停了下来等待。司机从车窗探出了半个身子，看着畜群缓慢地挤过山路，突然，他朝着阔加拜老人大声叫了起来。

我远远地看见，阔加拜在车窗前，与他热烈地交谈，一会儿点头，一会儿摇头，不时地爆发出一阵笑声，牛羊群都走过去好远了，他俩还在那儿热烈地交谈。

最后，要不是努尔肯大声叫他，恐怕他们还要继续谈下去呢。

直到车子都跑远了，阔加拜老人还在看着缓慢卷起的尘土。

原来，刚才这个在路上偶遇的哈萨克族小伙子帕热提，早在三年前就过上了定居生活。他与哥哥一同贷款买了车，开始跑运输——给转场的牧人拉送畜群，还有转场搬家时所用的毡房、毡架等物件。每次费用1200元到1800元。这样能节省牧民在转场途中的很多时间，以往走300公里的路程至少需要10多天，现在开车不到两天就能到目的地了。

难怪，阔加拜老人的眼神很复杂呢。

黄昏，夕阳垂落在西边的山谷，整个山坡都被五彩的光照亮了。天空中盘旋着几只黑色的秃鹫，这黑色的凶鸟在夕光的映照下，竟也如神鸟一般姿态优美。伴随着牧人"嘿——哈"的吆喝声，整个奥塔尔牧道如古代的大地，沉浸在世俗的阳光中，灿烂夺目。

转场过程中宿营地的设置

我们在奥塔尔牧道上行进了两天之后，来到了一块由山间小溪流淌出来的扇形的开阔地。这片开阔地距离牧道只有 20 多米。

这是今天晚上的露营地。

我算了一下，今天一共走了不到 30 公里。

阔加拜抓住我骑乘的骆驼的缰绳，转了一圈之后，嗓子里发出"咕，咕"的吆喝声，又用脚蹬了一下骆驼的前腿，骆驼一下子就跪在了地下，长腿垫在了肚皮底下，后面的两峰骆驼也纷纷跪了下来。

开始卸行李了，经过一天长时间的迁移，阔加拜一家人都非常疲惫。锅和桶，食物，羊毛毡子，枕头还有被子一一解开放到了地上。"哈拉夏"（四扇格构架搭建的毡房）的顶拱堆放在了骆驼的脚边。

牧人在春夏秋三季带着牛羊和毡房迁徙，他们的毡房当然是白色的，毡房的门一般是朝着东边的方向开，毡房的顶部为穹形，四壁枝杆为穹隆形，毡房的房架一般是用红柳杆横竖交错而成，一般是菱形的结构，交错处用皮条或者色彩繁复的条状毡绣扎紧，可以放大、收拢、支撑，拆卸起来很方便。

毡房的外围，一般是用芨芨草做成的隔篱，再覆以毛毡。

阔加拜一家人把"哈拉夏"摊平到支好为止，只用了 20 多分钟的时间。

我观察到，阔加拜对转场路上的宿营地的选择是很重视的，首先选择的是有河、水草充盈的一片开阔地，这样易于放牧；或选择背靠山，山面高低适中的地方，像低洼或滩涂地带是不能选择的。

吃过了一餐简单的晚饭，我在毡房外逗哈勒肯3岁的小儿子玩，阔加拜的老伴哈斯达铁尔老人说，我的小孙子从小缺钙，孩子的父母一家过上了定居生活后，孩子每天晒太阳少了，吃肉也吃少了，吃菜多，所以他就缺钙。

我笑出了声。

原来，老人是以这样的眼光看待定居问题的啊。

小男孩叫波拉提，还留着一种叫"图伦"的发型，就是在脑门两侧各扎了一个小辫，男孩的图伦一般要在5岁之后做割礼的时候才剪去。老人说，小孩子留这样的发型，是想让他防止眼毒和舌毒。

可能是看到有人在关注他的小辫吧，小波拉提从我的怀里挣脱开来，站在我的跟前，故意把头左右摇，小辫一甩一甩的，很滑稽。

一个听来的故事

也许是在大山里生活久了，当地牧区的哈萨克族孩子普遍认为"生活在别处"，所以，他们虽生活在"天边外"，但却有着城市情结，对"远方"怀有超乎异常的憧憬和热情，觉得世界的天堂就在山的另一边，在灯红酒绿的城市里。

不过，也有很多的牧区女孩并不在乎这些，她们仍像自己的祖先一样，走在世纪的黄昏中，去河边汲水。

这样的黄昏和大山外的黄昏没什么不同。

有一天晚上入睡前，阔加拜老人问了我一件事情：说是 2010 年，伊犁牧区的一些牧民和牲畜坐上了电气化火车，通过精伊霍铁路转入伊犁河谷地带的春牧场。

"这件事是真的吗？"

我说，这件事我知道呢，是真的，好多报纸刊登这个消息了。

"坐着火车去转场，五天的转场路程三个小时就到了？"老人还是一脸的疑惑。

"这可是山里的牧人一辈子想都不敢想的事情，但是，火车啥时候会通到这里呢？"

他摇了摇头，从皱起的眉头来看，"坐着火车去转场"这件事情给了他内心不小的震动。

阔加拜的老伴哈斯达铁尔老人说，十年前，她在伊犁看到过火车。在她眼里，火车就是一条燃烧着绿色火焰的怪物，是像龙一样的大鸟，走起来咔嚓咔嚓的，像是折断了翅膀，而上车和下车的人，则是它身上落下来的鳞片。

那时，她怀抱着才出生三天的小羊羔，害怕地躲在大人的身后，看着火车在冰凉的铁轨上渐行渐远。

对于大山里的牧民们来说，"火车"这个大家伙无疑运来了一个新的世界。而牧民们，相信火车是一个比大地更有力量的东西。当火车拨快了牧民的时间，他们的生活不再是牧歌式的诗意时间，而是站在世界的月台上，眺望远方，尽管火车会生锈，报废，冰凉的铁轨仍会继续伸向远方，通向城镇，郊区，车站，桥梁——最后是草原和牧区的腹部。

不过，我总觉得，火车与大地会形成一种对抗的关系，因为，火车那钢铁的坚壳代表着规范、数字和铁一般的秩序——牛羊在火车上，它们将抵达某处。无论这辆火车驶向哪里，它们与世界的关系就是一种时间，以及速度的关系——

这样一个历史悠久，性格强健的民族，在他们迟重的身躯里，含有超强的抵抗能力，坚持自己独特的秉性，但是，这种抵抗力一旦越过了界限，便是以一种笨拙的、鲁莽的冲劲儿，直撞进这股潮流中去，倒真有些四两拨千斤的意思。

但的确是，历史已翻开了新的一页，目睹变迁的心情难免是复杂的。

在这样的时代突变之中，这里的人也像是改变了气质，从娃哈哈饮料、电视机、手机到摩托车，由烫发到连裤袜、西装、松糕鞋——这些最花里胡哨的小玩意儿，精致，光鲜，讨人喜欢，在诱惑着这个古老民族的欲望。它一旦披上这些东西，便给这个偏僻的、几乎离群索居的民族，打上了潮流和全球化的标记。

这种局面无疑是带有诱惑性的。它令放下牧鞭的年轻人离开日益萎缩的牧场，投身人口膨胀的大城市，过着完全不同于父辈们的街市生活。他（她）可能在短时期内，在乌鲁木齐市繁华的二道桥找到类似于小饭馆服务员、看店员的工作，但是每次这样的经历都不会太久，会草草结束。

比如阔加拜最疼爱的小儿子马木提，一年前就跟着同牧区的小伙子去乌鲁木齐了。

听阔加拜老人讲，自己有将近一年没见过这个不听话的儿子了。前些日子，听同一牧队的牧工阿扎提说，他两个月前已经离开了乌鲁木齐市，在吐鲁番跟几个维吾尔族小伙子贩葡萄，还有羊皮子。

令老人高兴的是，这位牧工给老人传来话说，马木提会在今年的"开斋节"来临的时候，回到牧区的家看望家人。

游牧精神

如今，新疆牧区无数的牧道已经消失了，我所热爱的牧场正快速地朝着荒漠的长相靠拢，绿色如潮水般退去，山峰光秃秃的，铺排在大地的外表。

在这里，我总是看到新的死亡。

为什么，永恒的事物如此脆弱？

好在，奥塔尔牧道还在那里，作为哈萨克族牧人精神的载体，存活在那里。几千年对它来说，真的是微不足道，这个伟大者早已超越了时间——它是没有时间的。

几天来，我在转场的路上一路走着，越发觉得奥塔尔牧道像一个人。在这几天中，我目睹着它从头至尾，完完整整地经历了一件事。是的，在牧道上发生的所有事情相对于牧人而言，其实就是一件事。

游牧，有人用通俗的汉语解释为"放羊"，如同把农业生产与打草当成一回事一样，这样的理解未免太过简单，其实，在哈萨克民族的游牧生活中，深藏着一种人与自然的和谐关系，以及人的一些基本问题。

哈萨克族的牧人是大地上的行动者，行动即生活。他们的行动不是单纯的本能反应，而是有着复杂的、深邃内在力量的牵引。他们生活的所有方面几乎都被行动所贯穿。当一个牧人赶着羊群反复走在与往年相同的牧道上，以头顶的深蓝和丝状的白云作为自己行动的背影，他行动的意义就不渺小。

我看到了游牧精神。

方城

　　一条公路从叶密立古城遗址前通过，将世界划开，分为两个，左边的旷野和右边的旷野，好像我们处于中间地带，正沿着这条路走向时间的两端。

　　"叶密立"是一座四方古城，当地的牧民把这个古城遗址叫"方城"。它位于额敏县以西的塔尔巴哈台山脚下，额敏镇至杰勒阿尕什乡公路的南面，距县城约 7.5 公里，历史上亦作"也迷里"，这是蒙古语，是马鞍（额么勒）的意思，因为额敏河的源头就像一个马鞍子，于是因地形得名。

　　在驱车前去的途中，我看见方城里的草地上，一群群羊在斑驳的草皮上，像雪粒一样，像沙子一样，在细雨中的方城里慢慢移动着——逶迤而来的历史，深陷其中的现实，这真的就是耶律大石曾经第一个落脚的地方？它比周围的地势高出 3 米多，依山傍水，颇有帝王之气。

　　细雨中，整个额敏河沿岸路与田野的界线模糊了，混合着牛羊粪的气味。我们踏上了这个面积只有 6 平方千米的高坡土梁上的平坦高地。黄土的力量又将我们抬高了 3 米。半枯半绿的塔尔巴哈台山上，雪峰在闪耀，凝固在一道白光里。

一眼望去，我好像理解了古人为什么把这个城池建为方形，因为从四个方向看上去，都是直线，以一种庄严直抵曲折的山峦，最后消亡于无形。

来叶密立古城遗址之前的几天里，我一直在翻看有关耶律大石创建西辽的历史，想到当年，在多少代人以累累白骨建立起来的大辽王朝，几百年间由盛而衰，由强到弱，在公元 1125 年被金所灭。其残余由贵族耶律大石率领，他按照契丹族的传统，宰青牛、白马，祭告天地和祖宗，整旅西迁。

到了 1132 年，耶律大石西征军才到达翼只水（今新疆额尔齐斯河）和也迷里河（今新疆额敏河）地区。在叶密立（今新疆额敏县），修筑城池，建立西辽。

看着看着，我忍不住问自己：历史究竟有什么用？人生背负的东西已经如此之多，为什么还要把那些破铜烂瓦留在身边？可是，那些古人，已急不可待地向着笔端跑来了。

以俯首啮噬之姿对已逝的历史表示哀悼。

如今，契丹族已消失了，耶律大石在叶密立建筑的虎视四极的城池，废墟犹在，作为一个历史的信物留在了这里，没有什么遗迹可寻，不过早已变成当地蒙古族牧民的肥沃的牧场，层土上面生长着野草及耐寒的蕨类，其中一些草地已开垦为农田，曾经的杀伐正被春风所搅动的嫩绿替代。而那些亡灵一直在我身边。

猛然地，我的脚步停住了，生怕惊扰了什么。没有什么，比逝者更值得尊重。

　　叶密立古城遗址的另一端是一个叫努尔卡西特（意为照耀）的村庄，因为下雨，平常房屋的形状，树的形状，人的形状，都在这蒙蒙细雨中模糊不清。

　　这是一个蒙古族和哈萨克族人混居的定居村，只有 90 多户人家，算不上一个大村子，房屋造得凌乱散落，既不是一排排，门也不都朝一个方向开。像是一个即兴式的村落，来一户就造一屋。谁知道呢。

　　当我还在额敏县的时候，就听见当地人不断地对我说，这些年来，努尔卡西特村的定居牧民在"方城"的下面发现了值钱的"宝贝"，不料却引来了好些外地人来这里挖宝。努尔卡西特村的牧民与"盗宝者"上演了一场颇有意味的"护宝"正剧。

　　进了村子，因为下雨，整条村路上都是黑色的泥浆。路上没有什么人走动，树也只是零星的几棵，怎么也挡不住雨水。

　　我们来到了蒙古族牧人图木加浦的家，他今年 72 岁。除了平时在方城里放牧，还种有 70 多亩的地。4 代人在这里居住，有 4 个儿子和 3 个女儿，家里还打有一口井。

　　牧人图木加浦说："其实在 1929 年，这座方城就是一片平地。到 1953 年，才允许我们在这里开地放牧。总是不断地听人说，这座方城的下面是一块谁也想象不出有多大的墓地，埋着以前会打仗的先人，还有好多值钱的东西。我们全家 4 代人在这里居住，在方城里放牧好多年了，好几个娃娃在这里出生、长大，又和我们一起在这片方城里放牧，但是从没发现有啥值钱的东西。

"可是近些年，对方城感兴趣的外人倒是越来越多了。我们放牧的路上，看见方城平坦的荒草地上，有被人偷偷挖出的一个又一个的大坑，还听到谁谁谁在这里挖出了啥东西，我也眼见过这些挖出来的物件，没啥特别的，只有一次，见到了同村的人挖到了一把玻璃钢铸的剑头，可惜被压扁了。虽说感觉这玩意儿不是那个年代留下来的东西，不过也开始相信这方城下面，也许还真的埋有啥值钱的宝贝呢。

"大概五六年前吧，一个叫图尔凯的牧人在自家的耕地里浇水时，还真的'浇'出了东西，那是一个模样古怪，已破损了的木桶。三角形，桶里有3块石头，这个叫图尔凯的小伙子不小心打坏了其中一块石头，发现它居然是软的。有人猜测是陨石，也有可能是萨满巫师留下来用作占卜的器具。

"再给你们说一个事：还有一次，大概是2006年春季的一天，我的大侄儿在方城里放牧时，看见一堆乱草下面有一个鼓包，一铲子下去，有个东西露了出来，就带回了家，当宝贝一样摆在了家里显眼的地方，可到了晚上，这东西居然发出了亮光，我家里人很害怕，说是他把鬼召回家了，不吉利。后来，这东西再没有在家里摆出来过。"

待出门很远了，我才想起忘了问他，这个会发光的东西是什么，也许就是一块普通的沾了磷的死人骨头吧。他像是一个藏宝人的后裔发现了祖先的秘咒。我也就是这样猜想着，没有再向他确认。

也许，世界上最重要的秘密都是公开的，以种种流言相传，恰好是对其遗忘的有效途径之一。过去，很少有城市的人来到这里，接着，公路开通了，旅游者也来了，仍然是耶律大石的名声吸引住了他们。

努尔卡西特村的蒙古族牧民图音加普说："谁也没见过当年的'方城'啥样，但是，照片倒是见过的。还是在1965年的时候，蒙古国来了几个人到了这里，拿着照片给我们这些牧民看。照片上是一大截子四方块的城墙，墙砖是用泥打出来的，可以看出来有用手抹出来的痕迹。"

耶律大石曾在这里建立城池的声名向民间的纵深处传播，方城下面有"宝"的消息就这样不胫而走。似乎就是从那时候起，"方城"变得不平静了。

那些来寻宝的外地人，不知从哪儿听到了风声，说是叶密立古城遗址的地底下埋的都是些值钱的宝贝，一个个循声而至，偷偷地到叶密立古城遗址来盗宝。努尔卡西特村里的人说起谁谁谁在方城遗址上挖到过值钱的"宝贝"，都是些什么东西，什么形状，总是不经意间传得很快。

20世纪90年代初，一个叫王汉忠的甘肃人，在地里发现了两块红方砖，一块碎了，另一块被他保留了下来。从那以后，不断地传出有人在地里挖出了陪葬大铜镜、鼻烟盒，还有马鞭子的消息。

2007年夏季的一天，努尔卡西特村的一个叫图跟亚的蒙古牧民和另外一个哈萨克族牧人在叶密立古城遗址上骑马放牧，马跑着跑着，就走不动了，马蹄子不停地蹭着地皮，显得很焦躁。图跟亚下了马，掀开这匹马的后蹄子一看，不得了了，一块约3岁小孩巴掌大的银元宝混着湿泥沾在了马蹄了上，很是耀眼。

后来，两个牧人为这个银元宝的归属问题发生了争执：蒙古族牧人说，这是我太爷爷给我留下来的东西，是我的。那个哈萨克族牧人急了，你太爷爷早去世200年了，怎么可能是你的东西？这肯定是我爸爸给我留下来的东西。蒙古族牧人也急了，你爸没死，我昨天还看见你爸爸呢。

最后，这个银元宝归属了谁，就不得而知了。

最有传奇性的是2009年秋季的一天，两个蒙古族牧民在方城里放牧，在靠近公路的泥地上，行在前面的公马一脚踢出来一个铜制的圆章子。用手掂了掂，足有两公斤半重呢。抹去泥尘，斑驳的平面上依稀有些字，是蒙文，因年代久远，字迹早已分辨不清了。

牧民们猜想，这可能是哪个蒙古部落遗留下来的大印。后来两人私下里一合计，就到县上的一家铁匠铺，把这枚铜铸大印锯开了，分成了两半，说是以后要拿去卖的话，可以把两个东西对到一块儿，这样的话，可以卖个好价钱，两家都不吃亏。

几年后，在叶密立古城遗址上发现大印的事在县上传开了。县上文体局的干部兴冲冲地来核实情况，可怎么也找不到这两家牧民。当地人说是早搬走了，不知去向。至今，那分成两半的大铜印究竟卖了没卖？叶密立古城遗址的下面是否真有宝？各种传闻一下子又开始变得虚虚实实。

盗宝者的故事历来是追溯人根性的基本寓言之一 ——千百年来，人们不断地讲述盗宝者的故事，好像它是人的生活中最富惊险刺激的原形骨骼：当月黑风高，所有的声音都消失了，所有的生灵，鸡鸭猪狗，麻雀和蚂蚱，在风中摇动的枯草，一切都好像被什么拎走了，没有人声。

这时，某一块墓地上黄土飞溅，响起了轻轻重重的挖掘声，到了白天，盗宝者早已不见了踪迹，最后留下的仅仅是几段破残的木板子，或是几块碎了的陶片。

比如，我们刚到额敏的当天，就听县上的干部说起过前不久刚发生的一个盗宝案件，说这事情的人绘声绘色的，听起来像是"黑色幽默"。

说是距离额敏县城约27公里的地方，有一个被当地人称作是"大墓"的旅游景点，独独坐落在生生不息的草丛之间，离它不远的地方是一大片农田，田野坦荡，视野开阔。有人猜测它可能是乌孙大墓，但这一说法似乎并没得到有关专家的论证。

也许是这座不知何年建起的"大墓"文化价值不高的缘故，游人稀少，多年来并没得到有关部门的有效保护，只是偶尔"上面"来人了，县上的干部才会带人前去参观这个"景点"。数年下来，知者寥寥。

可就是这么个谁都可以忽视的大墓，竟被一个外来的盗墓者盯上了。据说几年前，他举家搬迁到了这里，在距大墓只有500米的地方搭起了一间模样古怪、造型简单的房子，为了掩人耳目，这户人家还在屋子的周围种了些花，还有蔬菜什么的，一看就是打算长住，要好好生活下去的样子。

距离大墓不远的地方，住着一些汉族村民，看到这户人家竟把屋子建在了大墓的脚下，好像平滑的皮肤上突然长上了一块斑，有些不舒服，好在当地民风淳朴，人不多言，这件事也就并没引起大家的警觉，都以为是"上头"派来看守"大墓"的人，或者是"上头"谁家的亲戚借住在了这里。几年下来，这户人家和当地的村民之间并没什么交往，彼此相安无事。

到了晚上，没有霓虹灯和喧哗的夜，大墓的周围很是安静，附近村民家的狗在叫，在黑夜中不显凌厉，只表示一种温和的呼唤，一切都是为了装饰静和黑，衬托静和黑。静和黑带来了一种异样的气氛，什么都可以隐藏，什么不可思议的事情都有可能发生。

直到最近，当地人发现，好久没见这户人家出现了，好像突然从人间"蒸发"了。

这一天晚上夜色深浓，云一般的混混沌沌，只有微薄的月色可以将它勉强离析。距离大墓不远的地方，鬼祟的大树在微风中枝丫乱舞，倾斜的主干指出了长年的风向，村子里有一个好事的年轻人喝了点酒，出来后在通向大墓的荒草路上乱转，也许是好奇，不觉中来到了这座大墓跟前，却被吓了一跳，酒也醒了：大墓脚下那间歪歪扭扭的房子拆了，人也不知去向，只见新月的微光下面，这座大墓好像经过了一场大灾难：从房子里挖出来的一条 500 米长的沟壑一直通向大墓的腹部，沟壑的周围，却没见到黄土堆积。

消息很快传出，县上的人震惊之余，请自治区有关专家用最快的速度对事发现场进行了勘察，结论得出来了：这是个恶意的偷盗案。显然，这个盗墓的人是经过很长一段时间的精心准备的。可以想象得出，他带着原始工具，每天像考古学家那样沿着通向大墓的方向小心挖掘，一米、两米——一直挖到大墓底座的中心位置，其结果让他失望了：这座大墓里除了一层层的黄土，里面真的什么也没有。

后来见到它，我差一点以为它真的是陵墓的一种——远远地看，一个巨大的锥形体的土墩，那近似简洁的几何造型，一直占据着地上的制高点，对周边的一览无余的田野形成了俯视。它的下面埋藏着什么？是什么样的骨骼将它支撑到这样的高度？

就在牧民们放牧的方城，一个个被挖开的大坑像伤口一样，骇然刺痛了他们的双眼，这个被当地蒙古族牧人称为"方城"的叶密立古城遗址一下子变得脆弱，以至于让他们纷纷起而护之，有些蒙古族牧民自发地经常在古城遗址的草地上转悠，看到陌生人就上前询问，警惕地辨认每一张可疑的面孔。

2009年秋季的一天，当地的县公安局抓了一伙在叶密立古城盗宝的人。一问，都是来自内地。

最初，是一个蒙古族的牧羊人发现他们的行踪的。有四五个人。他们手持监测器，像背着重型武器，在叶密立古城遗址上走来走去，一待就是好几天。没多久，放羊人就在靠近自家耕地的地方发现了两个两米深、一米宽的方坑。过了几天，在距这个坑点不远的地方，又发现了一个圆坑，周围黄土散落，有几枚光绪通宝铜钱，还有为数不少的贝币，其中，一具破损的犁头在泥土中显露了出来。

这个放羊人发现了这个可疑的迹象后，赶紧报了案，当地公安局和文体局的人赶了过来，反复对他们严查，没发现他们掘出个什么有价值的东西来。

最后，工作人员没收了他们手中的监测器，草草了事。

从那以后，当地的蒙古族牧民为了保护这座古城池，把自己家已逝先人的坟墓重新移建在了这里。

在这座被他们称为"方城"的叶密立古城遗址中，我见过那些坟墓。在细雨中，当我们从一小片坟岗前路过，那一个个乳状的突起物，从不注视现代公路上蠕动的汽车及那些观望者，坟岗有种肃穆的感觉。也许死去的人，会比活着的人更具有威慑力。谁会在坟墓的面前而不感到自卑呢？不管他活着的时候是多么的微不足道。

走到这里的人，言语少了许多，不随便说话，谨慎自己的举动，不知不觉中，人们有了些禁忌感，仿佛这是一种无声的告诫：不可以在代表着冥所的坟岗前停留太久。

入夜时分，雨停了。古代血光飞溅的疆场被广阔的大地所掩埋。

叶密立古城十几里以外的努尔卡西特村无疑是静谧的，白天劳作的疲倦已将他们推入更深的睡眠。草叶和风的交错声，虫子的振翅或更小生命的吐纳之息，时断时续的狗吠和鸡鸣——都与一千多年前已逝王朝的旧梦相混合，也与暗夜中窥视它的偷盗者的欲望相混合。

离它不远的公路上，一辆辆汽车的轧轧声仍然会在我的心头发出震撼：那是不是一辆辆马车正在改头换面？节律似钟摆，暗示了时间的真谛。只是现在，所有的声音又被脚下的泥土全部吸收。

这是空间所呈现的两种庇护所，现在，正在不知不觉中被悄悄替换。

村庄

距喀纳斯湖南岸两三公里处的河谷地带，起伏的草甸满目葱绿，牛羊四处闲卧、吃草，其间点缀着数十间木屋，在晨光中炊烟袅袅，大人们在院子里擀毡或制作奶酪，间或几个孩童追打嬉闹，一片田园牧歌的景象——这就是喀纳斯附近的白哈巴和禾木的图瓦村落。每户人家都挂着成吉思汗的画像，他们习惯自称是蒙古族图瓦人，是成吉思汗西征时遗留的部分老、弱、病、残士兵的后裔，逐渐繁衍至今。

由于图瓦人至今不与外界通婚，人口素质和数量正急剧下降，据政府估计，15 年后，这一支图瓦人将濒临消失。

不愿离开故土的图瓦人又嗜酒无度，也许，真的会有那么一天，他们将选择在醉乡中随风而逝。

我是一个习惯听和写的人。

我生活在这平凡的人和事中间，保持着对人世的基本感受力。

比如，对阿勒泰地区禾木村的再一次体察，是我以往阅历和经验的一次延伸，也是我自己阅历和经验边界的一次行旅。

十多年前，阿勒泰地区禾木乡的道路未开通之前，这个地方对外地的旅行者来讲，一向是作为远方而存在。这座无法脱离神的法则存在的村庄，以惊人的古老形象与神秘历史一次又一次地出现在世人面前——那散发着松木清香的木质尖顶小屋，如乐谱般跃动的栅栏，毗连着一座乡村纹理的精神元素，在夜晚与清晨呈现出它的清晰轮廓。直到今天，我仍记得自己第一次到这座图瓦人村庄时，它带给我的惊讶——

在这座村庄，我看见的是时间与人生的缓慢幽暗，它就像一片从未经人手指抚摸过的树叶，含着牛哞、炊烟，进一步呼应了图瓦人谜一样的历史。就像绢上的墨迹，意味隽永却又无以名状，散发着多元的生活气息，有时它是杂乱的，有时是艺术的，但更多的时候是神秘而寂寥的。

但是，当我们真的抵达了禾木村时，万分惊讶地看到这个"神的自留地"已成为当地旅游业的开发之地，完全变了模样，变成了一个俗气热闹的"旅游景点"。"旅游热"正在席卷这座昔日图瓦人居住的古村落。

在禾木图瓦村，几乎所有的空地都被占领用以大规模的商业开发，大批的商贩、建筑工人以及游客蜂拥而至，包围着这个村庄。禾木村已成为外来人口的杂居之地。我注意到禾木的人主要是以下几类人：1. 外来的经商户；2. 盖房子的建筑工人；3. 大量的游人。我还注意到禾木村的马路上多了一样东西，上百辆在村子里横冲直撞的"摩的"。

盖房子的工人衣着褴褛，他们的脸上有着劳作之后的尘土和倦意。而那些开旅馆和餐厅的老板是傲慢的，他们用外地人的口音大声喧哗，与游人讨价还价时争吵、谩骂。

所到之处，几乎所有图瓦人家的村舍前都招牌林立。院落内外挂满了大红灯笼及随风飘扬的彩带。招牌上示意的大多是"餐馆、商店"，但大部分是旅店：如意、好再来、美丽峰、再回首、图瓦人家、吉祥山庄、三笑……一路看过去，各种大大小小的招牌密密麻麻。我的心里不禁有些堵。

但这还不够，越来越多的外地人看到了商机，正在大规模地大兴土木，扩建房屋村舍。在图瓦人家原有的屋宇上叠加屋宇，变成两层、三层……又在原有的房屋之侧加以扩建。他们切实地规划这些房屋和空地，从而使自己获得更大的利益。

禾木村正在以旧貌换新颜。

到达禾木的当天下午，我们无处可去。我提出赶在太阳落下山之前，一起去禾木村的桥头拍"牧归图"。

禾木河上，一座巨大的木质拱门挑起一轮夕阳，犹如最灿烂的镜子，辉映出一个古老乡村的影子。原始而古老的有关人类家园的歌谣，被反复吟唱。每一个清晨或黄昏，成群的牛羊排着队从河流的对面慢慢踱过来，架设在宽阔禾木河上的拱形木框高大结实，像门楣一样，刚好框住了它们晚归的身影，背景是落日的烟柱与质朴的木桥，衬着远处的白桦林与清澈的河水——这是摄影者们拍禾木村的一个最为经典的镜头。

我与同伴走在去往禾木河桥头的路上，三三两两的游人扛着摄影器材，不时地从身边擦过去　　显然，他们与我们是同一个方向：桥头。还没走到跟前，我就被眼前的情景吓了一跳：不到百余米的古老木桥的两侧，挤满了男男女女的摄影者，他们早已架设好了"长枪短炮"静候一旁，先于我们到达"舞台"，等待着重要的"演员"——牧人与牧归的牛群"上场"。

我犹豫地停下脚步，摸了一下手中薄脆如玩具般的数码相机，有些自卑："比不过啊，咱们还去凑热闹吗？"

最后，我俩决定不拍"牧归图"了。

很快，一位骑着马的牧人赶着一大群牛从树林的对面过来了。他与这一大群牛准备过木桥回到村里去。人群中有了骚动。这些摄影者像接到"命令"似的，纷纷摆好拍照的姿势，将"长枪短炮"齐齐对准了这群悠然而至的"演员"。

当他们慢慢走到木桥的中段时，突然，一位头上披着花头巾的小伙子一个箭步从人群中冲了出来，半跪在木桥中间，捧起相机对着牛群一阵猛拍。其他几个摄影者见状，也学他的样子扑到木桥中间，齐齐半跪了下来，拦住了准备过桥回家的牛群的路。为首的一头牛被吓了一大跳，连连后退，一下子与后面的牛群纷纷挤作一团。紧跟在牛群后面的马也像是受惊了似的发出不安的嘶鸣……很快，牧人的鞭子狠狠落在了牛的身上。这头牛向后退的脚步停了下来，站立不动，眼睛里有一种恼怒与隐忍的敌意。紧跟在它后面的牛群也停在桥的中间。

一场牛群与游人的对峙开始了。

随着时代的变迁，图瓦村落有了电，通了路，电视和手机信号也覆盖到了村子里，无数的外地人带来了所谓的现代文明以及商机，但似乎并没有动摇这些图瓦人传统的生活习性。在这个村落里，图瓦人与哈萨克族、蒙古族人长年混居在一起，仍过着半游牧半定居的生活，禾木村中少有图瓦人离开故土出去打工，或者经商。他们中有很多人仍然未到过阿勒泰以外的地方，他们也不与外族人通婚。由于与外部环境的长期疏离，封闭和贫困是他们的现实处境之一。

而过于单调的生活也是可怕的，它是"贫乏"这两个字最明晰的概括。

特别是无比漫长的冬季到来，大雪封山，将图瓦村庄与外界彻底隔绝。正如图瓦老人常说的那样："一年之中，七个月冬天，五个月夏天。"这样的生活迫使人的一切欲望压抑在冰点以下，因而，喝酒是一种安慰。

为了抵挡一年里大半年的寒冬，图瓦人以酒度日，酒成了他们生活中的依赖以及生活的润滑剂。酒不仅是一种供人享受的实物，而且还是为了引导人走向酩醉之后畅快淋漓的遗忘之境。

在村路上，人们经常可以看见饮醉的男人躺在马路边上，甚至也有一些饮醉后席地而卧的妇女。常常有人因为喝酒把身体喝坏了，躺在寒天里把自己冻伤，冻死。有人曾做过统计，图瓦人平均一天喝三瓶半白酒，这个数字想来是无敌了。

在当地，"哈纳斯大曲"是当地图瓦人最喜欢喝的白酒，不是因为口感有多好，而是便宜：5块钱一瓶。其次是"古海"：3块5毛钱一瓶。

图瓦人喝酒的方式很奇特，除了和熟人、亲戚们在家里喝，最常见的还有喝"柜台酒"：在店里买一瓶子白酒，用指甲盖生生抠开酒瓶盖，然后倚在柜台上，连咸菜和几粒花生米都不要，就这么闷头一口一口地，有滋有味地喝起来，最后，一个人喝得嘻嘻哈哈，自言自语，对着墙说上大半天。

夜深了，杂货店要打烊了，他还不肯走。要是熟人进来了，就拉上他们一起喝，喝得友好而放肆。

就是喝得大醉了，他走路的步子也会很正常，外人看不出有什么飘、乏力——如果有什么异常的话，那就是他走路时脚伸得太直，太硬了，走得也比平时快很多——大概是酒气冲到了脑子里，冲得太厉害了。特别是在寒冬腊月，在禾木村夜晚的路上，你到处都会看到这种人——他一路走过去，什么人也不理。熟人打招呼了，他连看都不看，隔好远，都能闻得到他身上一股子浓烈的酒气。

在禾木乡，曾经流传着当地人喝酒的一个笑话：说是在禾木乡如果遇到狗的围攻，你只要假装喝酒喝多了，将身子胡乱晃那么几下，狗就会立即停止进攻。摇晃着身子走路，是禾木村男人的一种标志性步态，连狗都能看得懂。

因而在这里，有关酒鬼的故事有很多。偏远乡村的生活，大抵就是这样，人们嘴上传来传去的新闻，都是有关村子里的几个老熟人。

他叫蒙开，图瓦人，是禾木村里有名的酒鬼。没人知道他确切的年龄，也许他才40多岁，也许都50开外了。暮春正午酷烈的阳光散发出噩梦一样的暑气，一阵阵吹着他破烂衣衫的一角，再顺便吹一下他黧黑的、单薄的胸脯。他的眼角积满了发黄的眼屎——但他毫不在乎！地上的空酒瓶沾着尘土，影子一样散发出尘世的暖意。

现在，他歪着颤巍巍的身子，坐在正午烈日下的马路中间，这个时辰已没有多少人在走动，一只脏乎乎的老黑狗踱到他的身边嗅了嗅，又满不在乎地走了。当有过路人或车辆经过他的身边时，他的眼神直勾勾地盯着，喉咙里像呛着古老的哽咽，发出一种咕噜咕噜的声音。

然后站起来，伸展开手臂，身体几乎要扑将过去——那张被劣质酒精摧残的脸上迸发出一种古怪的欢喜，但是过路人很快就敏捷地躲开了，绕着道，带着厌恶、鄙夷的神情远远地看着他，好像在说："瞧，这个酒鬼！"

听说他曾经还算是一个有钱人，但那是好多年前的事了。还是在 20 世纪 80 年代，他曾经有过不多不少的牛，甚至还拥有过一匹高大健壮的马（那马是他的父亲临死前留给他的）。但不知从什么时候起，他开始嗜酒无度，不多不少的牛都被他拿去赌酒、换酒喝了，再也不属于他。

为讨酒喝，他那温顺的妻子也被他打得捂着脸跑出去，再也没有回来。从那时起，他的生活便跟酒有关。他常常和一伙像他一样无事可干的图瓦小伙子在一起赌酒喝，但更多的时候是一个人怔怔地喝，皱着眉头，像喝苦药似的咂一口酒，有时还就着掰碎的饼子、一把葡萄干或一块煮熟的土豆什么的。

没有人知道他的酒量有多大，他常常喝醉——好像一喝就醉。酒是他的温暖、他的苦恼。有时喝醉了就像未装满东西的布口袋一样歪斜着贴着墙根倒下去，一睡就是一整天。

终于有一天，他萎缩着身子，牵着马来到小杂货店里。离开时他拥有了一匹用马换来的小牛犊和腋下夹着的一瓶喝了已近一半的白酒。他摇摇晃晃地走到家门口，他的在门口玩耍的两个女儿齐齐地望着他，看那张被酒精浸泡过的，带着懊恼、羞愧、又有一点沾沾自喜的脸奇怪地扭成一团，像在说："哎呀，我又喝多了。"

就这样，短短的几个月时间里，为了换酒喝，他的一匹马就先后被他换成了一头小牛犊，小牛犊又换成了两只羊——最后，直到有一天，他赤红着脖子，勒紧破袄上的腰带（一根麻绳），牵着羊走进了一户牧民家里，出来的时候，他的脚步踉踉跄跄，口袋里揣着一只空酒瓶、两手痛苦地扶着墙根、慢慢地蹲下去。

那个季节正值冬季，等他第二天醒来，身上已落了一层薄雪。他感觉迟钝地往衣服上抹了一把雪，小心翼翼地用舌头舔了舔，细眯着眼睛，脸上露出心满意足的笑容。

现在，我的脚步正在路过他。这个苍老的酒鬼。

他衣衫褴褛地睡在禾木乡乡镇小杂货店的墙脚下，睡在自己的梦乡里，没有谁来惊醒他。他是这个图瓦村中以奇奇怪怪方式生活着的一个。

每一天，他是感到快乐呢还是悲伤，我无从知晓。

2014 年 6 月初，在我刚到禾木乡的第一天，就听说今年 2 月发生在村子里的一起因酗酒而导致的死亡事件。死者是一个年龄 40 岁左右的图瓦女人。说是夫妻俩一起到深山里的一个牧业点看亲戚，喝了不少的酒，酒醉人酣。丈夫有事中途先回了，留下妻子继续喝。妻子喝醉了，独自走在回家的路上，终于不胜酒力，倒在路边睡着了，最后冻死在了雪地里。她被人发现时，耳朵里都有血印子——可能是血管冻裂了。目睹了死者惨状的人这样说。

这位母亲去世后，留下了年幼的孩子。

那天，在禾木村一家叫"春艳"的杂货店里，我见过那个刚满3岁的小男孩，衣服破破的，

整个人看起来像是一个长脑袋的小破布球。

他被父亲拉扯着进了杂货店，年轻的父亲冷着脸，买了一袋"小叮当"牌的儿童润肤霜，很小心地扯开封口，挤出来一小团膏体，抹在了小孩子有些脏污的脸上，动作看起来很是笨拙粗鲁。小孩子很信赖地看着他，嘴微张着，露出像碎米似的小牙齿，微黄。一会儿，他那双乌溜溜的眼睛越过父亲的肩膀，瞅着木架子上的棒棒糖、饼干，还有蒙了灰尘的玩具小鸭，眼神很是专注。

我一下子有了冲动，想和这孩子的父亲聊聊，可一时间又不知说什么，很快，父子俩就走出店门很远了。

街面空旷，风卷起了一阵尘土。

禾木乡有一座很普通的乡村寄宿小学，我记得这其中的许多细节：粗糙的木柱，支撑着一个个倾斜的、四边形单面泥皮屋顶，这些简单的细碎的木格状的窗户里，那些孩子们为了得到一个正确的方程式，一个合乎题解的答案，个个趴在有几道裂缝的木桌上皱起眉头。学校操场草地上的遍地小黄花，在暮春阳光的照射下，好像铺展在另一个时空中，非常绚烂。

在学校的操场上，我被一群孩子围了上来。这些孩子中有蒙古族和哈萨克族，还有蒙古族图瓦孩子。

我注意到，有一个孩子冷着脸，一个人坐在草地上用手指一下一下地扯着草根，有些孤僻的眼神不时地朝我们这热闹处张望。

他是一个孤儿，叫阿依尔特，有一双图瓦孩子特有的尚睡未醒的、单眼皮的细眼睛。

早些年，在禾木乡，因为酗酒无度，有的人年纪轻轻就撒手归西了，留下了年幼的孩子。这些孩子从小就失去了可以依附的亲缘关系，变成一个乡村孤儿。乡村孤儿是村子里一种独特的形象。

很难忘记禾木乡乡村寄宿小学的那些图瓦孤儿。我心脏跳动的声音里已经含有他们的声音，我的呼吸里也有他们的呼吸。而他们的眼神，已凝结成一个铁块，压在了其他的日子上面，短小而沉重。让我时时能够感受到它的存在，它的力量。

我能一一叫得上这些孩子的名字：

阿依尔特：12 岁，男，小学二年级。父母去世时他年纪还小，不记得他们的模样了。这些年一直被姐夫收养。

阿登居拉：11 岁，女，小学四年级。父母去世两年了。现在被姑父收养。

哈帕：9 岁，男，小学一年级。爸爸喝酒导致脑出血去世。现在和妈妈在一起。单亲。

萨力别克：13 岁，男，小学五年级。单亲。

左尔克特：12 岁，男，小学四年级。单亲。

沃登：13 岁。父母酗酒，2006 年后先后去世。现在和 10 岁的弟弟沃特住在一起。

对这些单亲或全孤的孩子，学校在吃饭和住宿方面都是免费的。可是，当他们一个一个地站在我面前的时候，我的心微微地被震动了：这些孩子，从小就从人为的、不自然的酒的芬芳里，过早地闻到了死亡的味道，这味道里有害怕、绝望，一言不发的、无声的哭泣，还有夜里数不清的呼喊。

很难忘记沃登和沃特这对图瓦兄弟。听校长阿赛力别克说，兄弟俩一个拘谨些，一个调皮些。我去找过他们。

那天上午，我听学校的老师讲，沃登和沃特俩有好几天没来上课了。我和村干部，还有学校的老师一起，坐着破旧的吉普车，沿着乡村公路去 20 多公里外的山里寻找这两个孤儿的家。

沃登和弟弟沃特像其他的孩子一样，平时都是在这所寄宿学校里住宿，只有到了周末才一起相伴着回家。若是步行，路上要走三个半小时，而骑自行车的话，也得两个多小时。到了周末回到家里，哥哥沃登跟着山里的哈萨克族小伙子去森林里挖虫草，拾蘑菇，打獾猪，留下十岁的弟弟沃特在家里煮饭给回家的哥哥吃。

一路上，我想象这年幼的兄弟俩，哥哥咬着牙，骑着破旧的自行车，后面的车座上是弟弟，车子一路颠簸着，群山嶙峋，绿草在脚下浩荡，四周散发着孤零零的、令人昏昏欲睡的寂静，他们像两株沉默的、营养不良的植物那样紧紧依偎在一起，弟弟把脸埋在哥哥并不宽大的后背里，前面是山谷的一个尽头，而身后，是山谷的又一个尽头。

若是遇到大风天，哥哥会把车子骑得如一只蜻蜓停在狂风里。不动。

当他们终于赶到家，屋子里空空的冷冷的，没有爸爸，没有妈妈，没有熟悉的亲人。也许，刚赶到家的门口，门和墙就已连到一处，推不开了。

一路上，暑气在初夏的水汽中蒸腾，散发出各种各样的古怪的苔藓的气味。

最后，我们终于在薄暮时分来到山中沃登和沃特的家——仍是图瓦人特有的尖顶木屋。栅栏的门紧闭着。叫了好几声，没有人。

同来的老师对我说，他俩可能去亲戚家了。

直到我离开禾木村，都没见到他们。

沃登和沃特不知道我们来过他们家。

禾木河东面的高地上有一座小小的喇嘛庙，与当地居民的木屋只有一条马路之隔，凌晨或傍晚，狗吠声随着白色的帷幔飘起，用燃烧松枝代替的贡香发出的松香味儿老远就能闻见，使得这座喇嘛庙在其浓郁的宗教外表下，又平添了一层古老乡村的静谧。庙里只有一个喇嘛，他叫蒙克巴依尔，是个图瓦人。听当地人说，他家在这里是世袭的喇嘛，到他这里已是第三代了。

初夏了，正午的阳光猛烈，因为空气的能见度很高，云朵白得泛青。阳光在这个时候不仅是可见的，也是可以用鼻子闻，用耳朵听，用手摸的。路上到处都是出来晒太阳的人。

在这样的天气中，老人还穿着棉衣。家境好的孩子穿着羊毛衣。透过木栅栏，我看见一个肥胖邋遢的图瓦女人俯身卧在自家的院子里，底下铺着一块看不出什么颜色的毛毡子，身子摊开，还不时地把手翻出去，一下一下地敲着腰，正午的禾木到处笼罩着懒洋洋的睡意。

禾木这个地方高寒潮湿，风湿性关节炎是当地人最常见的病，人们相信晒太阳是不用花钱、最有效的药方子。

蒙克巴依尔坐在阴冷潮湿的庙堂里。他的脚下卧着一条狗。禾木乡到处都是狗，以白色居多。

那些狗看起来像是天空掉落到地上的云块，慵懒，贪睡。

有那么一会儿，蒙克巴依尔像一只倦了的苍鹰那样凝然不动，眼睛半闭半合。我以为他也睡着了，感觉有人走近，他睁开了眼睛，眼神里有着某种动物般的信赖。

蒙克巴依尔伸出手向我示意时，我看到他的手指关节变形突出，像干枯的松枝上长着的松塔一样肿大、僵硬，一看就知道是在高寒潮湿的环境中患有严重的风湿性关节炎的缘故。可是他每天仍为前来参拜的人诵经、消业、祈福。

站在这里，我想起了一件事：新疆女画家段离在2012年秋季的某一天，也曾经站在同样的地方，看喇嘛蒙克巴依尔诵完经、做完法事之后，用不太熟练的汉语对她说："我想说几句话，你如果能带出去，就算我说了；你如果带不出去，就算我没有说。"

这位陌生的女士拜在他的面前，虔诚地聆听着他那突如其来的、曾让她"带出去"的话。

他微闭着双眼，像在读诵经书一样，用平和而低沉的语气对眼前的女士说："现在我们图瓦人每年死的比生的多。有很多人年纪轻轻就死了，留下孩子没有人管，他们的父母大多数是喝酒喝死的。你回去后，能不能向政府反映一下，让那些在我们这里开商店的人不要卖10块钱以下的酒，那些便宜的酒都是害人的假酒。那些喜欢喝酒的人，到山上去挖两三根虫草，拿到小商店去就换那些便宜的假酒喝，把人的脑子都喝傻了，不能干活。"

说到这儿，喇嘛停顿了一下，接着又说："要卖酒也可以，进一些好酒，20块、30块，再贵一些也不要紧。那些酒鬼，没有钱，买不起贵酒，就不喝了。"

后来我听段离说，她在听了蒙克巴依尔喇嘛的这番话之后，不由自主地看了一眼他的那些变形得像松塔一样抽搐的手指。可以想见，关节炎的病痛，肯定无时无刻不在折磨着他，但是喇嘛却在为那些用虫草换毒酒喝的无知的酒鬼们心痛和担忧。

现在，我站在蒙克巴依尔喇嘛的跟前，他一直没和我说什么，我也安心地看他用卷曲的手指拿起一个铜铃一样的法器，摇了三下，像是在驱赶着什么，又像是在召唤着什么。那一刻，好像有一股奇异的风吹过我的身体。紧接着，一连串的经文在正午的阳光下从他的嘴里飘出来，声音忽高忽低，也像是在问我：

"我的话，你能带出去吗？"

离开禾木的这天下午，我向同伴提议去看望一位真正的图瓦老人。

我们要去拜访的图瓦老人叫确凯，2005年我曾拜访过他，算算他今年也该 80 岁了。在禾木村，他恐怕是我见过的一位最老的老人了。他以前家住加孜布拉克，40 多年前搬到这里来，把家安放在离禾木村很远的一个山坡上，与自己 3 个儿女居住在这里。再也没有离开过。

几顶充满古老气息的尖顶木屋掩映在荒密的白桦林中。平时，除了儿孙的欢笑声与鸟叫声以及村人偶尔造访的声响，再没有其他的声音进入。

不知从哪年开始，他在自家办起了一个"图瓦家庭博物馆"，在一间收拾好的屋子里摆满了木头鞋、皮酒壶、旱獭皮、绣针布袋、纺线车、打奶的木桶等古老的物件。他似乎相信所有的物件都有那样的禀性，能够自己讲述图瓦人的历史。它在承担着图瓦人以往的精神元素，能将古老的游牧传统安放在这里。

每天，确凯老人照看着他这间小小的"家庭博物馆"。他的目光在这一个个物件上停留，偶尔有外地游客光顾这里，和他一起触摸这些古老的记忆。没有什么可以成为让他离开这里的理由。

他的家里还是老样子，正厅的前方供着一张成吉思汗的画像，与其他图瓦人家不一样的是，那张画像是用镜框仔细地镶嵌起来的。屋子里清冷异常，所有的一切全都笼罩在灰尘之中，包括分置在木门两侧的打奶桶。几件用细缎做的图瓦民族服饰斜挂在墙上，那皱褶所形成的阴影好像一直在那里。但也有能使我感到安详的物件，比如子宫形状的干灵芝，木盆里的清水，凝滞的空气，带着灰尘的哈熊皮、木鞭子……

确凯老人话不多，沉默地在一旁搓着手。但他说起话来，我也听不懂。他说的是一种最古老的图瓦语。我们借助简单的手语交谈，仿若置身于语言诞生之前的蛮荒岁月。

"我已经是一个老人了。"确凯老人的儿子用含混不清的汉语把老人的意思传递给我。

他一再重复这句话，并且抬起他忧郁的眼睛。

我 2005 年见过他一次，但他显然不认得我，他不笑，好像从来就没笑过。

"你别拍我了。"确凯无精打采地对我做了个手势。

"我已经是一个老人了。"

我对确凯老人笑笑。告诉他这话他已经对我说过了。

那些曾穿过窗棂的风已在深秋的薄暮中止息。

这时候，我想起自己曾读过埃兹拉·庞德的诗句："让一个老人休息吧。"我想这大概是一个老人对自己所能做的最后的勉励了。

真正的禾木正以某种方式离开我们。现在，我正在它的身后，在恰当的时候离开它。

一切，都索然无味。

当我为自己的到来心存悔意的时候，具有戏剧性的是，在离开禾木前往布尔津县的途中，我见到了那些零散在路边草场上的图瓦民居，它们一间一间散落在禾木旅游区之外，彼此之间有些随意，不像禾木村那么紧凑，却透露了它们真正的原住民身份，显示出生活原始的形态与情趣——这才是它本来的模样，填补了我对禾木村以往经验的空白，它将此次旅途分为两半——让我懂得：世间并无隐逸之路而只有生活。

牧鞭

　　汉语中有一个词叫"养眼",用来形容那些珍稀之物。

　　早春二月的一个下午,车子行驶在去往木垒县的高速公路上,很长时间里,我一直注视着道路两边的茫茫雪原,还有雪原尽头天山山脉的一抹耀眼白光,突然想到了"养眼"这个词。

　　山是件大东西。我一路上看着天山,想起早已有人说了,天山不是山,它是一个巨大无比的动物,半卧在大地上,不见头尾,但它是活着的。人们只是经过它身体中正休眠的某个部位,奋力在那些大的皱褶之间日夜兼程,渺小地移动。

　　当年,一支乌孜别克族人的队伍就是沿着这条山脉从外蒙迁移到了新疆天山北麓——

　　次日清晨,我在木垒县的街上闲走,突然想到应该去县文化馆看看,期待看到乌孜别克族的历史展品,从中寻求残存的一点断碑坠简的遗迹,准确地说,是寻找到一些属于他们本民族的精神线索来。要知道，乌孜别克族的血管里流淌着亚欧大陆许多古代游牧民族的血液，蕴含着无比丰富的文化遗产。

县文化馆的楼道狭小逼仄，文物展厅的大门长年锁着，门锁上落满了褐色尘土，只有来人了才打开。

一位县文化馆的年轻女孩很有耐心地带我们进去看这些展品。不足 30 平方米的屋子里，存放着的展品大多来自乡野，多与哈萨克族人的生活有关：衣服，首饰，毡房内绣等，当然，还有木垒县境内细石器遗址的一些用品，以及年代久远的陶器、瓷器等。

展厅的窗台下，一株盆栽植物瘦而高，正午大块的阳光透过窗玻璃倾泻下来，让它在此刻拥有了一道微小而炫人的光环。在展厅里，更多的空间是黑暗——那是年代和往事所积聚起来的含垢的黑暗，因而，屋子里的好多物件涌动着各自的阴影。一些破损瓷器上的花卉依旧生动地卷着枝叶，隐秘，连绵，随着时间缓缓沉入老旧松散的静谧氛围中，因我这个突然来访的陌生人的气流，搅动了原有的沉寂。

"怎么不见乌孜别克族的展品？"我问。

这位文化馆的女孩对我摇摇头，说这个展厅是以哈萨克族文化为主题进行布置的，有关乌孜别克族的历史展品目前暂时没有，正在收集中，下次来一定能看见。

我来木垒哈萨克自治县之前，从没想过这个问题：一个人在什么地方生活，才更接近和符合这个族类的自然本性，感到最安详、最安心和最松弛？

现在，当我置身于乌孜别克族人另一个生存空间，引发的是一个从视觉到心理的感受过程。

"乌孜别克"——是我在中学历史教科书中见过的一个名词，好像是一个丝毫不沾染人间烟火气的名词。但是在此刻，这个名词第一次让我强烈地感觉到了它的入世性。

我在木垒哈萨克自治县的这几天中，从当地人的长相和日常穿着上，很难分辨出哈萨克族和乌孜别克族人的差别，当地的男人，似乎都有着北方游牧民族的长脸，话不多，胡须杂乱，表情沉淀。当地的乌孜别克族人都说哈萨克族语，这大概是他们在与哈萨克族人长期的杂居相处过程中，本民族的文化习俗与哈萨克族人融合之后的具体体现。

"掀起你的盖头来，让我看看你的脸"——这首名为《掀起你的盖头来》的民歌，在新疆几乎人人会唱，我也会唱，唱了好多年，但我之前并不知道，它居然是由乌孜别克族民歌《卡拉卡西乌开姆》改编而来的。

当我知道乌孜别克族早在14世纪至15世纪，就出现了对整个中亚文学产生了深远影响的阿塔依、萨卡克、洛特菲和艾利希尔·纳瓦依等举世闻名的诗人时，我对这个民族的文化，一下子暗生出一些敬意。

这一点，就连深谙本民族历史的乌孜别克族学者马合木提也有些惊喜地感叹："这是真的吗？这真是一件好事情。"

已近中年的马合木提在木垒县人大民侨办工作，是当地一位对本民族文化有着强烈心理认同的人。

乌孜别克族作为曾经的游牧民族，如今也只剩1万多人，他们长期和维吾尔族、哈萨克族人杂居相处；没有自己的文字，大多数人已经不使用本民族语言，在城市和农村的乌孜别克族人主要用维吾尔族语，而在牧区生活的乌孜别克族人一般使用哈萨克族语，知识分子兼通汉语。

如今的乌孜别克族人站在了历史文化的"十字路口"上，探究乌孜别克族乡牧民到农民的定居化历程，在文化多样性的今天，是一件颇有意味的事情。

此刻，我被马合木提叫到办公室靠窗的位置，与他面对面坐下，听他讲述乌孜别克族人迁移的历史。窗户外边阳光四射，我有些睁不开眼睛了，不管我是在发呆还是走神，他都要我定在这儿听他讲。看得出来，他在寻找自己本民族文化之根的过程中，不断地追问，又不断地心生疑虑。

比如，他向我抱怨：现在的乌孜别克族人特别是年轻人，大多不知道自己本民族的历史，不懂自己的语言，还有习俗，真是可悲。他还说，自己托熟人从乌孜别克斯坦带回大量的磁带、影碟，还有图书，那些源于本民族的语言，那些适于表达自己家乡的景物、风情、思想的语言让他有了冲动，他想用这样的方式，去慢慢接近自身的根脉。

"有好多人说这样做没有什么意义，但我认为是很有意义的。"马合木提说。他说这句话的时候，我在那一瞬间产生了一个困惑：什么是意义呢？意义总是旁逸斜出，看起来使我们消失，而实际上突显我们的存在。

马合木提16岁之前就在大南沟乌孜别克族乡生活，和当地的哈萨克族孩子一起上的"马背小学"，他讲述的有关乌孜别克族的历史有如一部长篇小说。

马合木提说，乌孜别克族是我国人口较少的外来少数民族之一，它来源于新疆以西的中亚地区，它的形成和发展与游牧业有着密切的联系。

木垒的乌孜别克族人主要居住在其水磨沟、英格堡山区，也就是现在的大南沟乌孜别克族乡。他们大多是从中亚地区迁移过来的，16世纪后，邻近新疆的中亚地区先后形成了以乌孜别克族人为主体的布哈拉、希瓦等三个汗国。由于乌孜别克族人历来有经商的传统，常年与新疆进行经济上的往来，他们开始组成商队，赶着成群的骆驼、马、骡，往返于新疆与中亚地区，在各地开设店铺。

正因为有了频繁的商贸活动，一部分人陆续迁入了新疆，并在这里定居下来，成为我国的乌孜别克族。

那么，乌孜别克族人又是如何来到木垒县的呢？他们与哈萨克族人的亲密关系是如何形成的？

马合木提说，大约从1845年开始，塔城地区成为塔什干乌孜别克族人一个重要的货物中转站。他们用骆驼把货物从塔什干运来，又从这里运往北疆各地，从前，塔城地区还形成了一段乌孜别克族人开设的商业街，非常繁华，主要售卖粗织布、草鞋、皮硝、粗盐，还有皮子等。后来，不知为何货物不太好卖了，这些经商的乌孜别克族人就不再去塔城了，带着货物一起转到了阿勒泰的福海县。马合木提的太爷爷就是当年跟着驼队一起来到了福海县。还有一部分人去了当时的外蒙古。

那时候的乌孜别克族人从什么时候起转为半商半牧的呢？原来，乌孜别克族人在塔城地区也是一直与哈萨克族人一起做生意的，哈萨克族牧人手里大多没有多少钱，只有羊只。时间一长，乌孜别克族商人用货物抵来的羊只越来越多，每家至少有 600 只羊，又带不走，只好又把羊群交给了哈萨克族牧民一起放养，这样，乌孜别克族人开始半商半牧了。

大概到了 1889 年，他们来到了新疆的乌鲁木齐北部地区，不断地往东移，最后在木垒、奇台等地落了脚。

事情是从一封信开始的。1885 年，一封从奇台来的信寄到了现在的蒙古国科布多省的一位乌孜别克族长者的手中。这封信是他的一位亲戚寄的。信中说："奇台是个古城，交通便利，是一个做生意的好地方，古城有个南山，很大，是空的，没有人住，可以放羊，半牧半商。"

马合木提说，信里还加了一句话："如果你们要迁移来的话，朝着博格达峰走 20 多公里，就可以走到木垒以东的奇台了。"

这封信起了很大的作用。没多久，这支不到百人的由乌孜别克族人组成的迁移队伍就走到了乌鲁木齐的卡子湾，生了个娃娃就叫"乌鲁木齐"。一些人留在了这里，剩下的人继续顺着阜康、吉木萨尔往前走，到了奇台县就会合了，在当地从事商业，还有一部分人在木垒一个叫"商人的五条沟"的冬牧场落了脚。

我从木垒县回去以后看了一下地图，在意念里连接起他们一路上前行的路线。这曲折的迁徙路在中国阔大版图的尾腹地带，拼接在了一起，久久地闪着光亮。

有的时候，人能够在瞬间感受到历史的流变。从1984年开始，畜群和草场实行分割，定居和草场私有化的发展迅疾如风，新时代的定居风潮不可避免地到来，游牧民族的定居化已成为一种势不可挡的趋势。随着乌孜别克族乡民的逐渐定居，21年前自治区人民政府批准建立了乌孜别克族乡。

乌孜别克族乡建乡以后，先后于1989年、1998年、2003年进行了3次大规模搬迁定居，在木垒县城北12公里处建立了定居点。

木垒哈萨克自治县大南沟乌孜别克族乡，是全国唯一的乌孜别克民族乡，也是一个定居村，地处天山北麓的东端，距离木垒县也只有10多公里。这个乡，几乎是乌孜别克族与哈萨克族在一起杂居的乡村。由于两个民族的人近百年来长期在一起生活，乌孜别克族人的生活也不可避免地融合了不少哈萨克族人的生活习俗。

比如游牧。游牧是与自然最贴近的一种生活方式，游牧生活的长期积淀形成了游牧民族的文化传统。所以，他们的血管里流淌着亚欧大陆许多古代游牧民族的血液，令游牧这一生活方式在乌孜别克族中经久未绝，使他们本民族的传统文化具有典型的原生性，蕴含着无比丰富的文化遗产。这既包括有形文化也包括无形文化，其中不乏优秀之作。

早春二月的一个正午，我走在大南沟乌孜别克族乡唯一的一条马路上，路边一间小商店的门半开着，没有店主，门口摆着一条木凳，整条街没什么人在走动，只有这条木凳替主人守门。

前几天刚下了一场大雪，地上还留有薄雪的痕迹。一起同来的乡干部说，他小时候居住在这个乌孜别克族乡，小孩子起床的第一件事，就是夹把扫帚，出门相互招呼着洒水扫街，家家如此。他说现在谁还扫街，顶多打扫一下自己的屋头。

走过路的拐角，一扇门向我们敞开。14岁的乌孜别克族女孩恰曼古丽正在她母亲的指导下绣一条毡毯，她绣的是羊角图案。

要知道，乌孜别克族人与哈萨克族人历经百年的"相濡以沫"，哈萨克族绣品上的羊角图案也在乌兹别克族人的生活中广泛运用，但是仔细一看，还是有所区别的。我意外地发现，这些绣品上的图案除了羊角以外，其布料的边角还有一朵朵棉花的图案——要知道，在新疆的农业大地上，棉花无处不在，遍布四野。塔里木盆地，准噶尔盆地四周及吐鲁番、哈密、伊犁等地，棉花的白色光芒照亮了田野。

有人还这样赞美棉花，说它是时间的杰作，是上帝亲手挑选的植物女儿。

现在，它们带着被时光彻底压平的姿态，已经不再是一个普通的图案，而抽象成乌孜别克族人精神世界的一种特殊的符号，一条接近于过去时代和历史的精神通道。如果在这个时候，我们把时间改为瞬间，那么，我们的思想和质感就会从这两种图案的转换中摇曳而出。

从羊角图案到棉花图案——这显然是一个很有意味的转换形式，它是否体现了从游牧到农耕的一个过程？

后来我得知，乌孜别克这个民族早些年是有着经商的传统的，早在公元 19 世纪中叶以前，乌孜别克族人以经营商业为主，在与哈萨克族人长期生活的过程中，弃商从牧，有过一段长达 100 多年的游牧生活，之后，才进入定居后的农耕生活。

当他们的身份发生改变，变成一个土地人的时候，一个牧人与一个农夫是完全不同的。他首先要了解土地的构造，土地的种类，还有范围，它适合种什么，不适合种什么。而构成农业的要素，也与碧草连天的牧场有着太多的不同，比如空气、阳光、水、土壤，农人们播下种子的时候，哪种土地能得到收益，哪种土地不能得到收益，必须对此有所了解。原因很简单：两者的技术是不一样的。农夫的对象是通过农业耕作从地里长出来的东西，而牧人的对象则是从牲畜身上生产出来的东西。

看着眼前这些绣品上的羊角与棉花图案，感觉时间和空间正相叠在一个平面上，心里便涌起了一种复杂的感情，我突然意识到：这种刺绣纹理的变化不仅仅只是一种当地民俗、景观的体现和构成，而且还是一种情感的形态和精神内涵的延伸。

恰曼古丽一边小心翼翼地在绣品上给一朵未绣完的棉花图案换白色的丝线，一边偶尔看一眼窗外。窗外就是一块耕地，她的父亲正在给耕地翻土，哗哗哗的声音，遥远而切近，坚实而隐秘，如同心跳，在遵循着自己的节奏，也许，我不能觉察它，但是除了这些，还有别的吗？

后来，我知道，在这个乌孜别克族乡，许多放下牧鞭的年轻人都先于老人们消失了——去了离家很远的大城市，要么读书，要么打工。广袤的世界为他们提供了隐匿之所，或许，血缘和土地依旧为他们保持着吸盘似的力量，那些离家的人，多年之后，会不会在某一个相同的日子里全部归来？

　　大地，应该是一个让人能够落下脚的地方，不让人饥饿，不让人寒冷，它应该是养人的。

　　而牧人，就是在草场耕种放牧的一个庞大的群体。

　　来到了木垒地区的乌孜别克族人，夏季在大南沟、东沟以及开垦河以南的斯特克萨依、琼塔斯、塔依唐巴拉干、喀因得布拉克等山区放牧。这些地方被称为"商人的夏牧场"。冬季则在博斯坦乡东部历史上曾被称为"商人的五条沟"的冬牧场。

　　"商人的五条沟"指的就是甘沟、萨尔赛尔克、哈夏霍勒、萨马勒萨依和达吾提萨依沟。

　　车在前行，远方一片开阔平原在伸展，白色的雪团低压着大地，喀因得布拉克山区遥遥未及。

　　终于，车在一个山谷中停了下来。狗在吠，黄昏里并不显凌厉，只是一种温和的呼唤。这是巴海家的狗。在牧区，几乎每个牧民家里都养狗，没有狗的牧人多半是那些沉默之人，大概不想引起别人的注意。

　　狗吠意味着陌生人的到来。

　　巴海是木垒县大南沟乌孜别克族乡的一个牧人，也是乌孜别克族人，他的脸黑而枯涩，牙床突出，一双眼睛像岩石样的坚硬。2002 年至今，他在喀因得布拉克深山里经营着一家至今还没有名字的客栈。这个客栈从山上到山下有 80 多公里的路程。当地人就叫它"牧民客栈"。

　　它是一个供前来转场的牧人中途休息的好去处。

还没走进"牧民客栈",柴草的烟熏味就远远地飘了过来。房子是焦黄的土坯墙,门板枯朽,像一个补丁似的,堵在土墙的窟窿眼里。清油桶、白酒、一大袋子面粉以及一些杂物很敦实地放在木板子上,大人和孩子的衣服耷拉在屋里的绳子上,重重地垂下来。太阳快要西沉了,空气中渗进来一些凉气,屋子外边残雪斑驳,牧人扎依提的马低下脑袋,用前蹄重重地刨着,费劲地啃食地上露出来的草皮。

巴海的漂亮而有些邋遢的哈萨克族媳妇胡艾汗面对我们惊讶的注视,露出一抹温和的浅笑。

我还看见了,巴海有一张黑黑的十分端正的脸。黄昏的阳光投射在他的背部,犹如一张逆光照片。尽管他身上肥大的棉袄棉裤使整个身形显得笨拙,腿还稍稍有些罗圈,但是,我还是感到了他内心丰沛的喜悦。

他像极了我观察过的一些牧人,他们坐着的时候安静、坦然、纹丝不动,站着的时候结实、稳当,走路的时候坚定舒缓。

而这些特点,在过去我认识的那些已回到城市的牧民身上都已不明显了。

不一会儿,几个山上的牧人围过来了,有人吆马,有人和巴海在一起闲话,身影在暮色中变得黯淡。

乌孜别克族牧人在历史上都是以善于经商著称的,虽然他们在与哈萨克族人共同杂居的生活中,早已弃商从牧多年了,但是,他们脑子里的经商意识还是很强的。

2002年,牧人巴海就在这里接管了山里唯一的一家饭馆兼旅社，那时候，上山来往转场放牧的人非常多，胡艾汗做的拉条子、羊肉汤、手抓肉都好吃得很。牧民们上山转场，都要特意绕道来这里尝尝她的手艺，看胡艾汗变魔术一样变出好多可口的食物，然后与主人喝点酒，再聊一聊山下县城里的事情。

羊群在屋子外面的草地上吃草，心情和主人一样惬意。

可是，不知从什么时候开始，上山转场的牧民少了，原先紧挨着自己家的好多间房子，一下子空了好多。

我在北疆好多牧区见过这样半塌垮的空房子。牧民都定居到"新村"了，住上了"抗震安居房"，只要人一离开，风就带着沙子跟了过来，几年前还住着人的房屋，一下子被空洞和灰尘掩埋了，成了废墟。

巴海经营的这家"牧民客栈"位于海拔 1500 米的喀因得布拉克山区，随着牧民定居工程的不断实施，山上的牧民包括他家隔壁的邻居们都纷纷下了山，按县上的统一规划，搬到了木垒县大南沟的乌孜别克族乡，统一种植大棚蔬菜。

下山的人多了，原先很热闹的生意一下子冷清了好多，牧人巴海有些感慨："大家都走了，山下的条件总比山上要好。"

"你也下山去吧。"这几年，不断有牧民从山上搬下去，在走之前，他们和巴海打招呼的时候，都这样劝他。

晚上，巴海煮了羊头肉招呼我们吃。一会儿，木门被撞开了，又进来两个穿黑棉袄的男人，几个男人面对面坐着，撕嚼着羊肉，喝着酒。眼前，没有浓郁的松树林，没有令人心里荒凉的戈壁滩，只有瓶中透明晃闪的液体和时断时续的话语。此时的天色混沌难辨，不知是黄昏还是破晓，他们就这样喝着酒，唱着歌。不管是喝还是唱，都让人感觉到踏实。

山上不通电。不过有太阳能，还是两年前接到山里的。不时跳闪的昏暗的灯光下，巴海佝偻着腰，几道阴影把他的脸弄得乱糟糟的，瘦削的面颊布满了褐色的晒斑。他像是有些怕光，我们在说话的时候，他细眯了眼睛，把身子稍向后转。这样一来，昏暗的光线就从他的侧面一下子涌入他额头上一道深紫色的疤痕里。这道疤痕是巴海在多年前一次放牧时从山上摔下来留下的。

这几道光为他雕了一尊像：牧人的像。

在来来往往的乌孜别克族牧人眼里，巴海的"牧民客栈"是日常生活中不能缺少的快活。打算今年七月下山的牧人扎依提放下酒碗说："要是巴海也下山去了，我们上山就不知道该找谁喝酒了。"

巴海摇摇头，说："我不走，等这个山上的牧人全走光了，我才下山去。"

按照巴海的愿望，喀因得布拉克山区夏天的风景还是很不错的，只是游人知道得太少。做饭用的是干柴。巴海希望有一天山上能通上电，这样，游人来这里旅游住宿就方便多了，而自己也就距离下山的日子要远些了。

我在巴海的"牧民客栈"住了一夜，第二天就回到了木垒县城。

我留意过有关当地的新闻，说是三天后又一场暴风雪将降临。

史诗

雄狮玛纳斯阿依阔勒（《玛纳斯》史诗中对英雄玛纳斯的固定比喻，意思是"月亮湖"，形容玛纳斯的心胸宽广而坦荡）是柯尔克孜族人心中的一个永恒的神——他手执长剑，身骑白马，那是一匹从未被尘埃沾污过的白马，一匹可以在稀薄空气的云巅之上驰骋的马。

还有他的面庞。

我相信，从没有一个人能形容出玛纳斯真正的面容。当人们仰起头来，渺小的姿容中注定要承受梦境给予他们的折磨。真正的雄狮玛纳斯置身于白茫茫的远方，在云端之上，在一切河流之上，在每一个黎明和每一个夜晚交织的梦境之上……

因为他的存在，会有一种神秘的文字密布在卡克夏勒牧场上，有如暗示，在牧场上的每一道峡谷、雪山及草甸流传。

但是只有一种人，能让他们从《玛纳斯》的史诗世界中看见那张英勇的脸……

如此动人的脸，给多少仰望者带来了惊喜。

这种能给他们带来福祉的人就是玛纳斯奇——柯尔克孜族人把能够演唱《玛纳斯》史诗的民间歌手们尊称为"玛纳斯奇"。"玛纳斯奇"这个词在柯尔克孜族中是一个神奇而诱人的词。玛纳斯奇是柯尔克孜民间说唱艺人群体中一个最受人尊敬的特殊阶层。

他们是超凡的诗歌匠才，语言大师，是一个集语言、音乐、表演才能于一身并具备超常记忆与丰富想象力的人，但是，它并不是一个人人都能够胜任的职业。《玛纳斯》史诗自己来挑选那些能够胜任这个职业的人，就像"神用灵感的磁铁先把史诗诗人牢牢吸住，然后再通过诗的魅力吸引吟诵诗人，最后，又通过吟诵诗人如簧之舌吸引听众"。

而我下面所要讲述的如咆哮的滔滔洪水、昼夜不息地吟唱《玛纳斯》史诗的一位圣者，就是"被神选中，并用灵感的磁铁牢牢吸住的人"。

他叫居素甫·玛玛依，是当今世界上唯一一位能够完整演唱八部《玛纳斯》的玛纳斯奇。23万多行史诗，他能够倒背如流，从头唱到尾，要一年多的时间。

人称居素甫·玛玛依是"当代活着的荷马"。

至今，在居素甫·玛玛依的故乡——喀什噶尔南缘的卡克夏勒谷地的阿合奇县，还流传着许多有关这位圣者的神奇传说。

一天，牧区一位柯尔克孜族老婆婆对研究《玛纳斯》的学者阿地力说："孩子，居素甫·玛玛依不是一位凡人，我见过他，从他身后观察可以发现，他的双肩上各有一支燃烧的蜡烛，这是圣人的标志啊！你一定要听他老人家的教导。与他相遇时，一定要从他的侧面走，万万不可正面迎着老人走过。"

喀什噶尔南缘的卡克夏勒谷地是新疆柯尔克孜族世代居住之地，"卡克夏勒"一词在当地柯尔克孜族的传说中一般被解释为"干旱少雨的山区"。其北部是天山山脉南部山系的一段，终年冰雪覆盖。

据说，早在汉代，张骞通西域时已凿通此道，成为连接中亚与新疆南部各地的主要交通线。历史上曾繁荣一时。当年唐玄奘取经也是经过这个别道里的山口进入中亚。但是，古丝绸之路文化逐步走向凋零之后，卡克夏勒因地处高山环抱的偏远地区而长期处于与外界隔离的状态中。但也许越封闭的地区，其原有的传统文化积淀也就越深厚。

历史上，柯尔克孜族群体由大大小小的部落组成。生活在卡克夏勒谷地上的柯尔克孜族主要属于切日克部落，居素甫·玛玛依家族属于克孜勒吐库木部落，是切日克部落中的一支。

卡克夏勒牧区的人民自古以来就以善言谈、好娱乐、长于民间游戏而著称。就像《玛纳斯》史诗中所描述的古代柯尔克孜族一样，他们一有空闲就会按照祖辈的习惯举办各种婚典、祭典等大型活动，在草原上支起一排排雪白的毡房，组织年轻人进行叼羊、赛马活动，到了晚上，宰牲畜煮肉，人们围坐在火塘边聆听民间史诗歌手们演唱英雄史诗《玛纳斯》。

《玛纳斯》是游牧民族柯尔克孜族人的一个隐秘的文化，玛纳斯奇们如洪水般滚滚的吟唱声响彻整个村落的夜晚——这是诗意而美好的旋律。英雄史诗《玛纳斯》使卡克夏勒山谷有了一个近乎完美的精神世界。

　　居素甫·玛玛依是母亲布茹里的第 27 个孩子。

　　在这之前，他那善良和蔼的能够演唱大量民歌的母亲布茹里所生的孩子除了两个活着以外，都纷纷夭折了，这使他的母亲及父亲玛玛依大半生都陷在难以名状的痛苦和恐惧中。布茹里 60 岁时，又奇迹般地怀上了第 27 个孩子。据说，孕期已有数月的布茹里在秋季的某一天正在院子里手持两根棍子一边拍打羊毛，一边不知不觉闭起眼睛打起了盹，而且还做了一个梦。在梦中，她梦见自己正在哭泣，并看见一对老人走过眼前，老太太走在前面回转头时，走在后面的老头儿向她点点头。

　　这时，老太太从自己怀中掏出一个布包递给布茹里并安慰她说："孩子，你拿着这个！你受尽了痛苦和悲哀，但依然对生活虔诚无比。牦牛是一种神圣的野生动物，野生动物神会保佑你平安无事。"说完，那位老太太打开布包把它送到布茹里手里，布茹里似乎接过了一个模样像牦牛的肉蛋蛋。这时，这对神秘的老人突然消失了，而布茹里也从梦中惊醒。

　　从此，每当布茹里摸着渐渐隆起的肚子，便把这个奇怪的梦同体内即将出生的孩子联系在一起，认为这是一个吉兆而暗自感到高兴。

　　这一年 4 月，布茹里终于平安地生下了居素甫·玛玛依。

　　当居素甫·玛玛依长到 9 岁时，布茹里老太太为了在自己及丈夫玛玛依老人的有生之年看到居素甫成家立业，便按"骏马不嫌自己的肉骨沉重，亲戚会永远爱护自己的亲人"的祖训，为居素甫·玛玛依物色合适的姑娘。

9岁的居素甫·玛玛依和11岁的赛丽罕，一个是乳臭未干的小子，另一个则是黄毛丫头，他俩虽然在牧场迁徙的途中见过面，但从未说过一句话，却只能听从父命，按柯尔克孜族人古老的传统方式结了婚。

柯尔克孜族中有"婚礼是众人的，需要大家共同参与"的说法。婚礼当天，数百里之内的远近亲戚们以及克孜勒吐库木部落的主要人物都骑着马儿赶来了。一些能够演唱《玛纳斯》史诗的歌手们大发诗兴，把欢乐的气氛引向了高潮。

这时，男女双方家的妇女聚集在一起向新娘问候和祝福，并由新娘的母亲亲自为她洗头梳辫子，新娘赛丽罕的40根细辫子一一被分散开，编成两根长辫。这表明昔日的姑娘已成为今天的新娘、明日的少妇。按传统方式，赛丽罕的母亲、姐姐、叔婶、哥嫂们要为他祝福，唱送嫁歌。

赛丽罕的母亲卡勒怡一边为女儿梳头一边唱道：

> 你骑着灰色的走马儿走在前，
> 手中的马缰要不得放松，
> 灰走马全身的汗水流，
> 人家会美问你是哪家闺秀。
>
> 你骑着栗色马儿走在前，
> 千万要放松马缰。

栗色马走路汗流如水，

路人羡慕你姿态优美。

月亮镶嵌在夜空，

金制的饰品在辫稍摆动，

在你爱人的怀抱里，

你要快乐地生活忘记烦闷

……

　　她为女儿唱完这段送嫁歌之后，禁不住流下了惜别的热泪。

然后，她又一边继续梳洗一边对亲家人唱道：

我给你赠送洁白的丝绸请珍惜，

我给你赠送白隼稚鹰请耐心调教。

我给你赠送蓝色的丝绸请珍惜。

我给你赠送白隼稚鹰请认真驯服。

用金子镶嵌的是马鞍，

用心血抚养的是女儿。

山谷里长满艾蒿，

我高傲的亲家呵，

可要把我的心肝照顾好。

如果你让她伤了心，

我就会把她领回家，

让你受尽生活的苦劳。

……

　　在他们不知男女恋情为何物的情况下，年少无知的居素甫·玛玛依和赛丽罕结成了夫妻，在大人的照顾下生活在一起。随着年龄的增长，居素甫·玛玛依逐渐成长为一位身材高大英俊、感情丰富的，既有青春热情，又有学问和智慧的青年。

　　居素甫·玛玛依生活和成长的时代正是卡克夏勒地区《玛纳斯》演唱活动广为流行、高潮迭起的时期，人们因《玛纳斯》的演唱活动而得到精神的享受，认为"玛纳斯"的英灵依然活在人间。

　　在20世纪，卡克夏勒谷地的柯尔克孜族中掀起了一股《玛纳斯》的演唱热潮。在那个时候，玛纳斯奇们成为柯尔克孜族人的追求目标和崇拜的偶像。那些专以演唱史诗《玛纳斯》为业的民间艺人往往会骑着马儿结伴游历各地，往来于各个牧区去参加婚礼以及各种集会，为众人演唱史诗《玛纳斯》助兴，使那些聆听歌声的人得到快乐，这是当时柯尔克孜的民间艺人们的一种典型的生活方式。

　　在吟唱中，他们怀着对大地一切神性事物的感恩，怀着被一只只时间之翼磨损着的伤感。让我们在这美好的吟唱中找到古老的起源，找到柯尔克孜族男女们在叙事生活中制造出的娱乐场景……这样的吟唱此起彼伏，持久不散。

史诗总是选择那些天才中的天才，在他们脑海中留存。

柯尔克孜族的谚语说，摇床中的孩子，谁也不会想到将来会成为别克（古代柯尔克孜族一级官职的名称）。居素甫•玛玛依淌下自己的脐血，多年后会成为大玛纳斯奇是当时谁也想不到的。

居素甫•玛玛依的童年生活主要在阅读和背诵《玛纳斯》等民间文学作品中度过。《玛纳斯》对他而言，是无限的心灵之约，是宁静的馈赠，更是一次修行：因一个人的灵魂发现了别的灵魂，使他在漆黑的时间里发现了银光闪烁的迷宫，有如在卡克夏勒邂逅一座雪山之上的空中花园。

幼年时代就投入《玛纳斯》史诗的阅读、背诵、记忆活动中的居素甫•玛玛依，13岁时已经能够背诵及演唱《玛纳斯》史诗的许多内容。他轻盈地走在山峦间的草地上，不惊动任何风花雪月，让所有的牧人和羊群从他身边走过去——他的心不会被别的声音所惊动，他的视线不会被别的枝蔓所缠绕——只为阅读和背诵《玛纳斯》。

居素甫•玛玛依正同他的先辈一样，同那传说中的英雄玛纳斯一样，按照宇宙的节拍行走，于是便有了真正的勇气和无敌的力量。这种力量从柯尔克孜卡克夏勒谷地循环进这神奇的话音和节拍中。一直到30多岁，只要他一睡过去就在梦中演唱《玛纳斯》。家里人对他在梦中演唱史诗的情形十分了解，当有客人来访时，从来不让他和客人同睡一屋。

居素甫•玛玛依讲过这样一个故事：一天中午，他的父亲正在与母亲布茹里一起听他念诵《玛纳斯》手抄本，他读着读着就打起了盹儿,而且做了一个梦。梦中正是黄昏时刻,一位骑着光背深棕马,脸色稍黑,嘴唇特别大的人突然出现在他面前,居素甫顺手牵住了他的马缰绳。这时,这个神秘人指着前方对居素甫说:"喂!孩子,你要好好记住,看看他们吧!"

居素甫放眼朝他指的方向看去,只见两个身穿白色的战袍,骑着白马的勇士面朝西方并肩而立。后面又有两个勇士骑着马并排而立,其中一个骑着白青马,另一个骑着黄花马。他们后面还有一个骑着浅棕色马的勇士。

这时,那位勇士对居素甫介绍说:"那站在最前面的两个人,一个是玛纳斯,另一个是巴卡依。他们后面的两个人,一个是阿勒曼别特,一个是楚瓦克。我是额尔奇吾勒。阿吉巴依还在后面。"居素甫•玛玛依听到这儿,就从梦中惊醒了。

这时,坐在一旁的布茹里老太太看着被汗水湿透的儿子,惊异地问:"怎么啦,孩子?"当得知儿子做了一个奇怪的梦时,他的父亲便吩咐妻子到外面让人牵来一只羊羔并请来邻居,宰了羊羔为他举行了一个小型的祈福仪式,让人们展开双掌举起手为居素甫祝福祈祷。

过了一段时间后,父亲又对儿子劝导说:"玛纳斯是一个活着的神灵。人年轻时会遇到各种各样的事,也会做出许多轻率的事。你可千万不要在40岁之前在众人面前演唱《玛纳斯》,否则就会因承担不起它的重托和希望而招来大祸。"

居素甫•玛玛依把父亲的教诲深深地记在心中,虽然史诗演唱的激情不断地在心里涌动,但他很长时间一直没有在众人面前演唱过《玛纳斯》史诗。实在忍不住要唱时,便到深山中去独自一人自言自语地进行演唱，倾泻心中的激情。

关于居素甫·玛玛依的几次史诗演唱活动，比居素甫·玛玛依小 8 岁的侄媳妇玛丽凯·巴勒布克回忆说："1939 年春天，我家的母马刚开始产奶，家里人邀请邻近的亲戚们做客，庆祝新春，欢度诺鲁孜节（迎接春天的节日），草原上新春气息十分诱人，有 20 多户牧人居住在这同一片草原上。亲戚们从各地聚集而来，围坐在铺在草地上的花毡上，一边吃肉喝马奶，一边催一位脸色红润、身材高大的年轻人演唱《玛纳斯》。作为克孜勒吐库木部落的新媳妇我们要手脚麻利，四处跑动着招待客人。

"这位年轻人就是居素甫·玛玛依。他在人们不断的催促下开始演唱，并在人们'听不清！大声点'的要求下，逐渐提高了嗓门，随着他的歌声，嘈杂声渐渐沉寂下来，人们把注意力都集中到他的身上。有人请他唱史诗的《远征》部分，有人则要求他唱《卡妮凯让塔依茹骏马参加比赛》，当时的他是一个精神饱满的成年人，史诗演唱的技巧已经十分熟练，所以演唱起来动听感人。他演唱时，表情非常郑重而严肃，两手不停地做一些与唱词相对应的手势和动作，口中不断有泡沫喷出，声音也不断地变换和起伏，而且十分清楚悦耳。

"这一天，他从早上开始唱，一直唱到了傍晚。又从傍晚唱到了第二天凌晨。唱得如醉如痴，几乎要昏倒了才停下来休息。"

1940 年，阿合奇和乌什两县近千名农牧民被征集到古道别迭里山口上修建公路。当年 22 岁的居素甫·玛玛依，被当时负责督建公路的都瓦纳总乡约选为自己的秘书带到了工地。当时都瓦纳是阿合奇县哈拉布拉克地区的乡约，对居素甫·玛玛依的学问和才能早有耳闻。

从各地聚集的民工们白天辛辛苦苦地搬运砂石修路，晚上为了消除疲劳而聚在一起，这些人中不乏民间艺人。他们为显示自己的才能，或演唱民歌，或弹奏考木兹琴，或演唱民间史诗。

当时，在工地上为人们演唱《玛纳斯》的两个玛纳斯奇，一个名叫朱马洪·玛木别特阿洪，另一个名叫居努斯·阿力拜，他俩都不能演唱完整的史诗，而只能演唱史诗的一些片段，两人轮流为人们演唱各自所熟悉的史诗内容。居素甫·玛玛依每天听着两位玛纳斯奇反复演唱史诗的同一片段，感到很心烦。

于是，他便喝足了柯尔克孜族民间特有的用栗子酿制的包孜酒，凭着酒劲，又一次忘记了老父亲的遗训，忍不住心中的激情，情不自禁地接上玛纳斯奇朱马洪吟唱的内容唱了起来。

他这一唱便如奔泻而出的洪水一般，滔滔不绝，整整唱了七个晚上。在每一个听者心里都投下一片光影，不仅由他的歌声，而且由他的完美混合的精神。

他的歌喉在史诗的旋律中始终在追寻英雄玛纳斯的灵魂，因而不仅是用自己的血液在唱，更是用自己的生命在唱，那昼夜不息的吟唱犹如穿越了一次次的黑暗——那种磅礴气势和千种风韵，真是妙不可言。

这是他的幸福。

有一年，我从帕米尔高原下来，出阿克陶县城，沿卡克夏勒河谷逆流而上。卡克夏勒河是从西向东横穿谷地的一条奔腾咆哮的大河，即塔里木河源头的一支托什干河。

托什干河发源于吉尔吉斯斯坦国境内，被当地人称为"铁提尔苏"，即"倒流的河"。

卡克夏勒河为什么会永恒地倒淌着清澈的河水？我拜谒着这片圣地。我看着太阳用金色涂抹着河面，仿佛觉得自己的天资和灵性被唤醒。越往卡克夏勒谷地深处走，就越使我感到孤独。

但是，孤独又是只属于这块土地上的玛纳斯奇们的。对他们而言，表达孤独的方式是吟唱英雄史诗《玛纳斯》，当人的天资和灵性没有被唤醒时，当孤独没有被唤醒时，他们的吟唱就不会涌现出一片草叶上的露水，一块石头上的影子，以及一只鸟儿低低飞过帐房的轻盈……

我站在柯尔克孜族人向他们的子孙世世代代吟唱史诗的地址上，惊叹于英雄史诗《玛纳斯》获得了如此秘密而不朽的永恒意义，它不会随着时间的流逝而湮灭，这让我无法遏制想象和冲动去接近这位传奇中的玛纳斯奇——居素甫·玛玛依。

这是一位像史诗那样古老的柯尔克孜族老人，仿佛从大山深处的一道巨大幽深的屏障中走出来。当我从他身边擦身而过时，我就已经感觉到了他不平常的一面。看不见的寂静使他的身体散发出古老如松枝的气息，他还未出生，就已感受到了有关玛纳斯的种种传说。他生活在秘密的远方，生活在潺潺流动的卡克夏勒河水的波纹中，也生活在青草之上和白云之下。

一缕光芒始终笼罩在他的头顶，如同笼罩着我们人类俗世的欢娱行为。我明白了居素甫·玛玛依吟唱的史诗表述的是一首人类寻找灵魂的歌。

"人们依恋这首古老的歌曲，因为他们生活中仍未受洗礼、受约束的时刻，使他们渴望享有这种生活。仕难得一遇的间隙，我们超越德行的必要性，进入恒久不变的晨光，在晨光中我们只需继续生活，呼吸芳香的空气……

"在火光中的吟唱熄灭之前，此刻的生活蕴藏着史诗一样的旋律，如果有一天我被这旋律碰撞而死，那将是我的命运。"

悄悄地离开，我将离开。

这些年，我一直在搜索生命中每一个有意义的时刻，殊不知寂寞会把我高高地抛到空中，只为了让我的身体发出声音——在火光熄灭之前，真正地感受声音的芬芳。

我似乎在一个傍晚见到了这位身处在人群中的玛纳斯奇：他有自然赐给他的老态龙钟，他有时间赐给他的智慧，他有梦境赐给他的明亮的目光……那目光中包含着寻探史诗的神祇所流露出的神秘感，并遗忘了躯体曾承受的饥饿和劳累，史诗中的每一个瞬间既是他的全部过去，又是他的全部将来。

只是，只是这一切是我的想象，因为至今，我一直未能与这样的玛纳斯奇相见。

安放

"门锁"

　　新疆福海县齐干吉迭乡赛克露村是一个哈萨克族定居村。

　　走在村子里，风景也变了。一大片整齐的砖瓦结构的平房拔地而起，"拔地而起"这个词用在这里极合适。周围是无尽的旷野，没有高层建筑，村子里少有走动的人，只有几头牛、几条狗在街上闲逛。

　　这里的牧民虽过上了定居生活，但他们的脸上明显留有过去放牧时日照和风沙的痕迹，男的走路两条腿岔得很开——那是他们曾经长年骑马的缘故，他们中寡言的多，都是一副黑红而狭长的脸。

　　这个村子规模不大，方方正正，唯一一条柏油路干净整齐。村子里的房屋设施齐全：水、电、棚圈、电视、电话。村子还有卫生所、文化室。走在路上的人的表情是沉缓和满足的，看不出贫贱富贵。

定居，使疲惫的牧人得到了调养。

赛克露村家家户户都有铁铸的大门和围墙。

锁是一种所指丰富的象征。门外，就是世界之外，生活之外。某个门里的一切与门外的一切隔绝。越是崇高的地方，门越是做得厚重庄严，不同凡响。

让我想起自己在沙吾尔冬牧场所见的一幕。

在那里，几乎所有的哈萨克族人家都夜不闭户，他们的毡房没有门锁。

沙吾尔山远冬牧场。

牧人的毡房在一片雪地里静卧着，像那些乱长的灌木丛及土包一样突兀而起，有着不辨高低的轮廓的淡影，奔向它会有一种错觉。雪还在下，不断地扰乱视野，牧人的声音从远处传来，与雪地上的一声咩叫、一丝草响没有什么区别。

风的力量，把人的痕迹快消灭干净了，道路太滑，我们不得不停下车，随意向雪野上的一座"毡房"走去——这是只有一层毡的毡包，只用一根细皮绳粗心大意地拴住。主人不在，肯定是放牧去了。沙吾尔牧业办的干部沙恒别克轻轻解开毡房上的"门锁"，掀开毡帘，示意我们进去喝茶、休息一下。

"主人不在，合适吗？"沙恒别克看出我的犹豫，笑了："丫头，没关系的，在我们哈萨克族牧区，如果毡房里的主人不在的话，外人可以进来，自己烧饭，烧茶，睡觉，只要不带走主人毡房里的东西就行。"

沙恒别克在这位不知姓名的牧人家里为我们烧了一壶奶茶。待我们上车离去时，放牧的主人还没回来。临走时，沙恒别克熟练地用皮绳草草拴住了门。

哈萨克族人的文化，对应的是一种对传统的默契。据说，他们在转场的途中，每搬一次家，都要把毡房周围的羊粪、杂物、垃圾等收拾得干干净净，才放心离去。

为什么不同种族的人总有着不同的观念和哲学？我要获得怎样的机缘，才能真正与哈萨克族人的内心接近呢？

"干部"是一个大词

过上定居日子的牧民当然满意这样的生活，每家的庭院都是三四百平方米，房里有火炉，有热炕，院子里有摩托车。

努尔别克是福海县赛克露村牧民高标准二次定居的受益者，他还带我看了他家屋后头的暖圈，圈里有羊，有牛。最后，我参观了他家的厨房——都贴着白瓷片呢，一摸，很光滑。

可能经常有人来参观吧，这里的哈萨克族小孩也都是像见过世面的样子，不怕生人，热爱照相。

在自家的庭院里，努尔别克家的小儿子四处跑着跳着，每个角落他都熟悉。只要我的镜头对住他，他的眼神马上闪烁出热烈而又专注的光芒来。他的父亲努尔别克是他的动作设计师，我只好不停地给他变换角度照相，每拍完一张他都要凑上来看，进行一番点评。

他的母亲站在门口，眼神追着这个男孩跑，她手里捧一只碗，里面泡着干馕，直到我们离开，端着的那只小瓷碗一直没放下。

我在很多地方看到过这样的眼神，尤其是在新疆偏远的乡村，好像照相机代表了一个高质量的生活，代表了一个文明世界的入口。大概他们一家人过去少有机会在一起照相。最后，他们一家三口站在了一起，摆开姿态示意我给他们照个合影，但是没有要求我把相片寄来。他们好像并不关心自己在照片上的样子。

对他们来说，照相这一刻的重要性大于照片本身的重要性。他们不需要照片，只需要听见相机拍照时的"咔嚓"一声，就已经满足了。不在意自己的形象最终会留在世上哪一个角落。

努尔别克说："这孩子生下来，我们就不怎么管他。他和小羊羔小牛啊什么的一起长大了。现在他自己也管理羊只呢！太皮了这孩子。"

我的手忍不住地搭在小孩的肩上。小孩快速地翻翻眼皮，跑掉了，躲在他父亲的身后探出头来偷看我。

"你长大了想做什么？"

"当干部。"

"为啥当干部？"

"出门可以坐车，不骑马，不用每天辛苦地赶羊走。"脆生生的声音从他父亲努尔别克的身后响起。

在哈萨克族牧区，"干部"是一个很大的词。如今牧区的孩子上学的目的越来越明确：长大了当"干部"。

我们是坐着车到他家采访的，在孩子的眼里，我就是个干部了。可我却是他们中距离"干部"最远的一个凡人。

在村长的办公室里，一个穿黑皮袄的"干部"开始汇报工作，我记下这么一些数据，并抄了下来。

福海县齐干吉迭乡赛克露村，1962年时叫大跃进村。"大跃进"——这是一个产生在特殊年代的词。当年全村的人日夜奋战，在这里拉了一条渠，叫"大跃进渠"，村子中还有叫"革命古丽"的妇女。

这个村子到现在，仍以畜牧为主，农业为辅。农业，主要是变革传统的草原畜牧业生产方式，让牧民们放下牧鞭，种饲草、玉米、甜菜、打瓜等。

萨比汗

萨比汗是一位60多岁的哈萨克族牧人，他放牧了一辈子牛羊，如今过上了定居生活后，却仍旧闲不住，他那双侍弄牲畜的手，面对一片等待他去春耕的土地时一下子变得笨拙不安，很显然，他思想最为活跃，身体最有力量的年代一去不返了。但那种在路上的气息，仿佛是一种活着的巨大无比的动物，一直诱惑着他。

"今年夏天，我就不管地里的事情了。我得带上羊群去外边转转。"萨比汗说。

萨比汗有130多亩地，其中80多亩地是胡草地，只能种些牧草，其他50亩地种打瓜、油葵、甜菜和玉米等。到了今年8月，羊群会增加50多只，卖掉后可以换成生活用品。

"放牧辛苦。搬家累死了，扎帐篷打桩子也辛苦，下雪天里忙碌一天，一口茶也喝不上。

"红山嘴的风景好。从这里往红山嘴夏营地去，一路上得搬 30 多次家。"

萨比汗老人用结结巴巴的普通话对我说。

我问萨比汗老人："这么辛苦地还要去转场，有啥好？"

"习惯了，我祖上的人就一直是这样生活的。"

去年，萨比汗老人家的收成不好。他对我解释说：是干旱的原因，可是村里的干部却说，是我把地给种坏了。

"我放了一辈子羊，并不懂得在春季播种时，要把没有耕过的土地先翻一遍，在播种前将长出的杂草连根除掉。同时，让翻过土的土壤经过日晒，以使它能更好地吸收降落的雨水。土地要翻过两次，三次更好。这样，晒松的土地才更适合耕作。"

的确，播种、田间管理等对一个刚刚放下牧鞭的牧民来说无疑是难的。他们的视野里只有森林、远山、沙漠、戈壁、碱滩、碧绿的草甸……他们知道一群牛羊在一个夏天所要走的道路，却不知庄稼需要汲取多少养料，才能变得金黄；他们能从上百只羊群中一眼辨认出自己家的羊，却不知田野里这一棵庄稼与那一棵的相似与不同之处……

村里的干部说，虽然牧人转场的生活是很累，但这里的哈萨克族老人还是喜欢上山——"阿勒泰石山——红山嘴"（中蒙边界的一个夏营地）。

夏营地在蒙古语中叫作"焦斯曼"。"焦斯曼"一词在游牧人的语言中有着无法言传的广泛意义。它是草原人一年中最美好的时光，在一个好的"焦斯曼"度过童年的人，是一个有福的人。

每年天一转晴，地上的草刚一露尖儿，这些哈萨克族老人就像羊一样开始变得躁动不安，就想赶着羊群往远处跑。

定居生活对他们来说，无疑束缚住了自己在大地上行走的自由。他们怀念从前那种不被大地捆住的自由和不在一个地方停留的自由。特别是转场到了夏牧场，心理上的那种解放感和松弛感是任何东西都代替不了的。

他们把儿子、儿媳留在家里照看土地上的庄稼，自己则带上羊群、毡房往红山嘴夏营地走。他们知道牧道上的一些风景，一种路上的生活在一年一年地等着他。那都是他们熟悉的东西——牧道上的坑和坎，河流上摇摇晃晃的索桥，路上的帐篷，奶桶中倾斜的马奶酒……在等着他们。

常常，人在瞬间就能够感受到历史的流变——定居和草场私有化的发展迅疾如风，游牧民的定居风潮不可避免地到来。

牧民们往返于草原冬牧场和夏牧场的迁徙，如今，已变成了一座座砖房的基本定居。冬天屋子里有热乎乎的暖炕，电动车驮载家什的方便，还有砖房窗底下垒得高高的啤酒瓶等，使越来越多的哈萨克族人，特别是外出打工感知到"城市文明"的年轻人，不再心甘情愿四处动荡地迁徙。

仙木思亚是巴里坤哈萨克自治县大河镇哈萨克牧民新村的一位村干部。他说，现在有不少过上有电有自来水定居生活的牧民都说，比起以前的游牧生活，现在的生活要舒服得多。牧民夜间放牧和迁移中的劳累，真的是数也数不完。

仙木思亚说:"现在,年轻一代的哈萨克族人定居的愿望好像更强烈。面对从前简朴的游牧生活,现在的他们更憧憬物质丰富的街市生活。在年轻的哈萨克族姑娘中,定居是结婚的一个必要条件,是把女性从沉重的负担中解放出来的一个好机会。"

这些年,我曾经深入新疆北疆的一些牧区,进行有关游牧文化的探访,探访游牧民目前生活的定居化现状,发现牧民选择定居不仅仅是因为希望有更为舒适的生活,而且还与物质欲望的膨胀有关。

从前,哈萨克族牧人的游牧生活被放置在迁移这个笼子里,不得不去过压缩到最小限度的生活,特别是生活用品和家具,只能带些最必要的东西。而定居化的生活拆掉了这个笼子,进入一个"解开摁扣"的状态,所以欲望得到了扩张……但,这绝对是社会发展的必然。

如今,哈萨克族牧人迁徙转场时雇用汽车早已不是什么新鲜事了,当汽车进入了偏远的哈萨克族牧区,不再为牧区的人议论或抚摸。牧民们看到一只从天而降的"容器"晃荡在人畜上空,它可以前后移,可以左右移,可以在一只只旋转的车轮下以迅疾的速度驶出几十公里外,它移动着方向盘,奇迹般地进入牧人可以驾驭的方向之中——朝着一条雨后的泥路行进。

人们都说,游牧民族是自豪感很强的民族,在萨比汗身上,我也看到这种现象。目前,支撑着像萨比汗这样虽然过上定居生活,但是仍不放弃当游牧人的想法的,很大程度上就是这种作为游牧民族的自豪感。

该怎么样固定住他们这来来回回移动的根?

"土地人"

阿勒泰地区富蕴县沙依恒布拉克的深秋，正是一年中牛羊转场的季节。

牧道上，牧人家转场的羊群把狭窄的山道堵死是常有的事。往来的汽车司机皱着眉头，长按喇叭也不顶用。他们不喜欢在这个季节跑车，因为这期间路上的羊群太多了，把路堵得死死的，车走得太慢，一个星期都出不了几趟车，他们嫌赚钱少。

此刻，羊群在狭窄山路的拐弯处缓缓地走，司机不得不时时鸣响车笛。汽车钢铁的外形闪着蓝光，挤压着车轮旁肥胖、迟钝的羊只，分外耀眼。哈萨克族牧人戴着口罩，把脸捂了个结实，但是，汽车的鸣笛声不可能撼动羊群，而牧人手中甩起的鞭子却能，只见长长的皮鞭落在半空中，画了个弧形的曲线，声音清脆，直到羊群慢悠悠地踱到路边，紧贴着岩石继续移动。

车上，几个头上系花头巾的广东人惊奇坏了，大呼小叫地把大半个身子探出车身不停地拍照，其中一个年轻女孩细声细气地对着窗外喊："羊……羊……羊……"

到后来，车子实在是走不动了，我们下了车，准备去路边的一个小树林"方便"。

这个树林的大斜坡底下是一块狭长的田地，种了些玉米。这时，树林里传来一阵争执声，是两个哈萨克族男人争吵，声音很大，他们身边有一群羊，还有两个哈萨克族孩子在一旁笑嘻嘻地看热闹。

闯祸者好像就是这群觅食的绵羊，它们"非法"进入这个哈萨克族男人的田地，将玉米地啃了个稀烂，田地的主人遂与羊群的主人发生了口角。

有田地的哈萨克族人叫胡尔曼别克，在这里定居快 10 年了。他有 40 多亩田地，种些玉米、甜菜什么的。每年大规模转场期间，在这条牧路上往来的羊群都会误入他的地里觅食，将他的地踩个稀烂，让他很是恼火。

就在刚才，他毫不留情地叫这个"肇事"的哈萨克族牧人——牧夫。

他说："我们是土地人，不像你们这些坐在马背上整天放牧的家伙。"

那个理亏的哈萨克族牧人很吃惊："你也这样说我？你从前不也是个放牧的？你刚过上定居的日子也没几年——"

这是真的。和一个牧人相比，有土地的人最大的不同是有了根。

只是人们都习以为常了，多少年里都没有人质疑过：好像牧民就是代表了落后，是一年中赶着牛羊不停地四处转场迁徙的人，是低效，牧民就是贫困辛劳的代名词……我当然不敢这么说，因为我没有资格乱说。

有句话：太阳不知道炎热，月亮不知道洁白，鱼不知道自己自由自在，树木不知道风在吹动它，人不知道辛苦。相比之下，无论下雨刮风还是寒冷酷热，牧人就是生了病都必须赶着畜群往目的地走。每天都闲不住，而农民的生活只是一时的忙碌。

因为农民就是扎根土地，在土地上寻找目标的人。土地，只要它让人类落下脚，给它的依存者以足够活下去的起码条件，使人安心、不饥饿，那它就是养人的。农民就是以在土地上耕种为主的一个庞大群体。

而转牧为农的哈萨克族人，真的能够"安放"他们的身心吗？

如今，定居化这些年在新疆正成为一种势不可挡的潮流。过上定居生活后的哈萨克族牧民，他们的身份变了，当了农民不等于一下子就全盘接受土地并依赖土地，他们必定会不断地心生疑虑，不断地追问，特别是年轻一代的牧人，对父辈传统的游牧生活开始持否定性的评价。

不可否认的是，哈萨克族的游牧经济是一种十分脆弱的经济。仅仅一场春季的大雪，就有可能毁掉牧民全部的财富。尽管他们怀念着以往的游牧生活，但真正重新回到游牧生活的人却很少，他们一旦享受到有自来水、有电和电动车的生活，就离不开了。

像这个年轻的哈萨克族定居者，把自己称为"土地人"，想想，这是一件很有意思的事。

日本的人类学学者松原正毅是这样解释"土地人"和游牧者的："土地人"的意思是定居者，有根基的意思；"而坐在马背，骆驼背上放牧"，指的是游牧人，言外之意，他们是没有根基的，没有家，晃晃荡荡地行走。从中可以感觉到定居者在与游牧民的对比当中，有了定居者的优越意识。

定居是一种骄傲。

就像这个"土地人"的强硬态度，可以说是一个有家的定居化意识的一种显露。

更有意思的是，在新疆，无论哪个地方，当地人都喜欢夸羊，夸自己家的羊好吃、鲜嫩、鲜甜，说自己家的羊"吃的是中草药，喝的是矿泉水，走的是黄金路"。这是当地人说顺了嘴的一句广告词。

据说羊是最古老的一种家畜，也是最早被人捕获并加以驯养的的动物，在北疆牧区随便什么地方——草原上、毡房里、牧人的皮袄、女人的头发、被褥、毛毡、冬不拉、老人的手、阿肯的嘴里等，都能闻到一股羊的味道，那是一种半凝固的、黏稠的有些臊腥的味道。这种味道经久不散。而长年游牧的牧人必须身强力壮、敏捷、机警、四肢灵活，不仅能跟踪羊群，还能保护羊群不受草原上狼的侵袭。这样的生活，不是每一个人都能适应得了的。

如果一群群牲畜能够并且真的被放牧在田地里，那么一个放牲畜的跟一个驾牲畜的就不是一回事。因为食草牲畜无助于大田作物生长。它们会用牙齿啃掉庄稼，但是作为家畜的牛却能使大田里的庄稼长得更好。因为，牛只在休耕的地里吃草。

一个季节自然地适应某一特定种子的播种，只要季节对，那么每一种植物都能够顺利生长。有了土地以后，耕地、播种、剪枝以及庄稼的长势、土壤的性质、土地的大小和地界的保持，都是一个农民首先要考虑的。

当他放下牧鞭，成为新一代的乡村农人，带着他的身体和农具，一次一次地出现在土地之间，新的大地等待着自己。他们确定了任何农作物只有经历了在风中吹拂，在夜里扬穗，在太阳光下吐出花蕊，才有可能接近圆满。

按照恩尼乌斯的说法：农业的要素也就是构成宇宙的要素。

水土、空气和阳光，在播下种子之前，人们必须对这些事情有所了解。因为它们是一切产物的根源。就像某些谷类作物，需要的准备工序是：开沟，再刨一遍地。作畦，当打算在这块地上种粮食的时候，就必须犁地或是翻地，土壤必须用大锄翻得深一点或浅一点，在某些情况下，牛拉犁破土后，还必须在播种前犁第二遍。

还有种子，玉米的种子是圆的，而稻谷的种子是花蕾形的。一粒粒种子，要么短，要么长，要么圆……牧民按照什么样的方式去播种、施肥、给禾苗放水，使用杀虫剂，并在一个特殊的日子收割玉米、甜菜、打瓜……并走遍每一条田埂，时常察看他的种子有没有在泥土与降雨之间出现奇迹。说服这些牧民怎么分配灌溉水、种植农作物一开始并不容易。

因为这些牧民长年跟着山，跟着羊，跟着牧草，跟惯了，手脚定不下来。

人终究还得停留在土地上。否则如乌鸦绕树三匝，无枝可依。

安　放

其实，我并不曾真正了解那些哈萨克族牧人，不了解他们的吃、喝、拉、撒、生育、睡眠——这对我来说，只是像概念一样的存在——我所知的只是一些旅游手册上的某些字数寥寥的介绍。直到我走到他们中间，看到他们的身体、衣服、房屋，他们的存在好像才变得真实起来。

这让我又一次想起在沙吾尔山远冬牧场——那些至今在粗陋寒冷的毡房中生活的哈萨克族的孩子，冰凉的冷风一吹，他们的脸格外小，拳头一样紧缩着。

语言啊，看起来使我们存在，实际上使我们消失。

作家王小妮有一篇文字说到"安放"。"安放"这两个字被她郑重地说出，因而就有了一种特别的意味。她说："作为大地，它有责任安放每一个落地者，不分尊卑高下，它要像他们不可选择地依赖它那样，使他们得到安全，这是它必尽的义务。"她说"安放"，是应当对应着一切生命的。

她说："'安放'是一个大词，是个必须重新用一颗肉的心去理解的词。"

她说：安放那些老人，安放那些妇女，安放那些儿童。

下　卷

绿　洲

/ / / / / / / / / /

闲谈

　　罗兰·巴特谈风景的一句话，我觉得很有意思。他说，风景不仅是可访的，还必须是可居的。就是说风景要让人产生精神和文化上的认同感，使人能够在那里住下去，有种家园的感觉。

　　巴里坤盆地的轮廓极为"简练"，仅用两座大山粗粗勾勒。南缘的大山是天山支脉的巴里坤山，古称白山、雪山、蒲类海山。北缘的大山也是天山支脉，叫莫钦乌拉山。这个时空构架极易触发人类原初的灵感和想象。这两座山即便是在炎热的夏季也有积雪，积雪带着利刃的质感，从陡峭的冰岩上跌下，从山的顶端拖曳而下，寒暑无阻。

　　巴里坤人大多居住在由巴里坤山与莫钦乌拉山合围的高山盆地的南北边缘地带，这里也成了哈萨克族人和汉族人混杂的地方。他们背倚着大山生息，如倚在温暖的母体里。站在这里，便明白人类最初选择这个盆地栖身的地理原因。

　　从历史角度看，新疆汉文化的聚居地带主要是在东天山北坡一带。假如把东天山北坡一带的汉文化比喻为一条河流的话，那么镇西——巴里坤就是这条河流的入口。从1922年到1950年近30年的时间里，巴里坤被严严实实地封闭在大山和戈壁当中，它的文化没有走气，没有串味，被纯粹地保存下来了，因而充满了各种人文的细节。也因为巴里坤冷暖两季分明，水草丰美，又得天山的恩泽，是一个自足的系统。

所以，在我看来，一个地方的文化想要有力量，令人迷恋，它一定要能够保护自己，并可以自行发展。附着在巴里坤身上的汉文化完成得非常好，非常仔细，完成了一个相对稳定的、有传承的小盆地文化。

从这方面来讲，历史上的巴里坤虽然曾经是历史移民潮流中的文化闸口，但几百年过后，当人们生活在当下，生活在别处，当历史汹涌而去的时候，巴里坤却成为新疆最像家园的一个地方。

巴里坤恐怕是新疆距离草原最近的县城。

正值七月，我到达巴里坤时，看到的是走势平缓的大山，茂盛的绿草，再加上山峦之上空垒如城垛子的云，是整个新疆东部最为典型的夏日盛景。而草原恰在此时披上了最好看的色彩，那绿色之中是所有不同的绿，那黄色之中是所有不同的黄，由浅入深，一层又一层，一片又一片——那么多的草啊。连巴里坤县城的街道上都有草原的气息。

巴里坤广场的台阶上，哈萨克族、汉族老人三三两两地坐在这里晒太阳，聊天，正安闲地度过他们的晚年时光。那都是些男性老者。天气晴好的时候，这些发呆或聊天的老人已成为巴里坤最古老的象征物。他们晒着太阳，慢慢地度过每一寸光阴，让时光继续编织他们的脸，他们的目光投向大街上沸腾的中央、孩子、汽车……暮年生活已经让他们滞留在人生中最缓慢的叙述中。

正是他们脸上的皱纹确立了巴里坤的历史，一代又一代，演绎出被保留的传统。现在，这些传统正被居住其中的人广泛阅读。

在巴里坤，每当下雨或下雪的时候，孩子们总要唱一支儿歌："天爷天爷大大地下，蒸下的馍馍车轱辘大。"馍馍就是被镇西人称作蒸饼的大馒头，这个大馒头有多大？回答是：蒸馒头的笼屉有多大，这被称作蒸饼的大馒头就有多大。

巴里坤的早晨，一家巷口的蒸饼店正热气腾腾地开张，准备工作还没有做完，顾客就已经进来了。这是一家夫妻店。他俩很年轻，完全有可能将这个小店一直开下去，并这样度过一生。

屋子里的一切收拾得很洁净。紧靠门口处放置的一口铁锅里正煮着汤面，一锅汤水咕嘟咕嘟地响，这是夫妻俩的早餐。案板上，几个蒸饼刚出笼，白白胖胖惹人喜爱。

在巴里坤这么小的县城里，人的生活日复一日地重复，是很难看出美的，而他们的生活似乎也不会有太多变化，挣钱，糊口，养育儿女，终老故乡。在这里，多数人都是这样生活着，只会过小日子，这样的生活得到认同和继承，不会被人指责庸俗。

不像在大地方、大城市，人们迷恋生活的"日日新"和"生活在别处"，随时准备扔下手中的一切，投入时代洪流的风口浪尖上。他们衡量某一种生活方式无非只有两种标准：先进的生活方式和落后的生活方式。落后的生活方式是要被消灭的，而且还要通过行政手段和舆论，强迫其先进起来。其实在我看来，现代人为人的日常生活设计了各种各样的生活标准，这种生活标准只是些关于生活意义的内容，与每个人的身体和内心感受毫无关系。

世界这么大，作为人的栖居之所，并无所谓落后和先进的划分。人生平和是自然之道，只看居住其中的人是否安心而已。

这里的人喜欢平和的人生。就像这家小店的主人，虽做的是小本生意，但看得出他们没有自卑感，这是被街坊邻居们充分信任和尊重的基础。他们在这里开一家小店，并非是绝对的谋生。生是主要的，而谋则是次要的。因而，他们做出的东西，口味过多少年都不会变。

我曾与一位友人聊起目前现代人的生活状态，那就是变化和速度。人仿佛生活在一个剧烈变化的速度里面，生活的节奏不断加快，习惯在改变，包括思维，因而产生了更多的戏剧性。但我觉得现代人恰恰缺少了对"慢"和对"消磨"的认识。就像现在所有的教育都是要人们斗志昂扬，要速度，但恰恰忽略了"慢"和"消磨"的力量也是人性最丰富、最有力量的一部分。人在慢慢地"消磨时光"和"虚度光阴"中把经历的一部分美好保存下来了。

我倚在门口，看这家小店的女主人在"消磨时光"，在一张擀得很薄的面皮上慢慢地涂抹上清油，然后再均匀地涂抹食品色，这些食品色是用天然植物原料加工而成的。她在面皮上，一缕一缕地横着涂抹过去，像斑马纹一样。等面皮上的食品色涂抹均匀了，就从一边横卷过去，直到面皮卷成一个细长的面卷儿。这些颜料的红色是用糯米做的，绿色是香豆子及粉碎的香豆叶制成的，黄色是向日葵花或南瓜花做的。这些天然植物粉碎而成的颜料，不仅色泽自然、新鲜，而且还富有特殊的植物香气。

最后一道工序，是把面卷儿捋起，像蛇盘卧一样，一圈一圈地盘绕，从笼屉的中央向周边扩展。盘绕够了第一层，接着盘绕第二层，待盘到理想的厚度，再用一块圆形的大薄面饼，把盘绕好的面卷儿整个儿地覆盖，然后就可以上锅了，最后用猛火蒸，直到熟透为止。

刚出屉的蒸饼，从表面看只不过是一个雪白的、绵软的、超大的白馒头而已，当女主人微笑着按住其中一个冒着热气的蒸饼，轻轻一刀下去，犹如掀起它的"盖头"，蒸饼的横切面立刻呈现出彩虹般斑斓的颜色。

我接过她递过来的一块松软、温热、混合着植物香气的蒸饼，立刻感受到它的味道是多么的地道，正宗。

在过去，节气曾经是重大农事活动的记载。人们在植物的萌芽、生长、陨落和动物的沉睡、惊蛰、始鸣、迁徙中，顺应着节令秩序的循环到来，顺应着自然的兴衰荣枯，体会着一切已生的都将死去，一切死去的又将重生。而在这生死的循环中，人们的使命是——通过。

当新的节气到来，有人嫌这滋味还不够浓，又与节气相伴而生出许多节日，这些节日习俗到今天仍在我们的生活中扮演着角色。只不过浓妆换成了淡抹，不能被我们轻易认识。但我们仍在岁时节令中看到了时间的循坏与传统的继承，寻到了时俗的美好情味。人们随遇而安，道法自然。

在岁时节令中，巴里坤人很重视过冬至，这在新疆别处恐怕也是很难见到的。在冬至那天吃冬至饭不仅是一种旧时风俗，更是汉文化底蕴丰厚的巴里坤的一道独特的人文景观。

冬至之日，阴阳交替，天时人事相互影响。因此民间有"冬至大于年"的说法。过了冬至日就进九，人们数九消寒来度过这九九八十一日。

冬至也是一个与家人团圆的日子。冬至在家庭伦理中具有重要的分量。据说在史书中，还有冬至那天释囚的故事。一个有才德的地方官，他的个人人格力量甚至可以影响一方的人情风俗。放囚犯回家过节，正符合儒家文化里对统治者"仁政"的要求，暗合了中国古代的人格价值观和处世哲学。历史上，一遇到这样的贤吏，就会载入史册。

冬至的前一天夜里，巴里坤的女人们切好了肉丁、蘑菇丁、萝卜丁、金针菇丁、木耳片和豆腐丁，一切准备就绪后，方可安睡。女人们说，如果不把这一切准备好，她们就无法入眠。

冬至日的黎明之前，家家户户的女人早早起床，生旺了炉火，开始节日餐的制作。她们用热油炒好了肉和菜丁，加水烧汤。待肉熟菜烂，把早已冷藏好的"杏皮子"连同小巧的水饺一起下锅煮熟，一家人团坐而食。其时黎明的曙光才刚刚映亮窗户。

而在进餐之前，必须要履行的一个礼节，就是要为亲戚和邻居送一碗冬至饭。于是，人们就会在晨曦中看见，一家家的院门在冰霜的吱吱声中推开，一个个双手捧着饭碗的孩子或女人，迈着步子，走进这家，走出那家，相互赠送冬至饭。

现在，节日的痕迹淡化了许多。在冬至寒冷的清晨，如果有人在家里等待着敲门声，等待送上的一碗温热的食物，我愿意相信这不仅仅是因为贪嘴。

"现在我们结束我们的谈话吧。该去赴他的宴会了。你们不要为吃煎饼而生气，这是上辈人留下的老习惯。这里面也有使人感到美好的东西。"

陀思妥耶夫斯基用阿辽沙的话结束了《卡拉马佐夫兄弟》这部小说，让我来重复一遍：

"这是上辈人留下的老习惯，这里面也有使人感到美好的东西。"

我渐渐接近了邻近的村庄——巴里坤哈萨克自治县花园乡的兰州湾子村——巴里坤汉文化的遗存之地。它位于距县城 5 公里的西北角。一路上，田野广袤，乳白色的地气缓缓上升，那些田间的劳作者让我看到了大地哺育者的力量，以及草木、庄稼所萌动的秘密。

当年，即清乾隆三十七年（1772 年），清兵在这里修建满城兵营时，把一些原住在会宁城的兰州籍人迁至此处，主要是做石匠的倪家和做木匠的邵家。他们看见这里虽乱石密布，但背靠大山，冬暖夏凉，便举家一起搬迁了过来。我想象着倪、邵两家当初在此安顿下来的情景。这一停顿就是 200 多年，像一粒种子，在土壤下面生长出繁密的根系，不断分支，终于沿着弯曲的走向覆盖土地。这时，一个人已变成一个村庄，一个姓氏已变成一部家谱。小孩子一茬茬出生，老人们一轮轮死去……

但他们的血液却成了一条永不中断的河流。200多年过去，倪家和邵家已成为兰州湾子的大姓，他们的原住居民都已有了第14代后人。

正是烈日当头的正午，我与巴里坤县的一位女干部一道拜访倪家。一路上，村子里几乎看不到什么人在走动，不是双休日，村子里同样也没有游人。农家的街门总是打开又闭合。在那不断开合的短暂时间里，露出里面的盆花、鸡群和寂静的石头围墙。它们有时被一张农妇漠然的脸遮住，又复归于木门之后。

这个只有不足30户人家居住的"石头村"，它的外貌实在不足为奇。这里的石围、墓葬、岩画、民宅都与石头有关，道路两边的墙体上垒砌着发青的石块，呈现出一种自然朴素的色彩，像牙齿一样整齐地排列着。我们看到的仅仅是一些砖木和石头的构造，而真正的构造并未向我们显现。当年的繁荣消失了，车马人声被垒砌到墙壁里，青石愈显黯淡，石垅间滋生出的草叶在摇摆，如同不稳定的火焰。每一个细节都是一个索引，在为史书作着必要的注解和补充。

在我看来，兰州湾子村存在了200余年，就像是从年代的飓风中脱漏的一枚古币，铜锈斑驳，沉落在旧日时光里，空气、阳光以及一切事物都像这里的石头一样静止。只有人在老去。

从1983年开始，这里不断有陶器、石器、铜器、农作物等大量文物出土，尤其是保存完好、用鹅卵石垒砌成的石结构遗址已被考证为青铜时代的文化遗存，有可能是公元2世纪大月氏部落曾在此生活过。当古建筑学家、考古学家、新闻记者、游人接踵而至，兰州湾子村定格已久的钟摆又重新开始摆动起来。

今年，当地政府希望巴里坤的汉文化遗存能够成为当地一个新的经济增长点。照例——兰州湾子村也要开发旅游业了。像许多地方一样，当地政府希望旅游业成为这里的支柱产业，引领人们去探寻巴里坤的遗址文化，这是当初生活在这里的人怎么也想象不到的。

倪泽恩家自从被县上定为一个旅游参观点以来，门口就竖起了一个大大的指示牌子，来往的游人随时可以进入他家参观照相，问东问西。以往平静的生活被打破了。

我们来得不是时候。正赶上倪家的男主人倪泽恩午睡。他哈欠连连地趿拉着拖鞋，随着我们在他家的宅院里四处看；倪泽恩蹲在家门口，一边和小吴有一句没一句地聊天，一边看我捏着照相机对着他家老宅子的雕花大门（街门）照来照去，一张又一张。

他弄不明白自家这扇已朽坏的老宅门有啥特别的，还不如以前他家上房的梁柱子，庭院的台阶，那都是用上好的青石条砌的，那才叫一个气派。

"这破烂门，照的人多得很。"

"家里成了参观点、旅游点，来的人多，这街门都成大家的门了。我们一点好处也没有。"

"门口的指示牌做得不好，像个死人头，娃娃晚上不敢出门。"

倪家的四合院，在民国期间毁于一场大火，所幸的是他家上房高耸的屋脊、石头围墙以及年代更为久远的街门仍然存在，作为巴里坤汉文化遗存的一个符号，仍在传递出一些更为久远的信息。倪家老宅子的街门是木质的，上部精美的镂刻过于奢侈，因历经风尘磨洗而显得老旧、斑驳。

面对历史，人们只顾顺从外表的诱惑，而没人再去追问它们背后的深意。木头和青石会不会因其坚硬而比纸页更长久？现在，时间尽可能地删去了它的细节，来引诱人们对它进行想象。

在过去的巴里坤人看来，门不仅是连接与隔绝的闸口，它还是个象征：门框要宽，"街门二尺八，死活一起搭"，能进轿子能出棺材。现在，这扇密实平直的门墙和水磨青砖的街门，被风雨剥蚀而逐年残破，像老宅子的筋骨酥散了，空留下一个物证，连同老宅的房顶、檐楣……但老宅始终沉着，始终为他们恢复影响一生的萌动感和幽闭感，从而让人们从老宅中发现祖先、父辈和他们自己。

当然，对老宅子，我们也有属于自己的惊叹、理解、批判和包容。如果在这个时候我们把时间改为瞬间，我们思想的质感就会从断裂的青石墙垣的丝丝缕缕中荡漾而出，让我看到先民留下的生命印记——中国式的田园生活理想。

倪泽恩说，倪家过去是个大家族，人丁兴旺的时候光倪家就有近千人在此居住。后来，大多数年轻人都走掉了，进城去了。现在，兰州湾子村只有 28 户人家，160 多人在此居住。

在局外人看来，兰州湾子村像一部文脉繁复的家族小说。只是，繁复的家谱如何与整个历史对应？外界传闻倪、邵两家都有家谱相传。我产生了好奇，提出想看看他家的家谱。

倪泽恩很警觉地看了我一眼说："烧掉了，现在已经没了。"

我和小吴准备离开倪家的时候，一位哈萨克族老人提着水桶，慢悠悠地从倪家门口经过，倪泽恩很亲热地与他打了个招呼。他看到我们，就索性蹲在墙根下，与我们攀谈起来。

　　这一攀谈才知道，眼前的这位老者正是1982年春挖到一个青铜时代的香炉，打破兰州湾子村平静生活的人。

　　他叫阿孜木，今年65岁，47年前他从木垒县哈里尔牧区到这里，在这个村子里早已过上了定居生活。1982年以来，几乎所有的媒体在报道与巴里坤兰州湾子村青铜文化遗址相关的事件时，都会有这么一句："1982年春的某一天，巴里坤县兰州湾子村的一位哈萨克族牧民像往常一样赶着驴车往地里拉农家肥，在一处石堆处挖粪时，挖出一件五六公斤重的锈迹斑斑的铜香炉，随后，一个'用石头围成的圈'渐渐显露出来，从此改写了兰州湾子村的历史……"从1982年开始，这里不断有陶器、石器、铜器、农作物等大量文物出土。尤其是保存完好的石结构的古代遗址群，得到了国内外学术界的青睐。

　　后来，巴里坤县文化馆送给阿孜木一个价值十几元的、在当时还算稀罕的钢精锅，作为对他的奖励，这个锅他一直保留到了现在。

　　今年六月中旬，为了让更多的人了解兰州湾子村玫瑰庄园的石头村文化，巴里坤县特地在这里搞了个旅游观光推介会。开园的前一天，巴里坤县的前任文化馆馆长彭兴礼找到阿孜木，让他去县上买块黄绸布，在开园那天摆张桌子为游客签名，签一个名让他收三元钱。阿孜木兴奋得几乎一夜没睡，天真地以为开园那天会有许多游人来找自己签名，像一个真正的明星那样被人围住，问这问那，而自己肯定也会非常耐心地一一作答……

到了第二天开园那天，阿孜木还真的把自家的桌子支到了会议现场一个较显眼的地方，铺着崭新的黄绸布的桌子上还放了一只茶杯，他专心等着人来找他签名。可是一直等到了中午，也不见有人过问，大家都各忙各的，没有人知道这位支着肘、托着腮、眼巴巴望着热闹的人流的哈萨克族老者是干什么的。桌面上也没有任何标记。

到了下午，下起了雨，推介活动也进入了尾声。在兰州湾子村"农家乐"里吃饱喝足的游人们坐上小轿车，纷纷散去。老人淋在雨水里，犹豫着该不该走的时候，已经注意他好长时间的一位公安局的年轻人走到他跟前："你在这里待一整天了，你是干啥的？"

老人说："我是这个村的村民，也是第一个发现兰州湾子村石围圈子的人。"

年轻人不相信，认为老人的做法太荒诞，就劝说老人回家了。

阿孜木老人淋了场雨，回去就发烧感冒了。再一想到自己进城买黄绸布搭进去的钱，心里别提有多懊恼了。

若说兰州湾子村石屋结构遗址的发现是一个正剧的话，那么，阿孜木老人买黄绸布签名收三元钱的事情及其结果倒像是一个黑色幽默了。

但不知怎么的，我却笑不出来。

古老的兰州湾子村，下起了清新的小雨。雨点落在草地上，落在檐顶，落在院落一角的瓷缸上，发出音调不同的声响，优美而隐晦。

一只黑狗不知从何处跑了出来，像个突兀的符号突然出现，它满不在乎地蹭了蹭我的裤腿。我蹲下身，看着它湿润的眼睛，感觉到它温热的鼻息在空气中形成的微弱颤动。

雨天中的村庄更加空旷，没有人影，兰州湾子村一片寂静。

歌声

古尔邦节当天，想听十二木卡姆的渴望使我们来到吐鲁番这座古老城市的边缘乡镇——鲁克沁。

在鲁克沁之地不停地走，我的头上，身体上落满了恢宏的泥黄色——举目四望，吐峪沟里的千佛洞、佛塔等文物遗迹是泥黄色的，古老民居的石阶、葡萄晾房是泥黄色的，就连火焰山南的树柏沟、二塘沟、斯尔克甫沟，以及鲁克沁绿洲东南边缘的库木塔格沙漠，都像是土黄的册页，漫卷在吐鲁番绿洲的内部。

在新疆北部，最古典、最原汁原味的十二木卡姆在鲁克沁。

鲁克沁是突厥语，意为"居民稠密"。鲁克沁绿洲一镇（鲁克沁）三乡（吐峪沟、达浪坎、迪坎尔）的维吾尔族人所创造出来的绿洲文明中，十二木卡姆无疑是王冠上的饰品。

在鲁克沁达浪坎乡的冬日阳光下，我看到了这些乐器：纳格拉鼓、都塔尔、龙卡琴、唢呐、弹拨尔——乐器可以体现出一个民族隐秘的文化，它将演绎出不间断的人类精神样式。

就比如十二木卡姆。我认为，一个地区会为了把一种潜在的意识化为幻想而产生舞蹈，会为了确切地颂扬流传已久的神话而产生舞蹈，会为了让世界看见自己的影子而产生舞蹈——新疆丝绸之路北道的重镇鲁克沁就是这样的一个地区，它以周围亘古的库木塔格沙漠为屏，使生活在这里的人们信奉着停滞不动的时间，并被那个可感知的节奏所激荡。

舞，就这样使人类在世俗生活的状态里与世界达成和谐，颂扬被日月耗尽的每一种劳动的时光，那梦境和现实交织在一起的时光。

十二木卡姆就像世界上其他的舞蹈一样没有固定的演出场所，它的舞台可以是葡萄架下的一块空地、一块地毯，可以是堆积着粮食的打麦场，可以是在褐色的围墙之中。木卡姆可以在任何不提前确定的地点与时间里举行。

在欣赏十二木卡姆之前，我看到一位白须飘飘的维吾尔族老者双膝跪地，正在抚摸他的纳格拉鼓。纳格拉鼓用牛皮作鼓面，状如上大下小的水桶，它通常有两个鼓配合。

我目不转睛地看着这位抚摸着纳格拉鼓的维吾尔族老人。这是他心爱的乐器，肯定陪伴了他许多年。他曾用这两面鼓敲击出无穷无尽的旋律，鼓面的边缘已经磨损。如果丢弃了这陪伴他多年的纳格拉鼓，他的心就会忘记所有音符，他的手也不可能弹奏出心灵的旋律。因为他心中的旋律早已在这两只古老的纳格拉鼓上荡漾。

甚至，他再也个可能找到同样的复制品。如果丢弃了它们，那么，他对时光的感觉将失去源泉。

"咚——吧吧，咚吧！"

"咚——吧吧，咚吧！"

在纳格拉鼓激烈的鼓声中，几位维吾尔族老艺人走到了台前。从演出装束来看，他们未加修饰，也就是当地很普通的百姓服装——大棉氅。这么酷热的天，他们还在鞋子外边套了一层羊毛毡靴，真是"土"到家了。

在萨塔尔的伴奏下，一位维吾尔族老人径自轻声演唱，先是一段散板，缥缈如天籁。演唱的过程中始终双眼紧闭，这个正在演唱的维吾尔族老人，他一生中梦见的所有旋律都已在萨塔尔弦子的颤动中表现为相逢、约会、别离、祝福，表现为雪山、河流、家园以及季节的变迁。在这些优美的歌词中，找到一切古老的起源。

他紧闭着双眼，似在祈祷，犹入幻境。

然后，达甫（手鼓）艺人进场了。维吾尔族老人的弦子拉响，维吾尔族年轻人的弦子拉响，古老的弦子和新的弦子之间相互碰撞，一起流淌。他们全身心地投入演唱，并不在乎是否有人在听，是否有人在欣赏，他们沙哑的歌喉裹挟着一股股沙石般的激流……

一曲终了，当乐声再起时，只见两位维吾尔族长者放下手中的乐器，来到舞者中间，合着纳格拉鼓唢呐激越、悠扬的声音舞了起来，节奏加快，舞姿也随之变化多端。

看，他们的肢体模仿着种种鸟兽的动作，显然是在相互竞技，这舞姿来源于劳动者的姿态，来源于动物飞翔或行走的姿态。你模仿这一种鸟兽，那么我就专找其克星，你来我往，甚是好看。跳到兴奋处，那个维吾尔族舞者一抬腿，将毡靴猛地甩出——另一位也不示弱，也将毡靴甩了出来。台上台下，有应有和，一片疯狂。

然后，手鼓齐鸣，在许多弦子发出的旋律中，许许多多的维吾尔族舞者离开了自己的座位上场了，有男有女，有老人有小孩。舞者们带着笑容，那一天，我在鲁克沁歌舞的世界中看到的都是笑容。笑容是一个有音乐、有激情、有梦想的世界存在的表现。

是的，木卡姆跳到了最后，就是场面欢腾热烈的麦西莱甫。麦西莱甫是以歌带舞，既歌又舞的乐舞形式，是集体舞。所有的麦西莱甫都是一场集体歌舞。男人、女人在围起来的圆圈中，旋转着跳舞。脚踏处，烟尘腾起。无限的欢乐，无限的伤感，无限的幻想。那么多的维吾尔族人，甩着他们古老的、年轻的、彩色的衣袖，一起旋转着跳麦西莱甫。

这就是马可·奥勒留所说的："所有的东西都在旋转。而且都在同一道上旋转。"

这种舞者旋转的力量瞬间感动了我，撼动了静止不动的每一架时钟。

在飞扬的尘土中，他们那些无限的快乐，被我看见。

在蓝天之下，我们看见鸟飞，看见花开，看见婴儿啼哭，看见一头牛消失在大路的尽头。自然按照它自己的意愿行事。哪有什么意义？但是意义总是会旁逸斜出。

比如那天，我拿出一张照片给人看，有好些人感慨其中的一张，我取了个名，叫《节日》：木卡姆艺人们演出那天，鲁克沁镇达浪坎乡一下子出奇地热闹，老老少少把乡里唯一的一块打谷场地都塞满了。可人还是太多，狭闭的空间，最大密度地集中着人，于是，一些个子小的"巴郎子"，干脆爬上路边的一棵大榆树的树干，却没想到，同村里一位70多岁的维吾尔族老汉比他们快了好几步，早早地顺着枯草乱藤直挺挺地蹿了上来，像一个硕大的果实，把自己"挂"在树上了。

眼下是酷寒的冬天，到处是寒冷的气息，人们说话的时候，连声音都变成一团团白色的气雾。背景也是白色——雪的颜色。可是这几棵根须暴露的树，因了老人和孩子，仿佛有了生长的快乐，生命体一下子被涨满了，正要吐出新叶，开出花朵。

孩子在树上，老人在树上，年老的和年幼的尽享其欢。我突然发现，活着，居然还可以这么生趣盎然。

可是真正的东西却没能留在照片上。

看照片的人说：多好的节日景象，可是木卡姆真有这么好看吗？我是不会这么"跑"到树上去的。

孩子和老人都是天生的诗人。

诗人将越来越少。

吐鲁番的木卡姆与喀什、和田、库车的木卡姆相比，多了一层保留远古游牧民族习俗的文化特征。我来到这里，想听一听纯粹的木卡姆演唱，一定是要那种原生态的，纯的人声。

可当地人说，在鲁克沁镇，真正会唱木卡姆的艺人也就那么几个，要找一个像样点的木卡姆艺人不是那么容易，换句话说，随便走进鲁克沁镇的任何一个乡里，如果不是节日，想要一个木卡姆艺人随便开口就唱，是一件不容易的事情。

可我不信，我是真的想听。

他们说，那就去找鲁克沁镇文化站的依则孜·尼亚孜。他70多岁，唱了一辈子的木卡姆了。他的家离这儿不远。

有多远？3公里多，那个地方叫三个桥村。在当地，人人都知道他。

我说，我三年前见过他。

在吐鲁番地区，几乎每一个维吾尔族乡村都在葡萄园的深处，毗连着维吾尔村庄纹理的精神元素。

村子里都是土路，一间间散发着泥腥气息的土坯房，在寂静中显示出自己的符号王国——它们状如碉楼，一色土黄，用土坯打制的墙壁镂出密密的网格状的洞孔。这是当地农民借助吐鲁番火洲的热风吹拂，晾制葡萄干的晾房，又叫"阴房"。

一路上，车在乡村公路上行走时掀起了土，滚滚黄尘又包围了车，但透过车窗玻璃，还是能看到村民家彩门上的图案。都是花，都是鸟，色彩拙朴大胆，如孩童信手所画。我记得从鄯善县来鲁克沁镇的一路上，也见过维吾尔族人家好多好看的彩门。车子一路开过去，像是走在一条流动的画廊中。一问，说是有的彩门是鲁克沁的村民自己画上去的，但更多人家的彩门是游走在吐鲁番一带的画匠手工画上去的。

在一些村民家里，会看到上辈人留下来的描画着花鸟鱼虫的老式箱柜，这些旧东西，在农村已经没人稀罕了，如今的年轻人都讲个潮流，结婚时买的衣柜都是相近的款式，一律是复合板，还镶有一面穿衣镜。这些通通都是外来的，所以都是昂贵的。可怎么看都是粗陋简朴的，好像现在的年轻人不再需要精致而细腻的东西了。

此刻，一辆无人照看的毛驴车横在一条巷道的路中间。司机停住车等它，过了好一会儿了，它还在路中间赖着。司机说，咋？你舒坦够了没有？这时，从巷口飞快地跑来一个小伙子，使劲地牵住驴车，紧靠住墙根，给我们的车子让路。

这个小伙子听说我们要找依则孜·尼亚孜唱木卡姆，笑着对我们说，他唱得好，嗓子劲大。

依则孜·尼亚孜家的院子已经不新了，但是打扫得干干净净的，还洒了不少的水。维吾尔族人一向把院子当成家的门脸。他还是我三年前见过的样子：沉默，局促。脸上明显地留着日照和风沙的痕迹，寡言的时候多，狭长脸高鼻梁目光炯炯的时候多，可一唱起木卡姆，人就完全不一样了。

我盯着他家的墙上看。

一柄艾捷克琴在昏暗的屋子里弯曲着线条。

我说想听你唱木卡姆，一段也行。

我把这个想法给依则孜·尼亚孜说了。他看了我一眼，还是一脸很紧张的样子。过了一会儿，他出去了。回屋子的时候，他拿了几个水淋淋的苹果回来，右胳膊上还挂着一个鼓鼓的棉布提兜。

我说，你啥时候唱歌呢？

他只是笑笑，完全回避要他唱木卡姆的话题。

他慢慢地翻开布兜，掏出一个个奖杯和硬皮的获奖证书，一一摆放在热炕上，指了下我手中的相机，让我"照一下"。

县上来的干部在一旁，很适时地向我解释：他是一个很爱惜名誉的艺人。

我按他的意思做了，"照"了还不止一次。

他又抱过来几大本影集，里面大部分是他参加国内外各种演出的舞台照。还有一些是他两年前去英国参加艺术节受到英国女王的接见和在伦敦游玩的照片。挤在一大群人中间的他，还是日常生活中的老样子，看人的目光冷淡，局促，一点都不像他在舞台上的样子。

他后来对我说，他的嗓子发炎，今天不"干活"了。意思是他今天不能唱了。

我能理解：在今天，他在我这么一个陌生人面前唱木卡姆，就像诗人在大庭广众之下写诗一样。这和舞台表演肯定不一样，你可以进他家的葡萄地吃葡萄，上他家的热炕吃馕什么的，但是，别想轻易地让他开口给你唱歌。

还是两年前，我在鲁克沁镇问过一位刀郎木卡姆艺人，他们都是什么时候唱木卡姆。他一脸的迷惑："什么时候唱歌？我们是在戈壁滩拉柴火的时候，给棉花地浇水的时候，高兴的时候，寂寞的时候，结婚的时候……热瓦普是自己的，嘴巴是自己的，哈勒麻斯（指所有、全部）的时候都唱。"

可真正的现实生活中呢？找想象村子里的人，男人的愁苦，女人的认命，我想象他们的孩子发育不良的骨骼。的确，我不曾了解他们的生活，包括他们的吃喝拉撒睡。我一直想听到更天然更刻骨的吐鲁番十二木卡姆，但可能我没机会听到了。

我甚至觉得，即便是他今天嗓子"干活"了，给我就这么唱了，恐怕也不会把真东西唱出来。有个人曾经打过这样的比喻：真正的好树，农民会把它们栽在自家的院子里，真正的歌也要在空无一人的野地里唱给自己听。

就像好多年前，我在南疆听过一位木卡姆艺人唱过的一支曲子那样——

> 睡吧，孩子，你身上没有裤子，
> 给你做吧没有布。
> 布放在房顶上，
> 想取下来没有梯子。
> 梯子放在杨树上，
> 想砍杨树没斧子。
> 斧子放在铁匠铺，
> 想买斧子没有钱。
> 有钱的哥哥去世了，
> 把他埋在碱滩下。
> 哭祭的人没有了，
> 只好自己爬起来哭。

月亮出来了，睡吧孩子，睡吧，

你爸木沙回来了，睡吧孩子，睡吧。

在这首木卡姆中，我听到了风声、雨声、雷声、庄稼的拔节声、河水的流淌声……那是真正的天籁之音呀。

鲁克沁镇三个桥村路两边有好多的古榆树。一起来的干部说，这些树都有上百年的历史，每棵古树都有身份证呢。

此刻是正午，村子里很冷清，有一种懒洋洋的、与世无争的闲适意味。

一个身材奇瘦，穿着脏污的人蹲在我们路过的一棵古榆树下。身边的人说，他是三个桥村里的盲人。现在，他靠着树，树是榆树。他的身体面向冬天的阳光，虽然看不到，但一定能感觉到阳光照在他的胸脯上，让他暖和多了。

几个半大的维吾尔族小孩围着他。他的一只手里拿着一把艾捷克琴。

我问：这个人会弹琴吗？

其中一个小孩不说"弹"，而是说"会拉"。

我说，可不可以拉上一段。

他马上用嘴吹了吹琴身，开始拉了。他拉得不好，断断续续的，曲子不成调，灰绿色的眼睛一直看着脚面，好像那脚上面是一张琴谱。这么多人围着他，看得出，他有些紧张了。

我不想听了，匆匆上了车，一会儿，又下来了。我往他裸露出来的口袋里放了一张 10 元钱。

直到上车了我才得知，这个人叫木合买提。今年还不到20岁。他的又宗就是这个村子里小有名气的木卡姆艺人。木合买提生下来眼睛就看不见东西，也没上过学。但是喜欢看热闹，村子哪里有木卡姆聚会，就让人带着他去。他从小就喜欢拉琴，可是天赋不高，家里人也就随他去了。

我有些懊悔：钱当然有用处，可村子里的人把他喜欢拉琴，喜欢木卡姆看成是一件很平常的事情，并没因为这个而施舍他。他应该得到钱以外的尊重。

车走了一会儿，我扒着车窗回头看，那位盲人少年的身体怀抱着琴，面向阳光站着。

他没看见那张纸。

我要去的地方是托万买里乡小学。它离鲁克沁镇三个桥村很近，车程不过20来分钟。自从新疆维吾尔的十二木卡姆申报"世遗"成功后，木卡姆热也漫延到了这个偏远安静的角落。

托万买里乡小学现在的名称叫"木卡姆小学"，因为它是新疆唯一一个有正规木卡姆课程的学校。

与北疆其他乡村小学一样，木卡姆小学几亩地的校园里全是低矮的土房子。我们去的时候，正赶上孩子们刚上完木卡姆课。

近百平方米的教室里只有6张桌子，使得这个教室看上去空旷而寥落，残旧的板凳倒是摆放了不少。教室里生着炉火，空气里弥漫着炉烟浓烈呛人的气味。可一架小小的铁炉所产生的温度很有限，我待了一会儿，仍然感到身上凉飕飕的。

好几个年龄很小的孩子全都背着手，摆好上课听讲的姿势注视着我们。陆续的，30 多个孩子到齐了。他们齐刷刷地站在我面前，他们的呼吸完全是乡野孩子的呼吸，而且个个都有一张歌唱着的原始的肺叶。

校长艾克拜尔说，目前这个"木卡姆班"每周上两次课，每节课两个小时，班里一共有 33 个孩子，都是从几百名孩子里挑选出来的，最大的 12 岁，最小的只有 6 岁。

以"歌、舞、诗歌、乐器"四部分构成的复杂的木卡姆艺术，如何编成正规的课程教授给刚上小学的孩子们？平均年龄只有 9 岁的孩子们，能否在短短几年的时间里学会木卡姆 2482 行的歌词？

目前专职教授木卡姆的艾力乌斯曼·哈木提，是鲁克沁十二木卡姆的第八代传人，他告诉我，木卡姆课程是先从朗诵开始的，他说：孩子们虽然很小，但需要灌耳音，他一般会将一段歌词写在黑板上，要求孩子们先抄下来，然后大家齐声朗读，通常一段六句词的诗歌，他们要朗读十遍以上。之后，才可以唱。

木卡姆中有很多是表现爱情的单曲，是维吾尔族人用琴弦勾勒出众人灵魂境遇的旋律；是有关他们自己的房屋，居住，吃喝和做梦的旋律；是一餐一食，男和女，醒和睡，哭泣和欢情的旋律。这些对于正在度过懵懂期的娃娃们意味着什么，他们能理解吗？

我表达出我的疑问。

艾力乌斯曼笑了：肯定不能。但这个年龄段的娃娃却是学习木卡姆的黄金年龄，他们必须在这个年龄段，去掌握极其复杂的木卡姆套曲起承转合的运腔，过了这个年龄，再去学习这些就会很吃力了。

单曲《潘吉尕木》是一首和爱情有关的木卡姆。艾力马斯曼说，娃娃们为了学习这个单曲，已花费了20多天的时间。

现在，领唱的小巴郎子一声"噢依——"起序，童音清脆，其他孩子的小脸一下子全部扬起，全身竭力向上，向着某个很了不起的地方，圆润、复杂的滑饰音就这样被他们轻轻松松地唱出来，令我吃惊：

在情人怀抱里死去的恋人有吗？

倘若死去的恋人再复活的有吗？

寻找心上的情人，给自己带来了不少悲伤，

在爱的路途中失去了方向的人有吗？

手握利剑站在情人的面前，

将自己带血的心挖出来的恋人有吗？

寻找爱情，自己变成了疯癫的人，

将自己的影子挂在情人身上的有吗？

在黎民乡亲面前，

大声叹息自己内心秘密的人有吗？

不分昼夜地啼哭，

热泪冲走高高山峰的人有吗？

这节具有表演性质的授课，让孩子们个个兴高采烈，脸上都是笑。他们那么小，还无法理解这首忧伤的爱情单曲的含义——如此巨大的内心焦灼，像一片浓烈而苦涩的海，在耳边窃窃私语，又像"光穿透着暴雨，奔驰和炎热"。谱写者的思绪后面似乎拖着一种在爱情中无限的劳苦，还有无望。

现在，孩子们一个劲儿地把小身板挺直，把声音吊得高高的，好像他们和人间，和这个词没什么关系，他们只想在众人经过的时候放出声音。通过他们的声音，这首木卡姆在尘世的浮沉中获得了一个小小的秩序，一种美学上的表达，而最终，远离了想象中的痛苦，获得了像赞美诗一样纯洁的音色。

突然，一位小男孩打起了手鼓，"咚——咚啪——啪"，伴随乐声，教室里孩子们的合唱声突然高了起来。此时，艾力乌斯曼开始了领唱，中年深厚的嗓音音域宽广，深沉有力，和众多轻细的童声融合在了一起，产生了一种很独特、很感人的节奏。

我的眼睛有些湿润了。

追蜜

放一只蜂箱在我的坟头，
再让那甘美的蜜汁渗透。
此乃我离开人间的时候，
对你们提出的临终请求。

天堂街市何其灿烂，
而我独恋故土难舍蜂蜜甘甜。
放一只蜂箱在我的坟头，
再让那甘美的蜜汁渗透。

——新疆民歌

城市拥挤喧嚣的人群在车轮的旋转中渐渐退到了夜色中。破旧的客车在长长的柏油路上行驶，柏油路向着尼勒克的深处延伸，似乎没有尽头。很长时间里，我才能从山角的拐弯处看见一两个放羊人被镶嵌在绿色的缝隙中……

再往大山的深处走，山的色彩越发浓郁、苍翠。每隔一两公里，就有养蜂人的帐篷出现。绿色的帐篷是养蜂人漂泊的屋宇，和大山是一种颜色。一只只呈几何形摆放的白色蜂箱，犹如一个小小的集散地或者社区，正对着一片野花绚烂的坡地敞开，一阵风吹过，即使在几公里之外，仍能够闻到那些花朵的芬芳。

汽车拐过一个山角，一个养蜂人正向来往的车辆张望。头顶上的草帽边沿垂下来的防蜂网纱面罩，让他看起来有如现代版的古代侠客。在他的周围，蜂群如金色火花般迸溅。他们之间以天然的对称，创造了养蜂人独特的生活。

现在，寂寞者的思想已经铭刻在山体上。我们的车正从他的身旁轻轻绕过。

经过了大山就是昭苏的平原之地。

几个放蜂人坐在山口旁的一块巨石下休息，黧黑的面庞显得很疲惫。他们抽着烟，烟雾包裹了他们的话语。

劳动者在休息的时候是最美的，这是经常被人们忽略的一个细节，就像摄影家镜头中的人，有些人处于亮处，有些人处于暗处，而更多的人则处于镜头之外，人们以为这就是生活的秩序。

这是我偶然路过的世界的一隅。只要你上前开口询问，表情够虔诚，他们就会热心地为你讲述有关蜜蜂的各种事情。他们开口说话时，嘴唇抖动着，似乎在讲述古老的、已被现代的城市人遗忘了的生活。

他们是一群蜂蜜猎人。

在遥远的古代，远在人们发明钟表之前，人只要从窗外观看哪种植物开花了，便能够知道白天中的时间。花朵是大自然最直白的日历。它们在不同的时节里开放，又在不同的时空中停留。而放蜂人，则是洞悉季节的规律和法则在大地上寻找花朵的人。他们偕同蜜蜂王国，从故乡的营地起程，一路上远离城市喧闹的人群，带着自己的习俗匆匆行走在茫茫大地、草原、田野以及大山深处的密林之间，追随着每样植物不同的花事。

好像每一个养蜂人都怀揣着这样的一幅植物地图，有如完美的蜂蜜猎人，熟悉放蜂的路线、蜜源地、水源、地形和气候情况，对当地的蜜源种类、数量、花期及泌蜜的规律了如指掌，他们甚至能够识别每样植物的花事，知晓花朵吐蜜的秘密。

养蜂人租来运输蜂箱的卡车，从来都是在夜深人静的时候穿越城市，从不打扰城市的睡眠，悄无声息地驶向远离人群的村庄、田野和大山深处。他们避开大路，在一个开阔的地上摆下蜂箱，巢门向南，他的帐篷，就坐落在蜂箱的北面。

等到早晨的第一缕阳光照到养蜂人的蜂场上，蜂巢里的蜂群已经出巢，它们上下翻飞，来来回回，异常活跃，看起来就像是高峰时期的火车站那样紧张繁忙。它们等待着侦察蜂带来的消息……一切看起来都是那么的生机勃勃。放蜂人会在这时忘记一路上的辛苦，为蜂群早晨的活力而感到高兴。

现在，我下了车，随着一位放蜂人来到他的帐篷。他的帐篷上落满了尘土，在强烈日光的照射下，帐篷表面被剥去了原色而呈灰白色。

他叫张总福，从浙江省一个叫浦江的地方来，今年56岁。

他从 1987 年开始，年年都带着他的蜜蜂迎接昭苏 7 月烂漫的花期，采集质地醇厚的油菜花蜜。

他告诉我，在这绵延起伏的油菜花地中，除了本地的养蜂人，还有很多像他这样从内地过来的养蜂人。有从四川来的，青海来的，河南来的。他还告诉我，他 6 月份刚从尼勒克采集完百花蜜后来到这里。

张总福最早是在老家种地的。不知从什么时候起，他们村有好多人养起了蜂，他发现蜜蜂酿蜜的过程妙不可言，很快就迷上了，跟着村子里手脚麻利的老人养起了蜜蜂。在每年油菜花开的季节里，张总福帮助他们把蜂箱搬到开阔的平原地带，和养蜂人一起照看蜜蜂。

他告诉我，他在浙江老家结婚时，他的家人送给他的结婚礼物就是 20 多箱蜜蜂。30 多年过去，他从最初的 20 多箱蜜蜂，到现在已拥有了 400 多箱蜜蜂，已经完全成为一个很有经验的养蜂人。

说真的，我以前可没轻易地佩服过谁，但是我现在最佩服的人却是眼前的这个养蜂人——张总福。

张总福知道生长在冲积土上的枣树比生长在其他土壤上的流蜜量大；知道山区的油菜花蜜少，平原的油菜花蜜多；北方的柳树流蜜，南方的柳树不流蜜；黑龙江山区的椴树蜜多、味厚，而山东平原上的椴树蜜少、味淡。和葡萄酒、咖啡一样，不同地方的蜂蜜也有着许多细微的差别，好的蜂蜜，其馥郁芬芳的口感会让人联想到美丽的自然风光，让人联想到蜂群飞舞的大地，而质地、口感糟糕的蜂蜜稀薄苍白，往往出自最愚钝的养蜂人之手。

张总福为我描述了他的"植物地图"：在他南方的故乡浙江浦江一带，每年 5 月春末夏初，当油菜花期一终止，他便与其他的养蜂人一起，带着蜂箱匆匆赶到北方，这时，河南的洋槐、紫云英的花序才刚刚开始，那都是他的蜜蜂喜爱的味道。

然后，再溯纬度而上，以纬度之差，在 6 月初刚好赶了青海湖边大片的油菜花开放，大片的油菜花，为大地奉献出了沉重的黄金，使人的整个视野被一大片金黄色涂满。

到了六月份，他和同伴们携带蜂箱，又跟着花序的节拍奔赴新疆伊犁昭苏县的后山草原，去迎接山花的流蜜期。每年春末夏初，昭苏县后山草原是一片辽阔的花海，漫山遍野的花朵竞相绽放，花期的到来犹如大地的青春。一切都是那么的和谐，如此完美地互相依存在一起。

每一种野生植物和花卉都是演绎天堂的标本。它们按照古老的法则盛开着，从来不会抑制自己的色彩。一阵风吹过，那些花瓣被吹得纷纷扬扬，带来一种怡人的芬芳。

我曾不止一次地被这种植物巨大的灵性震慑。

张总福说，多年过去，他能够轻易地辨认出昭苏后山草原 120 多种开花植物，其中 40 多种是可做中草药材的草本植物，如党参、百里香、龙艾、蒿本、大粒子等。

我问张总福：每年你为了寻找花蜜，去过很多地方，那你尝过的最好的蜂蜜是在哪里？

他沉吟了片刻："这个嘛，都好。每一个去过的地方都好。伊犁昭苏山草原里的野生百花蜜，没有农药，污染少。蜜蜂的存活率高，采集的蜂蜜是所有蜜中的精华。"

在我们的谈话即将结束的时候，他从这天的收成里取出三罐蜂蜜放在以蜂箱充当的桌子上，请我品尝。一罐是洁白干净的油菜花蜜，一罐是呈琥珀色的百花蜜，还有一罐是金黄色的沙棘蜜。我拿着小勺一个罐一个罐地来回蘸取，咂吧着嘴，像品酒师一样地和他一起讨论味道——我说更喜欢花香洋溢、滋味浓郁复杂的百花蜜。那醇厚甘甜的滋味在我身上仿佛发挥了神奇的作用，我易于紧张的心好像一下子就松弛了下来。

过了8月，昭苏草原一年中最灿烂的流蜜期开始萎谢。但是田野边，仍有不少放蜂人寂寞而忙碌的身影，我下了车，沿着其中一排白色的蜂箱轻移脚步，走进了另一个放蜂人的帐篷。

他叫马木提，哈萨克族人，是昭苏县本地人，成为养蜂人之前是一位牧人，过上定居生活一些年后，他跟着汉族人开始养起了蜂，几年过后，他已经成了当地一名颇有经验的"蜂蜜猎人"了。他的帐篷里除了一张简易的木头床之外，到处是一些稀奇古怪的酿蜜工具——摇蜜机、巢框、铁桶、备用的白色蜂箱、气体燃烧器、木杆以及堆在蜂箱上的涂了蜡的蜂巢。帐篷的另一面木架上，挂着几个带网面的防蜂帽。一罐打开的蜂蜜搁在蜂箱上，里面浮动着诱人的琥珀色——好像帐篷里所有东西都敷上了这样一层薄薄的蜂蜜，连空气都有了一些黏滞感。我整个人被浸没在这样一股甜蜜的气味中。

他的160多只蜂箱全部隐藏在帐篷后面的小树林里，这些白色蜂箱排成长方形或月牙形，浓密的杨树为炎炎夏日里的蜂箱带去阴凉。蜂箱的对面就是一片连绵起伏的油菜花地，正撑持着它们最后的、为时不多的流蜜期。

后来我才知道，全世界的大多数养蜂人都在使用这种蜂箱。据说，这些酷似玩具的木头盒子般的白色蜂箱，是美国费城一位叫朗斯特罗什的人发明的。1851年，他改良了当时的"蜂箱"，从根本上提高了每个蜂箱的产蜜量。随着移动柜式的蜂箱的问世，养蜂人一年四季都能观察他们的蜂群，而且，这样的蜂箱可以很容易地取出贮满蜂蜜的巢框，然后把木框单独放回，让蜜蜂继续将蜂蜜装满蜂箱。

"我能看看你的蜂箱吗？"我说。

"当然可以。"他示意我站着别动，便朝距他最近的一只蜂箱走了过去。他没戴防蜂面罩和手套，就这么打开了一只蜂箱的盖了，把手伸了进去，看里面有没有贮满蜂蜜的巢框。他温和的表情给人的感觉是，他是一个真心喜欢蜜蜂的人。他每一次朝蜂箱俯身，都仿佛是在俯瞰自己的生活。蜂群似乎有些慌乱，轰然起飞，在他的身旁画出一道道金色的弧线，在阳光下像一个个休止符。

他取出一张浅黄色的巢框，渗出来的蜂蜜有一种诱人的琥珀色。他称巢框是"皮子"。一只蜂箱里有16张"皮子"，每次可摇出15到30斤的蜂蜜来。

"满了。"他很高兴地捧着一张"皮子"朝我走了过来，一边对着阳光察看"皮子"上面的蜂蜜。一群蜜蜂也随之跟了过来，很快，有几只蜜蜂落在了我的白色防蜂面罩上，很警觉地在网纱上蹭来蹭去。

"别动，就保持这个姿势。"马木提说。过了一会儿，这些小家伙儿飞走了。我松了口气。

"你看，这张'皮子'上的蜜就算满了，你尝一尝吧。"

我取下了防蜂面罩。

那是第一次，我直接从巢框蜂箱里用手指蘸取蜂蜜品尝，琥珀色的蜜汁顺着手指流到我的嘴里，我马上吸吮得干干净净，一股饱满的甜蜜感立刻传递到我的舌尖——那是一股很浓郁的油菜花的清香味道。我的身后是连绵起伏的油菜花地，站在这里品尝它的精华，让我有一种很奇特的美好感觉，仿佛已经洞悉了万物和谐的法则。

我看着他把蜂箱的盖子重新盖好，这时，几只蜜蜂绕着我的头顶飞舞，发出嗡嗡的声音，这声音蕴藏着危险——果然，一只蜜蜂贴紧我的左眼眉外，狠狠地蜇了我。

马木提细心地从我的眼皮里挑出了一根黑黄色的蜇刺。我惊讶于这蜜中藏刺的小小精灵，竟能对人施以如此严厉的惩罚。那尖利的让人剧痛的刺有如一枚飞来的古代暗器。

随后的好几天时间里，被蜜蜂蜇咬所引起的肿胀一直蔓延到我的整个左脸。

"就算是蜜蜂给你的一个见面礼吧。"马木提眨眨眼睛，笑着对我说。

"你每天和它们打交道，难道不怕被蜇吗？"我问。

"不怕。最开始养蜂的时候，我也是一针一针地被它们蜇咬过，那真是受罪，后来也习惯了。就像打铁的避不开火星儿，不被蜜蜂一次次地蜇咬，就成不了一个真正的养蜂人。"

整整一个上午，我一边看着马木提忙碌，一边琢磨养蜂人和蜜蜂之间这种奇妙而和谐的关系。养蜂人好像天生就有一种亲和力，能够破解蜜蜂生活的密码，并与它们自在地相处。

伴随着他每一次戴上防蜂面罩，每一次搬走满满一箱贮满蜂蜜的蜂箱，我仿佛更加认可了他们世界观中的某些信条。可以用一个贴切的比喻吗？养蜂人是人类与大自然之间的调停者，是服务于树木和花朵的神父。

那一天，我们的闲谈一直持续了很久，话题一直是蜜蜂。马木提说，他最喜欢观察蜂箱里的事情。而绝大多数人其实并不了解蜜蜂的生活。蜜蜂的生命很短暂。到了春夏两季，正好是到了各种花朵的流蜜期。负责采蜜的工蜂疲于奔命，通常只能活一个月，而有些工蜂恐怕还活不到这么长时间就活活地累死了。当它们的生命耗尽，死亡来临时，它们便会悄然离开蜂场，不知去向。它们从来不死在蜂箱里。

而如今，人们正遭受传粉昆虫的危机，很多原因导致了这种情况的发生：大面积喷洒农药、除草剂，蜜蜂身上寄生的螨虫和全球气流波动对植物的影响等，使大部分物种的生存面临不同程度的威胁。

"其实，蜜蜂比人们想象的更加娇气。无论是小昆虫，或是杀虫剂、除草剂、恶劣的天气等都有可能使蜜蜂遭受灭顶之灾。

"2003 年，除草剂的大量喷洒，使昭苏草原蜜蜂的寿命大大缩短。当年 7 月初的 3 天时间里，我的 90 多箱蜜蜂全死光了。落在地上黑压压的一片，让我伤心透了。

"那次，我的蜜蜂垮了，垮掉得很厉害，我的同伴们也是这样，蜜蜂都垮掉了。"马木提这样对我说。他用"垮"这个字表达了他深深的忧虑。

尽管人类破坏了一些事物后，也在想各种办法进行弥补。但是，令我们遗憾的是，人类没有涉足过的"净土"几乎不存在了。

大片的野花使人无法追踪到它的边缘。它一直在人的视野中摇曳出一个纯粹的花的帝国。到了夜晚，花朵全没了，闭合在浓重的夜色中，可是养蜂人仍能感觉到它们的呼吸在微风中显示出的微妙节律。

养蜂人的生活无疑是寂寞而孤独的。盛夏的夜晚，白天残余的热力仍然弥散在空气中，使人的脑袋一阵阵发晕。

太阳一落山，养蜂人就在帐篷里点燃蜡烛，微弱的光十分珍贵，形成了属于个人的温暖空间，来抵挡夜晚像大山一样深沉的沉默。夏日的夜晚是这样的漫长，自然界是这样的深邃，养蜂人在等待中通晓蜜蜂的秘密生活。

马木提说，其实在这样的夜晚他并不寂寞。

这一晚，他领我走到帐篷外，打着手电筒来到一只蜂箱前，示意我不要出声。

他将脸的一侧紧贴在蜂箱的盖板上："你来听。"

我也学他的样子，将耳朵紧贴在蜂箱上，听见蜂箱里嗡嗡的声音响亮而丰满，好像成千上万只蜜蜂在用翅膀扇风。

"刚采集来的花蜜是稀清的。蜂蜜里面有好多水分。蜜蜂想要长期保存蜂蜜而不让它变质的诀窍，就是一起飞快地扇动翅膀，制造一股暖风帮助蒸发。"马木提说。

月光下，我静静地倾听着这来自另一世界的复杂多义的声音，它以一种特殊的节奏环绕在我的两耳之间——成千上万只蜜蜂一齐拍动翅膀，来蒸发花蜜中的水分。这声音，肯定是自然界所赐予的一种值得倾听的音乐和语言，有如众蜂的夏日合奏——其实，生活中还有更多的声音是我们没有听到的，但不能因为我们没有听到就视为无。

橡树

塔城有一片最茂密、最古老的橡树林。

刚下过微雨，空气裹挟了干草、晨露、鸟鸣、泥土、近处人家的屋顶和未腐烂的树叶的味道，湿润，好闻。透过这些生动的枝叶气息，可以听见大树根系水流的声音。

林子里光线深郁，橡树、松树、梧桐、银杏、榆树以及别的无法记数的杂木，在浓暮中似乎更紧地围拢起来，淹没了这片枝叶接壤之域。细碎的草木之声隐隐喧响。枯黄的树叶儿像在敲击着已然成序的精巧编钟。每一枚叶片就是一棵大树的缩影，它的韵律升至时间的深处。

而一条古老残损的石径因少有人踩踏，铺满了不知累积了多少年的脆弱叶片，青青黄黄，一脚踩下去，发出"咕吱咕吱"的声响，惊起了草丛及林间的青翅鸟雀。

林子里最多的是欧洲白橡。

共有 218 棵。

这是我第一次见到橡树。总以为欧洲白橡是书中的植物，是诗中的植物。它高大健美，是物质的，又是精神的。有的树身，遍布由雨水冲刷出来的深深沟痕，一圈一圈的年轮成为时间的信物。

风吹过，其声飒飒。

我被眼前这片深郁苍劲的绿色完全占据，完全吸引。

当地人说，这个园子里的树，是一个锡伯族人种下的。

正午，塔城柳泉村喀拉喀巴克乡相当冷清，一种与世无争的慵懒闲适意味，从每一寸的光线中缓缓逸出。那些路边上破损的房屋，不仅同样寂寞，而且还显示出一种古老的疲倦。

喀拉喀巴克乡以前是一个锡伯族村。没人说得清楚，最初的这些锡伯族人是哪一年来到这个地方的。

关于锡伯族的历史我知之甚少。只知他们在 1692 年被清朝收编，并把整个民族从科尔沁迁至齐齐哈尔、吉林等地，1699 年又被迁至北京等地。1764 年，清朝平定准噶尔后，深感兵力不足，于是又从锡伯族官兵中挑选千余人，连同家属一起派往新疆伊犁驻边屯田。

现在的新疆锡伯族人就是他们的后裔。

我想，那一定是人类民族史上一次悲壮的大迁徙。

240 多年前，大批的锡伯族人带着满文、满语被迫离开了家园，却无意间躲过了一场灭顶之灾。它的意义直到今天才得以显现。

他们扶老携幼，离开东北老家，从盛京（今沈阳）出发，出彰武台边门，走克鲁伦路和蒙古路，过乌里雅苏台、科布多，翻越科齐斯山，过额尔齐斯河——各种地名如同纷乱枝叶中悬挂的果实，出现在地图上那些弯曲的红线、蓝线和黑线旁边。清朝政府要求西迁的锡伯族军民用3年时间赶到伊犁，但是，他们仅用了15个月就到了伊犁。行程两万里之远的途中，有人死去，有人降生，西迁途中出生的婴儿就有350多个。婴儿此起彼伏的啼哭声，高亢、执拗，连接起了另一时空。

当西迁的队伍终于出现在边疆伊犁的大风中，马匹和车辆在尘埃中渐渐显形。牛车上的铜铃发出了清越悠长的尾音，让人感到了更为广大、久远的时空经纬。

这些疲惫不堪的锡伯族人，在这里先是用石头、土块、木桩搭建起最初的屋舍，然后圈起了农田。多年过去，家园呈现，各种口音、风俗、装束的人迅速聚集，慢慢地与周围的村庄相连。

一个新生的文明点开始闪现。

此地的生活在很大程度上改变了他们原有的生活场景，家族早已不像过去的传统生活那样，具有非常明确的空间感，他们被分散在各个地方，在外形、口音以及秉性上的联系也越来越松散，但是，缘于血缘的线索是不会中断的。

另一些锡伯族人从伊犁来到塔城一带是后来的事。

当佟德顺的爷爷和其他锡伯族人一起，来到了塔城11公里之外的这片荒芜之地。这个地方少有飞鸟，缺乏人影，几乎看不到树，地上的芨芨草、苦豆子草倒是长得比人还高，羊群走到里面就找不见了，草丛里稀疏地散落着十几处低矮的房子，一些哈萨克族牧民的毡房点缀其间。

到处是苍野中的荒凉。

抬头看一看天，浑圆的天空湛蓝，大团棉絮似的白云，低低地移动，继续赶赴无名的远方。

这群锡伯族人在塔城一带留了下来。这一停顿，就是一辈子。好比一粒种子，在土地里终于长成繁密的根系，不断地分岔，重合，最终弯曲地覆盖了土地。

柳泉村喀拉喀巴克乡是后来者对这个村的命名。

刚开始是一些哈萨克族人与他们杂居，但是，到了后来，锡伯族人家占了大多数。数一数，竟有 37 户之多。哈萨克族人放羊，过着半定居半游牧的生活，而锡伯族人以种田为主。那个时候，人少地多，每家养一两只细狗，在冬天做了爬犁专门抓野兔子、野鸡，还有狐狸。

而历史，正是诸多无意义的事情的总和。但正是这些无意义的事情，在无形之中建立着秩序，在有形中化育着万物。

想当年，在这个陌生的地方，哈萨克族人说哈语，锡伯族人说满语，汉族人说汉语，他们的语言就像是地下的泉水一样汩汩流淌、交汇。当时间像马蹄声越来越远，一个人已变成了一个村庄，一个姓氏已变成了一部家谱。

而每一个人都跟时间的刻度有关。

那天，塔城的音乐人萨斯克带我来柳泉村喀拉喀巴克乡找他的哥哥。萨斯克是锡伯族人，他有个汉族名字叫谷英福，他哥哥叫谷福寿。不过，他蛮喜欢自己"萨斯克"这个名字。这些年别人也一直这么叫他，好记。

83 岁的谷福寿恐怕是柳泉村喀拉喀巴克乡最老的老人了。我告诉他，我来到这个村是来打听一个人，就是橡树园过去的主人。

他费劲地听清了我的话，就笑了："那是我家的远房亲戚。你去克孜勒加尔村找一个叫侗德顺的人，侗德顺的太爷爷就是第一批来新疆的锡伯族人，他带着自己的七个儿子随西迁的队伍来到新疆，但最后，七个孩子中有六个都病死在了路上。唯一幸存的那个，就是侗德顺的爷爷——那个种橡树的人。"

侗德顺是一个锡伯族人，瘦韧的身体，微驼的背，大而深陷的双目，他不止一次地对我形容他的如岩雕般的鼻子："你看，像不像雪天里嗅到了猎物的鹰？"

侗德顺在与我的谈话中，向我讲述他父亲的历史，以及他的太祖父西迁的历史。而我在他的家谱中，不时地对那些有关满人姓氏、地名以及民俗等细节纠结片刻。

他瞪大了双眼看着我，像是在问："问这个有意义吗？"

最后，我说到了他的爷爷种植的橡树园。

橡树园。

他的眼睛发亮了。

一个正午，我跟着侗德顺又一次来到了橡树林，雨后的斑驳光影在我的眼前跳跃，周围是大树错落的枝丫。

雨后初晴，橡树林有如一件巨大的凹陷的容器，大块的阳光如火似焰，近似呼啸着涌下来，将它的角角落落溢满。离我最近的一棵橡树，微微倾斜在路边——此刻，它的叶缘拥有了微小而眩人的金晕。

风吹了过来，偶尔有一枚枯黄的叶片落到了地上，叶片是一棵大树的缩影，那分杈的叶脉如同那分杈的大树本身。

在这片偌大的林子里，一些常绿的植物似乎正在进行秘密的、盛大的狂欢，使整个橡树园有了一种更为劲重的质感。各种树的阴影愈加深浓地投射下来，走在橡树园子的每一个人脸上都是深深的青绿颜色。

深重、缓慢且原始的大树的呼吸开始呈现。

"看到了吗？就是这里。这是我爷爷种下的第一批橡树，现在少说也有 130 多年了。"

我顺着佟德顺的手势看去，在园子的正中，有 10 余棵高挺苗直的橡树，树冠的一半处在阳光灿烂中，另一半，则涂满了深浓的阴影。它们周围的空气始终是劲厉的新鲜。置身其间，顿生一种特别的幽凉之感。

欧洲白橡是一种高贵的硬木树种，它成材慢，生长周期长。园子里那些年代久远的橡树，一冒出地面就开始分杈，露出枝杈上那些油绿的叶片。一些粗橡树枝，几乎都挂着橡子壳，还有一些壳落到了地上，被层层的落叶覆盖。

在我看来，那些高矮不一的橡树，无疑是这群锡伯族人的生存密码，它们顽强地透露出他们的历史。

只是，这片繁茂的橡树林如何与自己家族的历史对应？

侗德顺说起"我爷爷种下的这片橡树林"的时候，他的表情万分虔诚。好像家族过往的历史都真实地活跃在这片橡树林子里，每一棵树，都与时间的刻度有关，喊一声，就能从那些枝叶中得到热烈的回应。

侗德顺说：这些橡树籽是我爷爷早些年在伊犁的时候，用旧衣服、旧农具、细羊毛，与边贸上的俄国人换来的。在那个年代，算是以货易货。

不过，最早种下的欧洲白橡，却是我爷爷在花盆里种出来的。从 1881 年的春天开始，他就在自己家的一排花盆里，埋下了这些黑亮的橡树种子。想象着这些埋入土中的幼嫩种粒，会很快撑起婆娑的高大树冠。

刚开始，他时常察看他的种子，有没有在降雨后出现奇迹。橡树籽出苗的时候，看起来很柔弱，天气一凉，就用树叶和稻草盖上，塔城这个地方雨水多，土壤的积水，还有寒霜对娇嫩的橡树根都是有害的。

阳光与风是打开这些果球的钥匙，一旦春日的阳光变得温暖，果球就开始落地发芽了。待花盆里的橡树种子出了苗，我爷爷就将它们一一移植到了离家不远的空地里。那是一片从未开垦的荒芜之地，芨芨草高得能将人淹没。野草丛生，不时有草蜢跳出来，在叶片下面低声鸣叫着。是的，所有的生命都有洞悉自我的欲念。

他也是其中的一个。

我爷爷站了许久，就带领家人开始了苦干，将地里的杂草全部连根拔掉。

我爷爷说，种橡树也是一门技艺。树出苗了，也不是一开始就能活。因为橡树适合欧洲红土的生长环境，那里的红土呈温和的弱酸性，而新疆的土壤大都呈碱性，什么时候施肥，怎样施，还有施哪一种肥料最好，我爷爷可是花了不少心思。

　　在试过牛粪、羊粪等肥料后，我爷爷才发现，实际上鸽子粪才是最好的肥料。因为鸽子粪性质最热，能促使新疆这干冷的土壤发酵，收集好的鸽子粪，晒干后，还要像种子一样撒在土里，而不是像牛粪一样堆在一起。

　　但是，这些白的、稀的，像一小泡口水的鸽子粪，说到底是有限的，上哪里去找那么多的鸽子粪呢？一到春季来临，我爷爷就挑着木桶，手里拎着根大树枝，到附近农村的养鸽人家去收集，东闻闻，西嗅嗅，眼睛盯在地上，还有房顶上。

　　没有比鸽子更胆小的东西了。它们通常都在高处待着。好在村子还是有些养鸽子的人家。我爷爷就找到房顶上有鸽房的家里，给他们打扫鸽房，在村子里一待就是好几天。

　　等我爷爷远远地从村头那边挑着担子回家，还没等他走近，就闻到一股酸腐的鸽屎味，很难闻。

　　到了春季，没来得及耕过的地必须先翻一遍，同时，必须让土壤经过日晒，以便让它更好地吸收雨水。这样的晒松的土壤更适合橡树的生长。

　　到了秋季，是我爷爷处理橡树园的大好时机——在下过几场雨之后，每一棵橡树紧挨地面的根部都要仔细刨一刨，防止来年有新的嫩枝长出来。

有了我爷爷的精心照料，这些橡树还是一棵棵小树的时候，它们的根就有六七米长了。

那个时候，人少地多，我爷爷种完了粮食，就开始领着家人种树，主要是欧洲白橡树。慢慢地，树多了，园子的面积也大了，看着它们舒枝，展叶，抽条，这片橡树园子变得远近有名，附近村庄的人也跑来与我家交换树种。

我爷爷自从亲手种下了这片橡树，便离不开了，每一天，都在他自己缔造的王国里施肥，剪枝，修理园子。

是不是时间在借助物质展现它的轮廓？橡树的浓荫高过我爷爷的头顶，高过我父亲的头顶，还有我的头顶，并交叠层层的浓郁枝叶，引来鸟儿和积雨云。就是在这样不经意间，大片的橡树林出现了，它的周围，伴生着盘根错节的松树、桦树等数不清的各种杂木，它们像地质演变一样地悄然实现着大自然的最终目的。

最终，第一批欧洲白橡树彻底扎下了根。橡树园成了村民们聚会、休憩、举办婚礼的公共活动空间。

村子里百来户锡伯族人家在这里生息，渐渐就有了家园感。

因青绿色的橡树木质坚硬，我爷爷叫它"青钢"树，而后，这个村庄也有了它的名字：青岗村。

是我爷爷为它命的名。

侗德顺说：这片橡树园子很大，不止是橡树，还有松树、杨树、榆树，如今那些树都成材了，遮天蔽日，像一片森林。我爷爷的森林王国。在我外出回来的路上，远远地看见这片有如绿海的橡树园子，那千万片树叶一齐拍打的沙沙声，会让我回家的脚步加快。

欧洲白橡是树中的贵族，它的枝叶从不落蚊虫，木质无比坚硬——你别不信，在过去，人在造船造房的时候，就是将削尖的白橡木当钉子使的。我爷爷如果是一个趋利的人，靠卖这些橡树会赚很多的钱。可是，他没卖过一棵白橡树。我父亲也从没卖过一棵树。我数了数那些橡树，还是小时候记过的那个数：218棵。

历史往往有着可怕的深度，可能拐了一个小小的弯，在一个偶然事件的策动下，就会走向另外一个远点。

那时候，橡树园就像所有边缘事物一样，在隐秘处独自发光，没受到普遍的青睐，也就没人轻易闯进它们的世界，这正好成全了它们。但是，那个特殊年代一来，事情就变了。

侗德顺说："那几天，村子里来了好些个干部，召集大家开会，开完会又到我家的橡树园里转，可是，转完了以后，一夜之间我家什么也没有了。整个66亩的橡树园子全被没收了。我们家族的人也从橡树园子里搬了出去，搬到了现在的克孜勒加尔村。不过，在这之前，我爷爷已过世20多年了。

"后来，想不通啊，我父亲就去找公家要，去了很多次，可公家说了，这土地不属于个人，是属于国家的。

"开始那些年，一想到这事，我心里就堵得慌。这些树，是我爷爷买的树种，用毕生的精力一棵棵栽下的，而我们这些后人，却没有了享受的权利。不过，很多年过后，这些想不通的事就慢慢淡忘了。有时也在庆幸：爷爷的这片橡树园子被没收了也好，没收了，我们几个兄弟也就不再为它吵架了，关系也搞好了。"

我看着侗德顺那张晒黑的脸，他说出了自己想要说的，但是，那些没说出的话，他一定无法用有限的语言说出来。

比如：在那个疯狂的年代他的父亲带着全家被迫从这片浓荫的橡树园子搬出来之后，生活中再也没有了树叶的掩映，没有了鸟鸣，人在暴烈太阳的灼烤下，睁不开眼睛；还有，那么多成了材的大树，没有了家人的看护，会不会被那些早就等待着的斧头砍伐？这些担忧像一些黑色的箭，嗖嗖掠过他的眼前，时时让他心生恐惧，还有疲惫。

自从橡树园子被没收了后，侗德顺经常怀着复杂的心情，到橡树园子里转。在漫长的夏季清晨，冬日午后，他在里面一待就是大半天，看这些树安静地落着自己的叶子。在这片繁茂浓密的树木里，爷爷的面容模糊地浮动，让他感到血缘神秘的亲和力。

他回忆起从前在橡树园子里的生活。"记得那时，我才四岁，到了调皮的年龄，而那些树也才长出不久。一棵刚高过我头顶的橡树枝令我兴奋异常，被我一把扯了下来，我双手攀住荡起了秋千，眼看着枝条就要断了，正发出轻微的噼啪声。这时候，眼前横扑过来一个黑影，一巴掌打掉了我手中压弯的树枝，这个人身材高大，怒气冲冲，挡住了清晨的所有亮光，不顾我高声哭嚎，用他的手掌使劲拍打我的屁股。

"这个身材高大的人就是我爷爷。我爷爷已逝去多年，但他留在我身上的辣痛感，却从此留在我早年的记忆里。

"我想，当年爷爷为了一棵不会说话的树抽打自己，并没对我说啥道理，他可能认为一个才四岁的娃娃什么也不懂，是一粒刚萌动的种子，连一片叶子也没来得及抽出来。可是，我爷爷对于当年的我来讲，却是一棵枝叶繁茂的、有一圈圈树龄的大树。

"从此，我像敬畏爷爷那样开始敬畏这些树了。"

如今，整个世界的修辞在变，曾作为他们日常生活的橡树园，如今已被打扮成吸引游人目光的布景，成为当地的一个旅游景点了。精明的商家在橡树园里置放了几顶蒙古包，旁边的橡树身上钉上了"吃饭"的木牌子，一个大锅台就摆放在了树底下，待吃饭的客人一来，炉火架起，呛人的油烟气很快弥漫了出来。没多久，这棵橡树上的叶子就被熏得又黄又蔫。

有一天，佣德顺实在看不过去了，脑袋一热，在店主无比诧异的目光中，愤怒地飞起一脚，踢翻了锅台，用一种连自己也陌生的口气大声对他们说：

"你们——就不能爱护一下这些树吗？"

这一天，我又一次来到了佣德顺的家。佣德顺正在院子里整修自家的橡树林。这些欧洲白橡，是他六年前在自家的院子里重新种的。除了橡树，还有些低矮的黑加仑灌木。

他那老态的、有些笨拙的姿势，让人感觉他在精心侍奉着这些整齐的树埂时，不像是土地的仆人，更像是在照顾自己的孩子。他和这片橡树园子里的树有共同的语言，共同的话题，连过往的风和鸟都听懂了他们之间的话，只有我自己站在那里啥也没听见。

偶尔，他抬起头对我说："再过两年，你来，就可以吃到黑加仑的果子了。"

我谢过了他。没问他为什么要种下这片橡树林，他也没说。

我隔着木栅栏看着这位老人的举止，为他的专注所吸引，感觉他起伏的身姿和他爷爷的身姿正在不断地叠合。让我感到：这橡树园子，从没被他家的人抛弃。家族中的某种古老的秩序，在这里仍有清晰而古老的承继。

遗
韵

在南疆和田的于田县，最有味道的是老城的街巷。这些交织在一起的小巷构成了一座迷宫。"迷宫"，是形容这里唯一准确的词。它不仅是一座精神的迷宫，同时也是肉体的迷宫。因为总有人一辈子走不出这座迷宫，在这里终老西去。

唯克里雅河无声地流淌。

于田老城区的民居大多是清代建筑，建筑物颇有些地域特色，较早的民居房屋墙体以夯土版筑而成，屋宇为平顶式，由于老城民居聚集，空地有限，当我们在迂回曲折的巷子里转悠时，无意间与居民家屋顶上一只羊温顺的目光相遇，让人诧异。

听当地人讲，这只羊是当地人在自家屋顶圈养的，这与老城居民传统的半耕半牧的生活方式有关。

老城的居民过去大多为农业种植户，随着城市化发展逐渐分化成为各种职业的人群，大多从事手工制作及商业活动，但仍然有不少人家在乡间保留土地，种植玉米、小麦，闲时放牧牛羊，吹巴拉曼，悠然自在的田园生活状态已成为他们生活的一部分。

在于田县，我听说兰干乡有一位叫买提库尔班·托乎提的民间艺人会吹巴拉曼。那些天里，我一直流连在于田古城的街巷中，对巴拉曼一无所知，尽管几年前，我曾与买提库尔班·托乎提的巴拉曼有过一面之缘，并进入过他的音乐世界。

但是现在，他与相随相伴多年的巴拉曼一直远在我的视线之外，在看不见的地方游荡。

所以，当同伴提出去兰干乡拜访这最后一位将濒临失传的巴拉曼技艺传承下去的艺人时，我觉得自己是在寻访一个遗失太久的旧物——那费人猜想的喑哑之声，真的会活生生地再次为我响起来吗？

兰干，维吾尔语里是"腰站（驿站的中间站）"的意思。

往木尕拉西南21公里，是于田县兰干乡所在地，旧称布尕孜兰干，意思是有怀胎牲畜的车马店。这个人口不到800人的兰干乡的居民均为维吾尔族人，他们以种植无核白葡萄为生，年产葡萄干千余吨。

走在于田县土路上，道路两旁全是一眼望不到边的葡萄架，现在是初冬，它们刚进入冬眠。一只老得走不动的狗，半卧在路边，似乎在安详地等待死亡的降临，肮脏的毛皮上长了一些丑陋的疣。这条黄色的乡村公路就是它临终的床。

说也奇怪，在南疆几百个村庄里，偏偏只有这个兰干乡出产无核白葡萄。这种优质的葡萄被种植在这里，一年一年地结出果实，直到重新成为大地的血。到了采摘季节，全乡的人忙碌起来，其景象也就是丰收了。

像南疆所有的维吾尔族村落一样，入冬的兰干乡有一种沉睡后的静谧。这个乡有近百户人家，算不上一个大村子，房屋建得凌乱散落，既不是一排排，门也并不都朝着一个方向开，显然没有经过规划。兰干乡像是一个自然村落，也就是即兴式的，来了一户就造一屋。而房屋之间也很紧密，家家不论贫富，门口都有一个院子，就是用芦苇秆编成的篱笆围成的一个院落。里面往往种有几棵树。要么是沙枣树，要么是洋槐树，春末夏初，洋槐花开放，当风吹过，铃铛一样的白色小花，星星点点地洒落下来，有一种凋落之美。

土房前有两个小孩在玩泥巴，我们的车子从他们的身边匆匆驶过，在土路上留下了深深的车辙。这一条辙印，正通向下一个村庄的更深处，时间的更深处。

一路走过去，笔直的白杨默立在公路两侧，它们手挽着手，像在举行一场集体婚礼。风从它们中间经过，将祝福延续到下一个村庄，延续到南疆破旧的集镇，一股微苦青涩的气息，延续到看不见的远方。

现在是 11 月，正午的阳光如此明澈，路上没有什么人在走动。村庄的宁静，就像田野的宁静一样，把许多有声色的情节都掩埋掉了。满目的葡萄架子、树木以及被灌木环绕的土房周围是尘土、狗、牛以及它们的粪便。泥土是灰色的、僵硬的，夹杂着陈年的稻草。苇子扎起的如鸽舍般的房屋，黄色火焰般的草垛，散落在叶脉般的小路旁。

像所有的南疆村落一样，兰干乡也是一座时间的迷宫。时间在这里交错，重叠，然后变得模糊。一个早上和几百年前的早晨没有什么区别，叶脉般的小路曲曲折折。那些村舍的门，有的打开，有的紧闭，有的虚掩。

如果这时从其中一扇门中探出来一张维吾尔族少女的，绾着红色头巾的脸，她开门的声音里带着几百年前的那种声响，打开院落最深处的那一点光亮，这种声音和光亮在许多年后，会让我记起。

背阳的苇墙底下，一位维吾尔族青年妇女正给婴儿喂奶。小而薄脆的生命，此时正贴向女人的乳房，孩子太小了，而她的胸怀又是那么温暖。这位年轻的母亲背靠在破烂的苇墙上，温暖的光线一缕缕地透了过来，她的目光安详，似乎对时间有着巨大的耐心，对怀中孩子的成长怀着巨大的耐心。她可能不知耐心为何物，只是习惯了这样生存而已。

我知道，在于田一带的农村，有一条不成文的建房法则：用粗壮的芦苇搭建房屋的墙体。用来编扎墙体的芦苇，都是平日里积攒的，在从前河水充沛的年代，粗壮的芦苇可以长到三米多高，当地人根据房屋框架所需要的长度，将芦苇捆扎成束填充墙体。木屋框架结构完成后，他们用河泥涂抹木屋内外，虽然不久之后，涂抹的河泥就会被风蚀脱落，裸露出密密的苇秆。

糟糕的是，用芦苇编结的墙体虽然便利，冬季到来时，却抵御不住饥饿羊群的啃食，芦苇墙经常被羊掏食得七零八落——那些凑合用下去的芦苇墙，如何抵挡得住倾盆大雨和沙尘暴？那些居住其中的人们，又如何度过他们的一生？

谁曾说过：我富足和贫困的日夜啊，与上帝和所有人的日夜相等。

说也奇怪，在南疆，维吾尔族的两样民间乐器只有于田的兰干村有：一个是对石，一个是巴拉曼。

对石，是克里雅的河床上特有的一种黑色的石头，质地圆而脆硬，维吾尔族艺人的两只手中分别握着两块椭圆形的黑石，用手抖击，让它们发出有节奏的声音，那声音如疾驰的马的蹄音；而巴拉曼，它的音质沙哑而粗糙，却以其不可思议的缓慢悲悯、悠远哀婉的旋律，给人以深刻的印象，听过这种特别的声音后，再也不能忘怀。

这些年，我一直在想有关维吾尔族民间音乐的一系列命题，为什么欢天喜地的音乐总是会响彻在穷街陋巷？那些维吾尔族人，不管是穷人或者是悲伤的人，他们不需要沉重，不需要痛苦，当然也不能容忍悲伤，他们依赖简单的快乐胜过依赖金钱，仿佛悲伤的音乐已被他们集体驱逐，连诉说悲伤的歌曲及其曲调也像是热烈的音符在空中飘扬。

因而，对于这些生活在穷乡僻壤的人而言，他们的悲伤是晴朗的悲伤。悲伤一过，又是晴空万里。

我出生在南疆并在这儿生活过许多年。那些年，我一直渴望外面的世界，直到后来我重新走到这些维吾尔族人中间，他们的存在好像才变得真实起来。这些维吾尔族人，都有着比泥土还要暗的肤色，仿佛是从地平线上涌起，从田野长出，从树林中闪现，在河面上留下倒影，在整个南疆大地，他们无处不在。他们的欢乐无处不在。

你惊讶吗？这是不是一种古老的文化？

买提库尔班·托乎提今年 50 岁，只上过几年小学，有 3 个孩子。家里种有四亩无核白葡萄，生活水平在兰干乡属中等。

在他家里，我对他说我曾在乌鲁木齐见过他，听他演奏过巴拉曼。他很吃惊。

那是四年前夏季的一天，我与新疆诗人北野、摄影家翟克伦喝酒时，被翟克伦的一位维吾尔族朋友邀请去乌鲁木齐市一家五星级酒店听一场特别的音乐会：一个从于田乡下来的维吾尔族民间艺人的巴拉曼演奏专场——我记得，他吹巴拉曼的时候，右肩微耸，一缕沙哑的有如呜咽般的低音从耳际流过，一直流入我的胸口。

那晚，买提库尔班·托乎提只演奏了六首曲子，演奏会便结束了。他站在光滑如镜的大厅里，目光不安。他后来告诉我，他是被一位在于田听过他演奏的生意人带到这里来的。这个人从他身上发现了某种"商机"，准备让他每晚在这所高档酒店里演奏一场巴拉曼，目的是为酒店招徕客人。我们见到他时，正是他刚到乌鲁木齐市的第一天，面对好多人的围观和提问，他很局促，不停地来回搓手，头低得快要埋在膝盖下面了。"我在乌鲁木齐市待了还不到两星期就离开了，回到了南疆老家兰干乡。"

"城市人不接受这个。"买提库尔班·托乎提对我说。

是的，城市人不接受这个。现代化最有效的办法，就是把生活所依赖的传统先行摧毁，把旧事物孤立起来。驴车为什么要出现在城市的柏油大道上，与奔驰车、宝马车并行？真是匪夷所思，太荒诞了。让这一切到此为止吧。一开始是这样，现在还是这样，因它是一个遗址的诱惑。它遗留了什么？到最后其实什么也没有遗留。

印象中，我那天好像还为他拍了几张照片，他吹巴拉曼的画面进入我的镜头。回头看，觉得这个镜头被关在了相机里，那隐蔽着丰富多义的内部没被展示出来，现在，它吸引着我，去探究它背后的这些东西。

买提库尔班·托乎提告诉我，他18岁那年冬天，从昆仑山脚下的阿羌乡下来一个借宿的民间流浪艺人，名字叫买吐加兹，他随身带了一支巴拉曼。他既会制作，也会吹。那是他从未听过的一种乐声——缓慢、悲凉、深邃。从那时起，他就开始学习巴拉曼了。从18岁开始吹和制作，30多年过去，已吹坏了数不清的巴拉曼，也制作了无数支巴拉曼。

买提库尔班·托乎提并不知道巴拉曼的历史。

巴拉曼是维吾尔族、乌孜别克族双簧气鸣乐器。民间又称皮皮、毕毕、巴拉曼皮皮。汉文史籍中曾译作巴拉满。它还有芦笛、芦管之称。曾流行于新疆各地，尤以南疆和田、麦盖提、莎车，东疆鄯善、吐鲁番等地最为盛行。维吾尔族早在游牧时代已经有巴拉曼，早期的巴拉曼有三四个指孔，后来逐渐发展成六、七、八个指孔。

巴拉曼在我国流行了两千多年。它由古代龟兹的筚篥演变而成，是龟兹乐中的固有乐器。在新疆的许多石窟中都有对筚篥的描绘。在公元3世纪开凿的库车库木吐拉千佛洞中的壁画上，就绘有吹奏巴拉曼的图像。

巴拉曼在汉魏时代由西域龟兹传入内地，东晋末年随龟兹乐东传中原，后经世代流传，至唐代起便盛行中原，成为唐代宫廷十部乐中的主要乐器。隋唐宴享的胡乐中，以龟兹乐为主，此外天竺乐、疏勒乐、安国乐、高昌乐中都有筚篥。

关于巴拉曼的起源，民间也有着不同的传说。古时候，虫子把芦苇咬了一个洞，经风一吹，发出好听的声音。后来就有人割下有洞的芦苇，用嘴吹起来，也很好听，管上端的芦簧吹嘴，是受孩子玩的柳笛的启发改进的。

巴拉是维吾尔语"孩子"之意，巴拉曼意即孩子的玩具。

起初筚篥是用羊角和羊骨制成，而后改为竹制、芦制、木制、杨树皮制、桃树皮制、柳树皮制、象牙制、铁制、银制等，而以竹制最为普遍，制作较易。

至今我们常看到孩子们用柳枝作玩具，其制法是将手指粗的柳枝抽去其中的柳骨。保留着完整的柳皮，成一空筒，管腔上穿孔，即成为柳皮筚篥。推想起来，若用桃枝制作，也就是桃皮筚篥了。但新疆维吾尔族民间流行的巴拉曼，至今仍然保持古龟兹筚篥形制，用苇子制作，与木制管相比，音色略带沙哑，更具有新疆地方特色。

一如现在我看到他手中的这支多处用胶布粘裹着的巴拉曼，这种曾令唐玄宗如醉如痴在史书中消弭千年的乐器是用秋天采集的芦苇制成的。

买提库尔班·托乎提从房间里取出一把芦苇秆，开始制作巴拉曼，他说：一个吹奏巴拉曼的艺人必须学会制作巴拉曼。制作巴拉曼的材料是芦苇，芦苇材质的优劣与采集芦苇的季节及芦苇生长的环境都有很大的关系。通常干旱荒漠生长的芦苇苇节较短，苇管细小，表皮粗糙，缺乏韧性；而池塘生长的芦苇最大的缺陷是皮质纤薄，含水量较多，很容易萎缩；质地良好的芦苇要到兰干乡山地间阴面的坡地上寻找。还有，春天生长的芦苇容易变形，最好的采集时间是秋天，采集到的芦苇要及时地立贴在平整的墙壁固定，等它慢慢风干。还有，芦苇不能长期贮存，贮存两年以上的芦苇就不能再使用了。

买提库尔班·托乎提取出一支直径 1 厘米的芦苇秆，仔细地打量苇秆是否笔直。当他确定了芦苇生长的朝向，在靠近芦苇根的一端，用锋利的小刀削出 45 度的斜角。然后，他将一根与苇管内径相匹配的葡萄藤插进吹口的一端，并放在碗里浸泡，这根葡萄藤的用途是防止刮削吹口时苇管破裂。加工吹口时，他显得很有耐心，苇管在他的手中不停地旋转着，小刀飞快地刮削芦苇皮，将吹口刮得像纸一样薄，刮削出的吹口长度为 3 厘米……

这么多年来，整个兰干乡只有买提库尔班·托乎提一个人会吹巴拉曼，整个于田县也只有他会吹巴拉曼，甚至，在整个新疆，恐怕也只有他一个人会吹。我没有在其他地方听说或遇见过会吹巴拉曼的艺人。他是维吾尔族人，汉语说得不很流畅。有些话我很难听懂，只能够明白意思，但无法转述。尤其是关于苇子墙、葡萄架、巴拉曼、家境等。

但看得出来，他喜欢我们问他，他高兴自己的历史和经验被人尊重。他知道的多，却没有说的习惯。说什么呢？他赞美他们民族的时候，眼睛特亮，我不太明白他说的那些事情，但可以肯定的是，他由衷地喜欢这片土地，还有土地上的人——那些维吾尔族人一个个都有板栗色的皮肤、深陷的眼睛、厚嘴唇和张口就来的歌子，这些歌子伴随他们度过无数个激动人心的夜晚。他在自己家里吹，在麦西莱甫上吹，在"恰依"上吹，别人不给钱也吹。

"这不是钱的问题，这是民间的东西，我不吹的话，几年以后这个东西就'完蛋'了。"买提库尔班·托乎提用"完蛋"两个字表示出他深深的忧虑。

当传统遭遇现代，其境况令人担忧，音乐也不例外。它的生存环境、地理状况、文化生态发生变化也是必然的——这是一个陈旧而又现实的话题，不是我预先设计好的一个主题。

最近几年，我有机会在许多地方走动，内心一直被某种危机感所笼罩。到处都是"最后的……"，这"最后的……"一直是我一路上最为强烈的感受。在我看来，这可怕的"最后的……"并不是最坏的世界。相反，它们一般来说都是人类有史以来最美好的世界，它们只是与那个被"看不见的手"单方面设计出来的世界图纸不相符而已。

因此在我看来，巴拉曼不过是一件太过普通的乐器，这种普通已经成立，从买提库尔班·托乎提娴熟的动作里可以看出，他似乎已完全掌握了这件乐器的基本结构。他只是在做这么一件乐器，还远没有精雕细刻，音乐就已经来了。

令我感动的是，这个还没有完成的东西更有力量地呈现出了它最终的样子。

它还不是乐器。只是一节芦苇，我捏了捏，它没做好，还有些湿润，但神性已经出现。

神性，现在正出现在它未完成的地方。

贡
瓜

在哈密，卡尔塔里（意为柳树成荫）村不远
处有一个哈密瓜园，它坐落在哈密回王府的贡瓜
地——小南湖。哈密至若羌、哈密至南湖的两条公
路就从瓜园的门前经过。

此刻，大片瓜田绵延在维吾尔族农人丈量土地
的路上，到处是瓜苗的根须藤蔓，鸟儿们飞来了，
那些湿漉漉的翅膀为田野带来盘旋逶迤的路线。

第七代回王沙木胡索特贡瓜农的传人尼牙孜·
哈斯木就住在这个村子里。

尼亚孜·哈斯木于我来讲是一个近乎漫画似的
人物，性情活泛幽默，像个老顽童。

我们见到他时，他刚新婚一个星期。前任妻子
几年前病逝。经家里的几个"巴郎子"认可同意，
老人与同村一位 50 岁的村民玛丽亚姆结婚了。

我们问他新婚的妻子身上啥地方让他喜爱，尼
亚孜·哈斯木笑嘻嘻地说："她性格好，热情好客，
有她在，我的房子里来人多。"

"结婚的时候给了新娘子啥东西？"

"耳朵跟前金子给了，脖子跟前金子也给了，只有手跟前的镯子没给。"

"为啥没给？"

"考察一下她嘛，表现好了给，表现不好不给。"

旁边有人继续逗他："那这些天新娘子表现好吗？"

"表现好呢。"老人呵呵一笑。

"那手镯给吗？"

"给呢。"

局外人对一个家族的进入往往从头开始，沿着时间指示的方向行进，像读一部文脉复杂的家族小说。而在尼亚孜·哈斯木的眼里，家族的脉络有着清晰的轮廓和形状，当他逆着时间的顺序走，祖先像陌生人一样成群结队地来到他面前，每一个名字都与某个时间刻度有关。

他相信这种真切的感受也同样曾存在于父亲和父亲的父亲之间。如同一颗种子，不觉中已从土壤下面长出繁密的根系。这时候，一个人已变成一个村庄，家族的队列漫长，他们站在自己的时间里，看不清首尾，只要与祖先建立起联系，他们的血液就成了永不中断的一条河流，渺小的个体就会被放置在深远的背景中去。

循着这些记忆，尼牙孜·哈斯木对我准确而清晰地说出了他的家族中七代先辈去北京献贡瓜的名录：

1. 乌鲁古·吾守尔

2. 都阿买提·吾守尔

3. 买买提·巴克

4. 吾守尔·买买提·巴克

5. 吾守尔·卡米提

6. 吾守尔·哈斯木

7. 尼牙孜·哈斯木

此刻，祖先的往事在他视线范围之外吸引着他。

传说，一等札萨克额贝都拉第一次到北京献贡瓜是用骆驼驮运的。据《大清一统志》记载：哈密至京城7180里，按照每天行百里计算，70多天即可到达京城。如加格达之类的甜瓜，一般都是9月底成熟。到"元旦日帝后进用"时，在路上远运的时间约有3个月，时间是很宽裕的。

清光绪年间进士、翰林院编修室宋伯鲁进疆，途遇贡瓜驼队，便赋诗一首：龙碛漠漠风转沙，胡驼万里朝京华。金箱丝绳慎包瓯，使臣入贡伊州瓜。

关于驿骑运送贡瓜的形式，我曾见过这样的一些史载：一是康熙五十四年（1715年），张寅随军进疆，后在《西征纪略》中写道："路逢驿骑进哈密瓜，百千为群。人执小兜，上罩黄袱，每人携一瓜，瞥目而过，疾如飞鸟。"

可见，运送贡瓜在时间紧迫的时候，用驿骑的力量日夜兼程运送抵达是完全可能的。

但尼牙孜·哈斯木坚持认为，他祖上进京第一次送贡瓜用的是毛驴，100只精心挑选的贡瓜，用桑皮纸包裹后，小心地放入上等柳条编织的驼筐里，驼筐内衬马莲，外捆毛绳，每头毛驴驮两筐，每筐只装一只瓜，加上别的贡品、食物及水，一行50余头毛驴浩浩荡荡地向京城进发了。

用马驮运贡瓜是后来才开始的事。一般说来，运送贡瓜随行前往的有100多人，其中有70多人各担其职，有警卫、伙夫、马夫，还有负责养护贡瓜的农人等。甜瓜用具有防腐作用的蜂蜜浸泡，保存在零下5度的泥罐里。而驮运的贡瓜品种，则是现在已没有多少人知道的"加格达哈密瓜"。

则勒力有一首诗歌是这样赞美它的：

一排排白杨树依傍着欢乐的流水，
潺潺流水像鸟儿一样把心中的欢乐歌吟。

红玫瑰，色布黛丽，色妖色花，
在对野蔷薇说："你要爱我们。"

木瓜和石榴一个个挺着颈顶，
好像霍加在大庭中诵读着经典。

另一处堆放着无数甜瓜，
它比那山里的石头还多……

如果绿皮脆拉西干是瓜中的佼佼，

那么加格达，就是甜瓜之王……

则勒力是十七、十八世纪的维吾尔族游吟诗人。他游历过新疆的许多地方。他在诗中所赞美的"甜瓜之王"加格达哈密瓜，就是哈密瓜农将野生哈密瓜经过千百年培育而成的特殊的甜瓜品种，当地人称它是"麻皮大冬瓜"。

每只加格达贡瓜都大得出奇，带着均匀的黄绿色网纹，色泽和形状几乎完美无缺，漂亮得不像是现实中的瓜。

加格达哈密瓜是哈密瓜农培育出来的，这是有文献依据的。据《新疆甜瓜西瓜志》记载："哈密加格达"主要分布于哈密县大南湖，哈密其他各地也有少量的栽培。加格达哈密贡瓜过去主要分布在哈密市的南湖乡和大泉湾乡，在民国时期，加格达哈密贡瓜的栽培面积约占哈密甜瓜的六成以上。20世纪80年代中期也一直是哈密的主要商品瓜。

一般说来，加格达哈密贡瓜于9月成熟后采摘，放入贮窖，可保存至第二年的春天。歌谣"早穿皮袄午穿纱，围着火炉吃西瓜"中的"西瓜"，指的就是哈密瓜中的加格达。加格达贡瓜耐远运，历史上曾作为进贡皇帝的哈密瓜，它们在长期运输中，就算是稍有碰损，也不会溃烂。因此专家们认为，若没有加格达瓜独具特色的耐贮藏、耐远运的特性，就没有贡品哈密瓜。

哈密瓜，是北疆田野的农人们最诗意的现实。

当瓜苗脆弱的根须扎在泥土之中，它的胚芽叙述着自然质朴的生长过程，带着自己的神秘形象，向四周触摸着。然后，农人们来了，脚步一次次地惊醒它们的睡眠期——"一些众生的道路，出生尘土复归于尘土"。所以，那些一代一代依傍瓜田而生存的农人们扑在泥土上，把他们共同的肋骨献给尘土中的果实。

现在，我的面前正对着一大片哈密瓜田，新绿的秧苗已经破土，在无边无际的阳光下汹涌而来，有一小块瓜田还插上了苗，地已经犁过了，翻起的泥土像一些等距离的波浪，十分好看。它们在道路两旁闪耀着灰绿色的光泽，从我的视线中流泻而出，如同有魔法的颜料，将一切染绿自身却毫无消损。

正是春耕时节，卡尔塔里村的瓜农们开始忙碌起来，在地里锄草，农人们在田野上侍弄庄稼，田埂把田野切割成整齐的方块，因农作物的不同而呈现出黄绿、嫩绿、青绿、翠绿，随地势的起伏而层层叠叠。

这让我想起一位赞美自然的最杰出的人——梭罗。他说："我们将期待人类的早晨，在这个早晨，人类已获得简朴的必需品，获得果实、酒、蜂蜜、油、火，还有通晓自然的语言，以及农业的其他方面的技艺，人类已逐渐从蚂蚁的状态被培养成人的状态——将由闪烁着同样的进步光辉的一天所接替。"

瓜苗日夜生长，一天不同于一天，叶子长得又大又绿，上面裹着一层白色的柔软小刺，瓜藤上长出了细长的触丝，不用多久，就会长出一大片，开许多花，一朵一朵，金黄金黄的。那些种瓜的农人们，会在酷夏午后的庇荫处，在干馕与浓酽茶水的间隙，在枝蔓的浓郁香气里，微微翻动着时间。

到了气候炎热的仲夏，酷热的阳光倾泻而下，万物在温暖的睡意中被镀上一层薄金。无边的瓜田里有瓜叶枝蔓的潮湿和辛辣气味，饱含蜜汁的果实内部碰撞出无边无际的涛声，清甜的浆汁不断冲刷着果内。硕大果实的边缘呈现山圆润的弧度。瓜园里到处是带着酒味的沉甸甸的香气，果实大得不可思议，仿佛是天堂的作物。

在他的瓜田里，尼牙孜·哈斯木给我们讲了他年轻时的游戏——打瓜。这种游戏曾在哈密乡村的维吾尔族人中流传得久而广泛。年轻人玩，中年人和老年人也玩。

打瓜分为打西瓜和打哈密瓜两种。早些年，田地里没有出现塑料大棚的时候，当地的维吾尔族瓜农们，头年夏天在地上挖几行脸盆大小的土坑，在坑里和上草泥，用长把子葫芦在草泥上一压一转，就形成了一个大泥碗。晒干后一个个地摞起来，待来年早春瓜苗出来后，白天太阳晒，到晚上就用这个大泥碗将瓜苗扣住，随着春寒霜冻后，用这种方法培育出来的"热瓜蛋"哈密瓜，在端午节来临的时候就可以上市了。

这是不是就是哈密瓜历史上农业设施的雏形呢？总之，在一年一度的端午节来临时，瓜农创造出来的哈密打瓜游戏也就开始了。

那时候，农村生活是多么的枯燥，就像包围乡村的空气。好在有夏天。每一天，农人们忙完了农活，真的是太闲了，钱是那么的少，时间是那么的多，快乐不是现成的，得要自己去找——白杨树下，打谷场上，到处聚集着玩"打瓜"游戏的维吾尔族人，每天被一场又一场紧张而有趣的游戏追逐着，抵达竞技的现场，期待在竞技中显示出自己的力量。他们黑红的脸上淌着汗珠儿，赤裸着胳膊，用巨大的热情看着对手。

时间在某一个瞬间被无限拉长，循环往复。

也许，当男人们成年后，就会在身边寻找可以激发自己欲望的竞技场，似乎只有男人才会寻找他们共同的竞技场。竞技，就是意味着会有失败等着你。所谓失败就是自己被别人击倒，这似乎是生活中常见的事。当他们中有人在一场游戏性质的竞技中成为败者之后，才会逐渐明白，在竞技场上除了勇气之外，还需要智慧。

"我那时年轻，才20多岁吧，和村子里的小伙子一样好胜，我着疯了一样迷上了'打瓜'游戏，反正日子长得很，有数不完的闲散时间要去打发。

"打瓜分为'打西瓜'和'打哈密瓜'两种。你问我打西瓜是啥品种好，当然是'麦籽'西瓜了。一个'麦籽'西瓜只有我的两个巴掌大，圆圆的像个小皮球，皮薄，好吃得很。'打西瓜'是在两个人之间进行的。每个人挑一个'麦籽'西瓜，用手掌劈开，如果西瓜瓤子是红的话，那他就赢了。输的人一般要付两个瓜的钱，打开的西瓜嘛，都是在一旁看热闹的人吃，他们白吃，不要钱的。

"你说啥？'打西瓜'有啥窍门没有？有的，就是眼睛尖会挑瓜，还会打。因为'麦籽'西瓜长相怪得很。好多'麦籽'西瓜最红的瓜瓤不在瓜心，而是在瓜心与瓜皮之间，红瓤子隔着瓜皮看不见嘛。会打的巴郎子刚好从瓜瓤的最红的地方打开，这个巴郎子就赢了嘛，赢了的人高兴，吃瓜的人高兴，输了的人开始不高兴，到了后面嘛，看大家高兴了，他也就高兴了。打瓜游戏就是这个样子的。"

尼亚孜·哈斯木说，"打哈密瓜"和"打西瓜"的方式不同：找一个哈密瓜放正，打瓜的人每人拿一枚铜钱（或铜圆），对准哈密瓜，嗖的一下用力打去，将铜钱（或铜圆）打进瓜瓤里的人就赢了。如果两个人都将铜钱（或铜圆）打进了瓜里，再挑一个瓜重打，直到决出胜负为止。打瓜输了的人要付全部的瓜钱。至于那些甩着手在一旁起哄的围观者，则兴高采烈地要大饱口福了。

"打哈密瓜"也是在两个人之间玩，和"打西瓜"一样，周围得有好多的看客。若没了看热闹的人在一旁起哄的话，那打瓜游戏也就没啥意思了。

打瓜游戏就是这么简单。

"打哈密瓜"游戏，还有一种比较难的，有时要求将铜钱从瓜上打进，瓜下打出，这样就要将哈密瓜的两头用土块垫起来。但如果被打的是"加格达"一类的甜瓜，要将铜钱从上面打进去，又从下面打出来的话，就不是一件容易的事了。

在尼牙孜·哈斯木看来，打瓜游戏中有些很微妙的感觉是无法说出的，比如手的感觉。一双手终究没法把那种微妙的感觉传给另一双手。一只瓜静静地立在那里，面对的是各种各样的人，每只哈密瓜都是不一样的，形状厚薄也都不一样，每个人的手也不一样，习惯也不一样，有劲儿大，也有劲儿小的。一枚铜钱打进瓜里什么部位刚好，是没办法预知的。

"刚开始玩打瓜游戏的时候，我的手气一阵子好，一阵子不好，不好的时候一个夏季就输掉过 50 多次，不但要付瓜钱，连同那堆瓜也成了别人的了，可一旁围观的老年人一边呸呸地往地下吐瓜籽粒儿，一边拍着我的肩膀安慰我说：'玩嘛，不要当回事嘛，玩啥东西都得花钱，没有白玩的东西，想再玩还可以定规矩重新开始嘛。'"

过了十月以后，上市的哈密瓜逐渐少了，打瓜的游戏也渐渐地停止了。直到来年五月以后，这种游戏才又会重新兴盛起来。

"后来，'打瓜'游戏在村子里啥时候不再时兴了我就不知道了。不知道现在小一辈的年轻人在玩什么？可能是他们找到了比'打瓜'更有意思的事情了吧。每一代都在失传一些东西，找不到人玩，我就一个人玩嘛。我用左手打，再用右手打，再后来就不玩了。我老了嘛，六七十岁的人，手没劲了，我的左手总是打不过右手。"

中午，我们在尼牙孜·哈斯木家里吃了一顿丰盛的抓饭。席间，一起同行的哈密作家黄适远，仰头猛灌了一通茶水，突然感慨道："这抓饭好吃，和哈密别处的不一样，你知道为什么会不一样吗？当然，去哪里吃还是这个抓饭，可是不一样的是这个环境，换了地方就不是这个味道了。"

我顿时很受启发。如此说来，地域显然具有一种奇怪的力量，却又十分隐秘。它使人的这些感觉，像味觉、嗅觉、甚至触觉、视觉等，在此地如此，但在彼地就不一样了，这似乎取决于诸如气候、地理等因素。可是还有一些什么呢？一碗抓饭都如此，何况其他呢？

乌鲁木齐有一个老人，一直对已逝的传统怀有脉脉温情，而对现实却存有质疑和距离。他曾给我说起过他小时候吃过的一些未经改良的老式瓜菜：有长了虫眼的西红柿、甜瓜、土毛桃、模样矮小的芹菜、萝卜……一堆堆、一筐筐地摆在巴扎（市集）上。有一种叫"克克奇"的甜瓜，又小又难看，秧扯不长，产量不高，一棵秧上只结三四个瓜，但味道却极香极甜，吃了保准忘不掉。他说他的家人都喜爱这带着浓郁香甜味道的"克克奇"。他的母亲每年就拣最甜最饱满的瓜留下种子，在窗台上晾干，来年再种。可是不知道哪一年忘记种了，或者是他们仅有的几颗种子被老鼠或鸟儿偷吃了，当那种带有特殊浓郁香甜味道的老品种作物从生活中消失的时候，竟然谁都没有觉察。

现在，经农科人员培育改良的又大又好看的瓜果长满大地，它们高产，生长期短，适合卖钱却不适合人吃，不断改良的结果就是把人最喜爱的味道一点点地弄丢了。事实就是这样，当人们成功地改良出一种新品种，老品种就消失了。

好像许多事物也是这样被过滤、筛选，真正古老而美好的东西被拿走，只剩下了渣滓。现在，城市正成为消耗的代名词，来自田野的粮食被复杂的机器加工后，加入某些化学物质。像杀虫剂、锄草剂以及其他农药，源源不断地输入农田，被效率激发起的热情，使乡村变得慵懒。哪里会有什么真正安全的食品呢？许多人间悲剧以放大了的黑体字作为警示出现在新闻标题里，那些餐桌上的食品，让人们在举箸之前疑虑重重。

曾经有很长一段时间，"老""越老越好""原汁原味"的作物是乡村普遍认可的原则。从某种意义上来说，本土知识体系即指"传统"。历史上，我们最讲传统，这是由传统社会的特性决定的，由农耕方式建立起来的家族制社会，最重经验，由此传统"代代相传"，变动很少。

有人抽象出"文化"这个词，来说明"传统"的重要性，因为它的精神因素可能超越时空，但多年来传统在"经济"面前节节败退，以及我们在大多数的时候对它的熟视无睹，让人怀疑我们是否扩大了这种重要性。

他问："如果改良错了，我们又该从哪里重新开始？"

哈密乡村里的维吾尔族人把甜瓜叫"库洪"。在卡尔塔里村，我从当地一些老人那里，记下了一些老品种"库洪"的名字：黑眉毛、老汉瓜、一包糖、加格达、红心脆、早金、黄皮可口奇……这些瓜名多好听啊，听到名字就能一下子联想到瓜的模样，像一个个活生生的有性格的熟人站在自己面前。这些美好的名字传承于人的生活，不仅有色泽、肌理，还有温度，诱发人的联想。我感觉到人与大地交替的呼吸。比如老汉瓜：瓜肉醇香，略带甜酒味，入口即化。维吾尔族老汉将这种瓜一剖两瓣，刮去瓜瓤，泡上馕，就是一顿饭。

不像后来经农科人员改良后的新品种哈密瓜名：抗病1号、26-1号、伽师2号、凤凰1号……这些冰冷又莫名其妙的术语和毫无想象力的词根，消解了生活中诀窍的诗性成分，在试验室里就断绝了与大地之间的联系。

尼亚孜·哈斯木喜欢我们问他问题，他高兴自己的历史和经验被人尊重，奉为至宝。

哈密瓜有20多个品种资源，什么样的哈密瓜好吃易保存，这都是有记录的，千百年来，哈密瓜农在种植哈密瓜方面已积累了丰富的经验。据《新疆小正》载："种法不仅灰培，必用苦豆，不然则不甘美，他处种者，只见其形而已。"纪晓岚在《阅微草堂笔记》中对哈密瓜选种是这样记述的：如以今年瓜子明年种之，虽此地味亦不美，得气薄也，其法当以灰培瓜子，贮于不湿不燥之空仓，三五年后乃可用。年愈久则愈佳，得气足也。尼牙孜·哈斯木说："以前我们祖上种瓜，都是用牛羊粪施肥。用老方法种，铺上苦豆子叶。这样长出的哈密瓜口感好，易保存，用化肥不好。前两年看大家都在用，我们也试着用，用化肥催熟的瓜成熟快，样子好看但不好吃，保存时间也不长，再说，化肥把土地也烧坏了，所以我就又改回老方法种了。当然还有其他的方法。"

"什么方法？"老人笑而不答。

我知道，那就是外界纷传的他家有一本从祖上第四代开始传下来的有关种植哈密瓜的"秘方"。他家用这种"秘方"种出来的哈密瓜，糖度在十四五度，瓜甜得粘牙，黏手。既是"秘方"，就从不参加公开的展览，永远只为家族的人密存。后来，尼牙孜·哈斯木老人禁不住我们一再请求，破例为我们展示了那本"秘方"，并允许我拍照。

尼牙孜·哈斯木对这本祖传"秘方"的态度万分虔诚。他把"秘方"藏在了房梁上。他说，那样可以避免鼠咬。他年事已高，但他爬高取下"秘方"的动作是那么敏捷轻盈，像一个少年。

这本祖传的"秘方"是手写本。厚厚一叠发黄变脆的纸片上布满深奥的暗符，写着我看不懂的维吾尔文，只有他自己才是那高超的破译者，从这些斑驳的字迹表面的规则中找出暗藏的逻辑。

只是，古老的秘密，会不会因时间而失去价值？

在我看来，种子是每一种植物源头的私属的神，开始创造善变的无中生有的戏法。当甜美的果肉被牙齿消灭，或是在寂静中慢慢腐烂。种子就会裸露出来，进入土壤，开始生生不息的传递。

比如在农村，一些珍贵的种子，往往只保留在个别农人手里。他们喜爱那些老品种土瓜果的味道，就一年一年地传种了下来。

尼牙孜·哈斯木现在和家人有13亩5分地。种有六七个品种的哈密瓜，有加格达瓜还有早金瓜。种植加格达瓜一直用的是祖上留传下来的老品种的种瓜籽。种瓜和种瓜的种子是坚决不卖的。要自己留着，说怕是失传了，所以一直种下去，等着喜欢它的味道的人来买。

同样，老人也为我们展示了他祖上一代代传下来的有两三百年历史的种子。有好几个品种呢，一粒粒的，都用皱巴巴的棉纸包裹，小心翼翼地放在罐头瓶子里，又用土布缝制的袋子缠紧——那是他的家族永久的珍藏。

尼牙孜·哈斯木说，现在村子里的瓜农，很少再有人种像"加格达"之类的老品种瓜了。老品种的瓜虽然好吃，但晚熟，产量少，大家都在种经改良过的哈密瓜，这些哈密瓜早熟，上市早，容易卖上钱。

迈克尔·波伦在《植物的欲望》一书中写道："从前，世界上就没有花，当然也就没有果实和种子。稍微精确一点说：是在两亿年前。后来有了蕨类植物和苔藓，有了松类和苏铁类，但是这些植物并不形成真正的花和果。它们中有一些是无性繁殖，以种种手段来克隆它们自己。与现在我们自己的这个世界相比，因为缺少花和果实，这个有花之前的世界，是一个更为缓慢的、更为简单的、更为沉睡的世界。"

也许，所有沉重的东西，注定是由纤细来背负的。现在，每颗瓜的果实里都睡着它的孩子，那些白而狭长的种粒儿安睡在它的腹腔，这是花粉、媒粉以及浩荡的春天之所以存在的全部理由；是大自然互容互生、环环相扣的复杂节律。一年飞逝，另一年回转而来。春季将去，落花满地，夏秋之景，接踵而至。它在时间上构成了连续的波状之链。

现在，"秘本"中一张张苍黄的秘方和一粒粒种子获得了与时间相等的地位。我目睹了一个家族对于传统的繁衍、坚忍、持久的全部秘诀。

晾　房

　　无须沿着地图前行，我就能看见吐鲁番绿洲深处的一座乡村，引领我进入它的绝不是一张地图，而是维吾尔族古老民居的屋顶上矗立着的一间间散发泥腥气息的土坯房，在秋天的寂静中显示出它的符号王国——它们状如碉楼，一色土黄，用土坯打制的墙壁镂出密密的网格状的洞孔。这是当地农民借助吐鲁番火洲的热风吹拂晾制葡萄干的晾房，又叫"阴房"。

　　当地人告诉我，这晾房，是给葡萄住的房子。

　　葡萄晾房可以说是吐鲁番的一大景观——像大地艺术，向着宽阔的山坡地带敞开，向着庭院向阳的高处敞开。看见了这些葡萄晾房，也就意味着我已进入吐鲁番乡村的现实世界。如果看不见葡萄晾房的话，意味着我开始迷路了。因为在吐鲁番绿洲深处的乡村一带，我们都会和葡萄晾房相遇。

　　在这里，几乎所有的维吾尔家庭都有自己的葡萄晾房。有人统计了一下，吐鲁番一带村庄的葡萄晾房有三万多间。在草原上，哈萨克族牧民家是看谁家的牛羊多，而在吐鲁番的乡村，则是看谁家的晾房多，晾房越多越富有。

"我们虔诚地把它当成我们的家园周围的事物并夸大它的种种奇观。"

现在，这种奇观开始在我的思想中长出了嫩芽。

在吐鲁番地区一带的乡村里，晾制葡萄干对维吾尔族农民来说是一件传统的大事。

吐鲁番地区的气候很干燥，被称为"火州"。因一年中最高温度高于35度的炎热日在100天以上，夏季地表温度多在70度以上，曾有"日光如火，风吹如炮烙""以面饼贴之砖壁，少顷烙熟""吐鲁番道中渴毙步行者两人，张口出烟，缘脏中水尽，则火炽矣"等说法。

自古以来，葡萄就是吐鲁番人向历代皇家帝王献呈的贡品。但是因路途遥远，古时如何在长途运送中保鲜，是一个关键的问题。据说，当时的吐鲁番人将鲜葡萄浸入戈壁淤水洼地的红泥浆中裹上浆水后，取出晾干，再反复几次，鲜葡萄就有了一层"保鲜膜"，如此运送后，洗净的葡萄复又鲜美，甘甜，饱满如昔，赢得了"他乡之果，宁有匹之者"的美誉。

为了适应大自然的苛刻条件，当地人不得不想出自己的办法和策略，在现实中寻找自己想象中的对应物。人的智力在大脑中的沟回里彷徨，犹豫。最终，一个出人意料的对应物出现了。维吾尔族人将蜜蜂的蜂房移到了平地上，用土块和树枝给葡萄搭建了最初的建筑——晾房。

现在是八月初，正是吐鲁番的葡萄收获的季节，也是晾制葡萄干的好时节。我们的车子路过吐鲁番霍加木阿迪一带的村庄时，看见路边的葡萄园像一块块巨大的绿色毯子绵延至新的早晨，累累的葡萄串在碧绿的叶片下垂着。农人们像蚂蚁一样密布在葡萄园中，遵循收获的准则将葡萄摘取下来，晾晒在向阳的山坡及屋顶的晾房中。装满了葡萄的车辆在霍加木阿迪村的乡村公路上滚动着轮子。

为了运送刚刚摘下来的新鲜葡萄，农人们把这条唯一通向外界的乡村公路走得是尘土飞扬。司机把车开得很慢，引来路边几个满脸泥巴、光屁股的维吾尔族小男孩疯狂追赶，尖声叫喊着："小车，小车——停下停下，车带扁了——"

有一阵儿，一车的人都不说话，近乎笔直的乡村公路两旁，立着细瘦的白杨树，树叶因阳光的照射闪动着。车就这么开着，不见这白杨树有稀疏的时候，真有一点因它们的存在而感动。这地方，够特别。

在霍加木阿迪村的村头，我看见年轻的阿迪力江正搭建属于他自己家的第三间葡萄晾房。在他看来，葡萄像人一样，也是要休息一下子的。葡萄种下去，前一年收得多，下一年就收得少，这是规律。可没想到，他们这个村子的葡萄在今年都结得多得很，他和他两个弟弟家里40亩的葡萄都给葡萄经纪人"订"出去了。

"我心里真是高兴得很，可是自己家的两间葡萄晾房不够用了，现在得重新垒一个。"

在一处古老的农舍里，我看见一位年逾古稀的维吾尔族老人爬上了自家屋顶的葡萄晾房的木梯——这是正午时分，老人爬上木梯是为了晾晒葡萄，并将已经晒干的葡萄从木椽"带刺"的挂架上取下来。老人的背影有一些弯曲——人在年轻的时候没有这种弯曲下倾的姿势。

　　只有经过时间和劳作的双重经历，才会有俯下身来衡量万物的姿势。

　　我站在晾房里，站在老人的身后，一次次向头顶上悬挂着的葡萄仰望，从那被一串串葡萄切割的光线间隙中，从那自一股股土坯墙壁的网格涌入的灼热气流中，那些葡萄像古代精美的编钟一样彼此缓慢敲击，好像是混乱的、无序的，但是其中却深藏着来自另一世界的宏大旋律。

　　不时有一两颗葡萄掉下来，落到我的头顶，又滚落在地上。我便俯下身捡起，放进了嘴里。

　　在吐鲁番一带的农村，当地人的葡萄晾房大都是平顶长方形，有在地形高敞、高温干燥的山坡上独立着的，也有在平地上数十间连在一起的，还有建在自家屋顶上的。每间晾房高度大都在四米左右，长短不限。晾房里面，若干土柱上架设有檩木，檩木上放置木椽，木椽上铺设树枝、芦苇，然后涂抹草泥即为屋顶。而地面上，仍是草泥抹面。

　　阿迪力江家的葡萄晾房就是搭建在平坦的坡地上的。五六个来给他帮忙的维吾尔族小伙子个个有着黑红的脸膛，他们的脸上淌着汗，脚下都是一大片堆成尖儿的土块儿。整个一间葡萄晾房的构件正放在空地上，有细长的木椽，粗一点的檩和一大堆土砖，呈现出一个完美的土木世界的组合。

阿迪力江说，为了搭建一个新的葡萄晾房，村子里几个小伙子早早做了准备工作。他们从今早天亮开始，一直在这里敲敲打打，忙碌个不停。

阳光倾泻下来，虽不刺眼，但一股股的热风劈头盖脸地扑到我的脸上、身上，我不得不连连擦汗，眯起眼睛看着那几个小伙子们干活。

一个叫艾逊江的小伙子搭了个梯子，敏捷地爬上去，将一根根木椽等距离固定在一个斜面上，然后不停地搬动着砖块，在不断的俯仰之间，他像一个最勤快的裁缝似的在缝制一件"葡萄之衣"。他干起活来兴高采烈，让人羡慕。

还有一位小伙子则躲在了树荫底下，在木工凳上用推刨作业，刨花卷曲着，像泡沫一样从推刨上面溢出来，黄白色的刨花撒满一地，几根刨好的木椽横在地上。

在我看来，搭建葡萄晾房这一古老的技艺，几乎代代相传，好像不需要自学成才，因为一个行业虔诚的秘密可以追溯到若干年前，他们只相信从村子里最年老的长者或父辈那里获取的经验，因此，他们对一切都胸有成竹，了如指掌。

比如我看见一个赤裸上身的小伙子，微闭着眼在寻找一条直线，一个平面，斧刃上的光芒照亮了朴素无华的土砖。每一个孔都错落有致，精密无比。他在搁平每一块土砖的那一瞬间，已经把可能的误差修正了。这种动作的一次次谨慎重复，使脚下散乱各处的土砖变得规整，一切都这样定了。那些看上去零散的部件，正被他们有条不紊地组装起来。还不到下午，阿迪力江家这间新的葡萄晾房的骨架已渐渐出现了，正一点点地接近几何形状。

在霍加木阿迪村子里，我还找到了几十年前的葡萄晾房。都是长方形的，其晾房的细部虽各有特点，但也都有相同的特征。

葡萄晾房主要分土木结构和砖木结构两种。各地因区域文化不同，建筑图案也不同。吐鲁番地区的晾房主要以土木结构、平顶和伊斯兰建筑图案为主。吐鲁番地区一年到头难得下雨，这些用来晾制葡萄干的平顶小屋是农民们用自制的泥块垒成的，因而坚固耐用。

来，先看看这些土坯房子——葡萄的晾房。一般晾房的房门都开在东边或北边，以防止阳光直射。晾房的木椽上设有若干"挂架"以晾挂葡萄。挂架离地面要有半米的距离，主要是便于通风和清扫掉落的葡萄。

我注意到葡萄晾房壁面上，留有一个个方型网状花孔——那是用来通风的。其均匀的间距，使阳光不能直射在垂挂的葡萄上——远远一看，就像是"蜂房"。

哦，蜂房。也许最早的葡萄晾房的灵感就出自这里。

在无数个世纪之前，人类开始模仿大自然之物的构造：在模仿风吹过芦苇的声音的过程中而产生了音乐；在模仿蜘蛛的丝网时而产生了经纬；在模仿大自然丰富的色彩时而产生了染织；现在是模仿蜂房的构造，从而产生了葡萄干别样的甜蜜。

看，一座座土坯的葡萄晾房仿佛洞悉和凝聚了大自然非凡的奥秘与寓意，并以这种无懈可击的完美几何图形，完成了一个源于自然界的不朽的摹本，接近了又一事物的本质。

鲜葡萄在这样的晾房里一般要经过 30 至 40 天的晾制，风干成葡萄干。用这种方式晾制葡萄干，既保留了葡萄干中的叶绿素，而且晾制出的葡萄干色泽也比较纯正。在晾房中阴干的无核白葡萄，人们称它为"绿色葡萄干"——绿珍珠，色泽碧绿，酸甜适宜，含糖量达 60% 以上。而在屋外晒干的无核白，人们称它为"红色葡萄干"——红玛瑙，色泽暗红，口味偏甜。

我又一次来到霍加木阿迪村子，在村口一家小超市里买矿泉水时，看见一种袋装的名叫"翠绿牌促干剂"的商品在货架上摆了满满一排，很是醒目。

我取了一袋"翠绿牌促干剂"看了下说明，它是这样写的："翠绿牌促干剂"其作用是促干剂中所含的碱性物质可以将葡萄表面及呼吸孔内的白色果粉（学名果蜡）溶解，使葡萄表面呼吸孔与干燥空气及气流直接接触，使得葡萄水分迅速蒸发，从而达到快速制干的作用。

有人说，如果这种含有化学成分的葡萄促干剂在当地普及，那么葡萄晾房的利用率可能就没有以前那么高了，另外，大工业的葡萄保鲜库也在威胁民间葡萄晾房的地位。

看到我有些忧虑的样子，当地干部米来提说，葡萄晾房是不会从维吾尔族人的生活中消失的。在吐鲁番地区，维吾尔族人在葡萄晾房里晾晒葡萄，是千百年来保留下来的古老传统，这种古老传统虽然受到了一些现代文明的冲击，但是葡萄晾房早已成为吐鲁番地区的一大景观，吸引大批外地游人驻足。

连木沁县位于吐鲁番盆地以东的 312 国道边上，汉唐的时候，它曾经是交河王国通往中原和经大海道去楼兰的重要驿站。后因交通闭塞，除了那些经常往来奔波的司机和旅人，几乎没有多少人知道它。但后来有两件东西让这个村出了名，其中之一是葡萄。

在霍加木阿迪村，家家户户种植葡萄。说它的葡萄最甜，是因为这里要比吐鲁番其他地方的葡萄晚熟半个多月。正是晚熟的原因，让这里的葡萄积累了更多因温差形成的糖分。再就是连木沁县霍加木阿迪村有一位拥有 200 亩葡萄园的庄园主——司马义·库尔班，人称"葡萄王"。

司马义·库尔班的掩映在葡萄长廊层层绿叶和鲜花中的雕花小楼的家，像极了《天方夜谭》中的阿拉伯城堡。它与我一路上所看到的农民的泥土建筑完全不同。炽烈的阳光撒在冷冷的白色大理石上，现出淡黄的暖色。数百只鸽子在黄昏的晚霞中舞动着翅羽——啊，怎样的人才配得上这样一座城堡，这样一件昂贵的礼物？

20 世纪 80 年代，司马义·库尔班的家里一直很穷，加上他有 5 个孩子，无论他怎样拼命地劳作，日子都很拮据。后来他承包了连木沁镇西南面火焰山下的 200 亩戈壁荒地，承包期为 50 年。

他先是打了一口机井，然后雇了十几个民工开荒。他的"洋冈子"（老婆）库加汗当时全然不顾自己刚生完孩子的虚弱身体，对着他大喊大叫：你是个傻瓜吗？你把钱都扔到戈壁滩上去了。

可谁也没想到，司马义·库尔班挣了钱，富裕起来了，数年后，他拥有了一个大型果品生产和加工基地，另外还有 600 多只羊，2000 多只鸽子，家里有 4 辆汽车。每年入冬前，光用来埋葡萄根的羊粪，他家里的康明斯卡车就要拉 60 多车。

他的汉语不错，每当有人问他"如何经商致富时"，他就十分幽默地用一句汉语回答："中央一号文件。"

司马义·库尔班招待我们的方式很特别，他在自己庄园的葡萄架下，为我们摆了满满一炕果品，来的人很多，把两大块大花毡都围圆了，只是在座的好多人我都不认识。

我的身边是一位满嘴喷着啤酒味的男人，歪歪扭扭地斜靠在老榆树杆边上，他叫买合木提·卡斯利，长得够黑。在我们来之前，他已在这里喝了四个多小时的酒了。可能是和他挨得近，他总是向我频频举杯："为了友谊，喝嘛，杯子碰一下子嘛。"

买合木提·卡斯利原先也是当地的富人，是鲁克沁第一个买摩托车的年轻人，就因为木卡姆大师司马义·马增经常坐他的摩托车四处演唱，让卡斯利对木卡姆痴迷起来，他走上了学艺之路，商店也不开了，生意也不管了，甚至为了学木卡姆，连家里的葡萄地也无暇顾及，葡萄都被冻死了。后来，他的"洋冈子"（老婆）也离开他，跟一个贩葡萄的人跑了。

如今，他周围的邻居们都富裕了，家里盖起了大房子，而最早富起来的他却穷了。

现在，卡斯利经常跑到司马义·库尔班的庄园里给客人唱木卡姆，喝酒，用以消磨时光。

我不知说什么好。

也许这就是每一个走在路上的人的生活，每个人的爱。

平坦屋顶上的葡萄晾房沟通了与外界的关系，阳光在屋顶上的泥檐上移动，当我看见了它才知道，那些在屋顶下生活的维吾尔族人为什么会有他们的世俗生活。

盛夏的夜晚是难熬的，白天的一股股热浪仍弥漫在空气中。这样的夜晚，吐鲁番吐峪沟村的维吾尔族村民们都爱在自家的屋顶上睡觉。

晚上，我们借宿在吐峪沟村牙库甫大叔家，决定像当地人那样，到屋顶上去睡，牙库甫大叔拖出数条花毡铺到泥皮抹制的屋顶上。我们睡下。

屋顶上，有着最好的视野，能够看到更多的景观。不，是听到，感觉到——天的穹顶难道不也是最高的屋顶吗？仰起头，就能看见天上的一片洁净星光，这么大，无遮无拦。村庄四周，灯一盏一盏地熄灭，一片黑茫茫，吐峪沟村高低错落的屋檐影影绰绰。而天上，乌云散开又聚拢，像在拼接一些我们永远无法识别的图谱。一些星辰已经消隐黯淡，而另一些则还在画出明亮的弧线，让人难以体会其中的深意。

高过屋顶的白杨树在夜风中哗哗作响，飘下几片树叶，飞落在布满尘土的毡毯上，好像有人从天上给我们送来了信。远处，高过村庄视线的墓地石棺在月光的照耀下像是一只只眼睛——它们一直在那里，一直在吐峪沟村的人们看得见的地方，醒着，离人很近，让我们感觉到，世界并没有和我们失去联系，而是一直守候在我们身边。

是的，我一直很难忘记在牙库甫家屋顶上度过的那个夜晚。我在仰望中久久难以入睡，而热风不时地把一个人的鼾声传递过来。

同时传递过来的还有远处午夜的葡萄园涩而浓酽的香气，以及枝叶下累累果实的低语。在我的身后，是牙库甫大叔放置的一只木制的鸽笼，一群鸽子在暗夜中不时发出一阵低语声——在绿洲深处农庄的维吾尔族人家大都养鸽。在白天，它们低垂脖颈静止在屋檐或栖木架上的形状，像是用泥巴捏制出的民间手工艺品，造型拙朴简单。只有当被什么惊动的时候，或者清晨第一缕曦光显露的时候——它们像是在不寻常的黎明中受到鼓舞，轰的一声，像白色纸片儿向天空的极远处撒开，把一个村庄从梦境深处彻底唤醒了。

牙库甫大叔家的葡萄晾房在我的右侧，同样也沉入夜的睡眠，并且带着一种我能感觉到的旋律。泥腥的气息微甜微涩，与葡萄枝叶潮湿浓酽的气味混合在一起，像在低吟。在更深的黑暗中，那晾房上的花孔网格有如一只只闭上的眼睛。

在这样一个夜晚，我的每一个感受都是细腻的，并且每一个细节都充满我对它的关怀，像被某种甘露所浸润。我仿佛看到，晾房中一大片绿叶下垂落的累累果实，也正从拱形的、华彩的天庭垂向内心的恩典。

第二天一早，我听牙库甫大叔说，每到盛夏时节，他也很喜欢在自家的屋顶上睡觉。有一次，他喝醉了酒，半夜里爬上自家的屋顶扯了块花毡倒头就睡下了，在睡梦中翻了个身便滚到了地上——哦不，是落到了自家屋顶下垒得高高的棉秆垛上。从草泥抹制的屋顶落到绵软而有弹性的棉秆垛，像是大地接到了密旨，用另外的手段取消了重力。半睡半醒中，他的嘴角还留有带着昨夜酒香的涎水和葡萄的蜜意。

接着，牙库甫大叔在棉秆垛上继续沉沉睡去，安然无恙，一直到天亮。

驿站

　　七角井曾是丝绸之路新北道的一个重要驿站，在哈密以南 200 公里处。我一听说这个地名，就决定去那里。

　　沿途，我记下了一些有意思的地名：梯子泉、柳树泉、一碗泉、火石泉、车辘轳泉，最后是七角井……这些地名都与水有关，比如"一碗泉"。我们还真的在"一碗泉"的地名处下了车，还真的看到了一个碗口大的涌泉遗址。

　　据说，当年这股泉水汩汩流出，刚好盛满一碗，就干涸了，随即又慢慢涌出……遥想当年，在这条千年丝路古道上，那昂首向前行进的驼队，与商旅们的精神气质、容颜、情感是完全吻合的，他们把永恒的故乡安置在永不疲倦的驼背上，驼蹄踏破黄沙、灌木、草丛、野花。戈壁滩从千年的死寂中醒来，发出雷鸣般隐约的震荡，仿佛自然的律动。过路的商旅们正是凭着这一碗泉水，把文明的声息带到了远方。

　　现在，"碗"内空空如也——早没水了。

我仿佛听到了时间的断裂声。

初到七角井的人，都会有一种强烈的不适应，在一些见惯了绿色的人眼里，七角井"风戈壁"的灰褐色太刺眼、太直倔。风一吹，似乎身上的水分少了，脸上的皮肤也是干涩的。

七角井，原名黑风口，传说当年左宗棠率领部队进疆时，在七角井驿站留下了许多兵。水不够喝，他便命人挖了七口井，士兵们叫这地七个井，后来便演变成"七角井"。但也有人讲，七角井四面环山，形如盆地，若是从空中鸟瞰，它的样子是七角形状，盆地中间地带低凹如井，因而得名。为什么是"七"呢？以我有限的常识而论，我觉得可能是源自《易经》里的"七"，"七"是吉祥的数字，且能辟邪吧。

早在七八千年前，七角井一带就有人类居住，直到今天，这里还残存着许多细石器的文化遗址。

不过，历史学家照例把七角井的形成，归因于它在丝绸之路北道上的重要位置。从乾隆中期收复西域以来，很多军人、商旅、流放犯先于我们，经哈密的驿站七角井一路走到新疆——这条路既是丝绸之路，同时也是著名的流放之路。

这里的每个人一提起七角井，无不谈风色变。七角井是新疆著名的百里风区的重要地带。七角井风口与阿拉山风口、额敏老风口、达坂城风口并列成为新疆的四大风口。大风从来不会迁就任何一样事物——风魔肆虐的时候，它将疾驰的火车掀翻，将数吨的黄土卷到高空，整个世界暗下来，彻底使人迷路——我曾不止一次地在南疆旷野目睹过这样的场景。它类似于地狱的仿制，使我陷入惊骇。

七角井，多像一个已退去潮水的大海。东天山周围的盆地深陷于风戈壁灰褐色的皱褶之中，又与逶迤而来的山脉交融在一起，像一只用厚厚黄沙包扎得结实而又皱巴巴的包裹，被送往种种可能的命运之手。

一切似乎是动荡不安的，同时又有着一种恒久而深广的寂寞。

七角井真的有盐，盐在井中？不！它们深藏在东天山脚下灰褐色广袤的莽莽戈壁中，路途的遥远对应着时间的漫长……

那一天，我们的车一路颠簸着向戈壁滩的中央驶去。盐，就在脚下。

沉渍的盐在戈壁黄沙的掩盖下，没有想象中的白。但那里的确有盐。

盐是大海死了的见证。

我翻遍史籍，没有任何记载表明这里的人当初是怎么发现这片戈壁滩中有盐的。是不是猎人打猎时发现动物常在这里流连，或者是迷途的羊凭着本能的嗅觉，嗅到了盐巴的味道，把牧羊人带到了这里？我一时忘了问当地人。

曾经，新疆三高产业之一就是盐。盐，这普通得不能再普通的"山川之财"，在相当长的一段历史时期，既"资育群生"，也是中央政府仅次于田赋的主要财政收入。20世纪80年代，七角井盐业的兴起为当地人的生存铺开了一条道路，带动了整个哈密地区工业经济的发展。当年七角井的兴盛和繁荣至今让许多人津津乐道：工厂、车间、住宅、学校，戈壁滩上连绵无尽的白色盐田……闻讯而来的采盐人潮犹如大海的波涛般汹涌……

于是，一个村庄出现了，一座小镇出现了。

在当地，盐工仿佛是苦役的代名词。当时驻留在七角井的采盐工里，甘肃籍、川籍的汉族人占七成多，本地的哈萨克族牧民、回族人仅占三成。为了七角井取之不尽的盐，这些不同族别的盐工们，都无惧"风戈壁"的险恶气候，义无反顾地跨过"玉门关"，在七角井安了家。

现在，已经没有人能区别出这里有哪些人是原住民，哪些人是移民后裔。在七角井盐业兴盛时期，无论是外省人还是本地人，地区和籍贯还有族别已不再重要。有人真的发了财，而更多的人仍终年在盐田旁辛苦劳作。

"凌晨，一抹曙色刚擦过东天山雪峰的脊梁，盐工们便成群结队地往七角井风戈壁中的盐田里走。他们走得很快，一片片盐田经过一夜的积攒，卤水已经渗出来了。每个人都想在正午酷热的暑气还没烤干他们之前，多晒出几方盐来。然后，等着风戈壁暴烈的阳光和干热的风将盐的水分蒸发后收盐。"

这当然不是我亲眼所见，而是来自一位老盐工的描述。

人类采盐，经历过一个从天然流出的卤水到掘井采卤的过程。卤水经过长时间的阳光蒸发浓缩结晶后，才能产出成品盐。由于哈密特殊的地理环境，七角井三面临山，形成了低洼的盆地，渗出来的是天然的卤水盐。

七角井常年干燥，是新疆乃至全国蒸发量最大的地区之一。因而在当地，从卤水中取盐一般都是每年的六月至九月。

这个季节，七角井阳光充沛，温度高，风又大，所以卤水盐的品质最好，出盐率也高。在酷热的夏季采盐，工作自然十分辛苦，盐工们终日奔波在一个个盐田之间，"风戈壁"中席卷而来的滚滚热浪常常在38摄氏度左右，采盐工的脊背上流淌的汗珠儿滴落在脚下的盐田里。

盐，的确是需要许多汗水才能换得。

哈萨克族盐工艾尔肯还记得在盐田的卤水中取盐的情景：在六月至九月的酷夏，盐池像一块块梯田，镶嵌在东天山脚下荒蛮的风戈壁中。盐工们上身赤裸，下身围着围帕，脚蹬厚底长胶靴，手拿笨重的工具，终日在渗出卤水的盐田里劳作。一块盐田一般是挖一个两米见方，一米深的坑，地下便会汩汩冒出温热的呈黄绿色的卤水，等卤水慢慢蒸发后，由黄绿色变成白色，结晶成一粒粒方形或菱形的盐，让人感到造物者的神奇。盐工们用木板仔细地把盐粒刮拢在一起，再撮到盐田旁，像砌砖一样砌成一方长形的盐条，让日光沥去剩下的水分。

"这七角井地底下的盐自己会长呢，几辈子都捞不完。"艾尔肯肯定地说，憨厚的笑容像盐粒那样饱满。

像许许多多的盐工一样，正是这"几辈子都捞不完的盐"，让人们在极度酷热的夏日里终日劳作，上了年纪的人一天只能挖出6—7方盐，而年轻人一天倒可以挖20多方盐。

"那时候，我怎么那么蛮干呢？一点儿都不知道累！"

艾尔肯说到自己当时的神情，半是骄傲，半是怜惜。

他说，从卤水中挖出一方盐仅得6元钱，几十年来，七角井盐田的盐工们来来去去，换了一茬又一茬，从事这近似苦役般的繁重辛劳的生计。

20世纪80年代，七角井盐业处于极盛时期，方圆数百里的盐田一个挨着一个，错落有致，在荒芜的戈壁滩上铺展开来。有的盐田已渗出黄绿色的卤水，风吹水面，波光粼粼，温热的水汽蒸腾而起，云烟氤氲；有的盐田水分已经蒸发，池边的盐水凝结成了盐条，一方方洁白的盐条在广袤的戈壁滩上绵延，映着远处的夕阳、雪山、大漠，构成了极为壮美的地方风俗画卷，令人难以忘怀——那曾是盐业兴旺时的历史倒影。

某一地理的修改力量不外乎天灾以及战争。最初改变七角井命运的，是20世纪30年代的一场灾难：七角井瘟疫。

据当地人讲，1932年的春天，哈密西北的要道驿站七角井发生了一场看似无来由的、找不到染源的瘟疫。那还是马仲英第一次进入新疆时，他因着眼在天山以北、天山以南的交通事务反而比以前更为繁忙。一些商贩为了避开战火，宁死也要踏上"风戈壁"。而七角井正是"风戈壁"的标志性驿站。

马仲英撤回河西，七角井由省军的杨正中部驻守。杨正中嗜杀成性，往往随便就将不顺从己意的商旅处死，然后胡乱埋在或扔在附近的沙丘中。在七角井的旅店前，有两根电线杆子，一度成了杨正中悬挂首级的旗杆。

这场传染性极强的瘟疫，正是因无辜者得不到安葬而生，让附近的百姓、过往的商旅，以及驻军深受其害。有歌谣曰："前方开药方，后方把人扛。"不停地有士兵逃离这个阴霾不散的地方，同时将瘟疫扩散到其他的驿站、绿洲。在一些村落，这场瘟疫几乎是灭绝性的。有一则目击报道说：在某小镇，生灵死绝，只有一个刚刚出生的婴儿，爬在已死去的母亲的胸前，寻找母乳。

这一场瘟疫持续了好几年，20 世纪 40 年代末，七角井开始慢慢衰落。

历史在一条直线上勾勒了自己的肖像，而最彻底的改变到1962 年才出现：这一年，一条蜿蜒而来的大动脉兰新铁路开始逐段营建。1969 年后全面贯通。兰新公路在 1969 年后也开始贯通。七角井从过去一个繁华的商道驿站，丝绸之路上地理经络中的重要穴位，一下子变成了一个交通死角。七角井存在的意义已彻底改变，它沉寂了下来，像一块陨石遗落在过去的时光里，在历史变迁中承载着剧烈的磨蚀。

还是晴天朗日下，七角井镇几乎看不见一个人，到处是废墟。一堵堵半倒塌的民宅，几乎一个不少地停留在原来的位置上。没有了声音，哪怕是一声犬吠，一声小孩子的哭声。

七角井镇如同一座停摆的老钟静止在那里，带着死一般的沉寂。

所有的符号都指向过去。

晴天朗日下，我沿着一大排残垣断壁没走几步，心里无端地感到害怕：到处是张大了嘴的门洞，断墙残壁，乱草没院，如果这时有一只老鼠或一只野猫窜出，准能把我吓个半死。

那天，我们几个人带着相机在这连绵几里几近倒塌了的废墟中穿行，并非只想从其间求一点断碑坠简的趣味。一点儿也没有。

初春的寒风拐过破残的土墙，在透空隔栅的窗洞间呜咽。就在我举起相机准备拍照的时候，我迟疑了，心头涌起了一个股很复杂的情感——我应该凭感受还是知识？应该广角铺陈还是局部切入？我想无论怎样，都无法承载一个个破残暗沉屋脊下的沧桑史。外面的世界在变，驿道上曾经鳞次栉比的店铺和古老庭院留不住戈壁上的阳光。

现在，大地坠入暮色，已倾圮的，人早已迁居一空的七角井镇，像是一只抛锚的船，遭到了世界的遗弃。这些土墙像是顷刻间要塌圮了似的，余下的部分，仍形貌苍苍地守候在原处，不知在等候些什么。

只有历史与人所赖以生存的大地，对此发生过的事情从来缄口不语。

七角井村距七角井镇只有两公里。同样，也是一座空村。只有几个人在这里坐守他们最后的家园。空寂的村子沉寂得近乎停滞，像是一种冷漠与遗忘的混合物，一种对世界的孤绝的拥抱，包含了不可理喻的拒斥感。

想当年，七角井最先显现的部分，是那些远道而来的、苦累不堪的商旅用戈壁滩上的石头、土块搭建最初的摊铺、饭馆及旅馆。而后，使者往来，商队络绎，人喊马嘶……各种口音、装束的人聚集在此。家园呈现。

现在，夕阳中一缕缕金色的光线映在破残的墙洞中，有一种蕴含在颓废时光中的绚烂之美。

如今的七角井村只有四户人家，九个人在驻守。当我们找到迪力·木拉提老人家时，老人正赶着羊群从长满碱草的戈壁滩上回来。

迪力·木拉提老人是当地唯一一个哈萨克族牧人。我们看见他的时候，他正在门口佝偻着腰，头发花白，颅骨向外突起，黝黑的面颊上布满深褐色的老年斑。他像是有点怕光，我们在与他说话的时候，他眯细了眼，并把肩膀稍向侧转。

房子和人，究竟哪个更老？在他家里，炕梁弯曲，椽子已经焦黑，半袋粮食就在地上搁着，说明年迈的人对它们的消耗，里面装的是些啥呢？苞谷还是土豆？看遍整个屋子，都是一些最基本的生活必需品，一些最细小的点缀物在这里也是看不到的。生活之需在这里已简洁到了某种本质的程度。

迪力·木拉提老人今年 79 岁，可能是在汉族村落里待得时间长了，他还不到 20 岁的时候，从木垒县的一个叫哈孜里的牧场到七角井村，在戈壁滩上放牧羊群之余，跟着汉族盐工们去采盐。一眨眼的工夫，他的大半辈子时间留在了这里。

"几百万年前，七角井是一片好大的海，后来地壳变动，海水退尽了，才变成了一片戈壁滩。听上辈人讲，在汉朝的时候，七角井就有人住了，还设有兵站。走的人多了就成了一个驿站。"

"这七角井戈壁滩上的石头可多了。眼尖的话，还可以找到几块鱼化石呢。我前些年在戈壁滩上倒腾过一些，都送人了。以前从未觉得那些怪里怪气的石头有啥特别的，后来听哈密下来的干部讲是化石。嘿呀，我心里就高兴了，这玩意儿怎么看，都比咱哈密城里人卖的石头有历史……"

在迪力·木拉提老人的记忆中，七角井村存在的时候，还没有七角井镇呢。七角井如同一个乌托邦，因为老人的叙述而变得真实、清晰起来：

解放初期还未通火车，从口里（内地）来乌鲁木齐的人都从咱七角井门口过，那时七角井的整个街道都是给过路人开的饭馆、旅社。每天来来往往的人很多，旅馆里住不下，就住在院子里，有床位的人住一晚收一块钱，没床位的人睡地上，五毛钱。

有一个开旅店的人赚了大钱，富得流油，钱多得没地方装，就藏在自家的枕头里，撑得鼓鼓的。结果有一次，一位客人喝醉了，半夜里打翻了石油灯，整个旅店都起火了，枕头里的钱全都烧光了。这个老板哭得在地上直打滚，惹得街上所有人都跑来看热闹。

你们年轻人可能不知道，这里从前到处是国民党派出的机构，还有飞机场、导航站和气象站呢。因为七角井在当年是一个交通要道嘛。一会儿我带你们去看这里的飞机场，还是抗战时期留下的呢。

你问我七角井衰落萧条是哪一年？我说不清，后来通火车和公路了嘛，去乌鲁木齐谁还走这条土路了呢？

后来，七角井的人不经商了，改农业了，种粮食。忘了是哪一年，鄯善来了一个很有钱的大巴依，在这里一口气开了五道坎儿井，雇当地人给他种粮食。一道坎儿井浇五百亩地呢，五道坎儿井就管两千多亩地。了不起！可是这位大巴依太坑人了。有一年春耕的时候，我们偷偷把麦种全煮熟了，结果不出苗，当然是颗粒无收。就这样，我们把大巴依给气跑了，这几千亩地就归我们村里人了。

再后来，到了 20 世纪 60 年代，从口里来了大官和科学家，在七角井发现了戈壁滩地底下大量的盐、硝。村里的男女老少，除了给公社种地，就是拉盐拉硝，这样又几十年过去了。

这里是百里风区的重要地带，一年 365 天里就有 100 多天刮大风，以前刮的是土和沙，现在刮的是硝灰，风太大了，简直把人往死里吹。

从 1998 年起，哈密市的干部考虑到这里交通不便、不通电、生活环境太差，就动员全村的人搬到离哈密市不远的开发区去。自己盖房子，种大枣和葡萄，听那里的人讲，才几年的光景，他们都盖起了大房子，日子过得真是很不错呢。

"你咋不去呢？搬到新开发区，那里有水、有电，每天还可以看电视，逛哈密城，你咋不去呢？"我问。

"我没有钱。再说我待在这里也习惯了。我走了，家里的 200 多只羊咋办？我要留下来管它们呢。每年卖掉一些，还能换些钱。"迪力•木拉提老人笑了一下，表情淡泊悠然。

我一时无言。

老人一天天活到了现在，而且在这样的房子里活着，活到年迈的人，神情都有些凛然森然，令人动容。

整整一个下午，迪力•木拉提老人一边给我们吃炒熟的瓜子，吃在火炉上翻烤的馕，一边和我们有一搭没一搭地说话。窗外，初春的寒风拍打着窗棂。时间仿佛静止。坐在温暖的炉火旁，我竟有些昏昏欲睡。

"村子里的人都搬走了，村子里都空空荡荡的，你不害怕吗？"

"我怕啥？待了一辈子的地方，老得都馊掉了，这里的每块石头都认识我，和我打招呼呢，不过，就是风太大了。现在村子里没几个人了，所以风也就更大了，刮风的时候，风在一个个门洞里窜来窜去，吹得呜呜响。"

迪力·木拉提老人坚持认为，以前虽说这里也刮风，但是风可没现在大，那是因为以前村子里的人多，把风都挡住了。

也许这个世界整个的修辞在变。它们正根据自己的需要组合成新的语义。年轻人纷纷先于老人们离去，去城里以及更为遥远的世界闯荡，就像当年他们的父辈们远道而来，在七角井开始他们艰难的创业一样。新的文明点纷纷闪现，就像我们在夜晚看到的迷幻星空，难寻规律，永不重复。

而七角井最初的传奇已无关紧要，无人再去关注当它还崭新时人们那份激情和诗意，七角井作为曾经的丝路珠链上一颗耀眼的钻石已被人遗忘，成为东天山脚下风戈壁中一块不易觉察的石头，现世的人们已经再也无法牵到那遥远的绳头。

只有这些老人们，用年轻的目光打开缅怀之门，而后又以垂暮之年的仁慈之心注视它关闭。

或许，所有的文明都要衰落并最终消失。然而，对于那些至今驻守在七角井仅仅只要能生存就已很知足的人们，他们一辈子所执着的七角井的传奇故事，仍是一个令人牵肠挂肚的过程。

土
布

　　一大早，喀什市下起了今春的第一场春雨，路上的行人纷纷打起了伞，车辆在街道上急促地倏然而过，溅起了一片泥水。天阴沉沉的，小雨淅沥，像在清洗着许多天来弥漫在整个南疆地区土黄色的浮尘天气。白杨树上，绿芽初吐，芽上的灰尘被绵延不绝的雨水清洗得干干净净。

　　喀什市郊区的夏马勒巴格村（夏马勒巴格，维吾尔语，汉译为"有风的果园"）以地势开敞，终年多风而得名。过去，该村的人多以铸造生铁手鼓为业。

　　不过，我冒雨来到夏马勒巴格村并不是为了探访鼓手村独特的民俗，而是村干部古丽娜扎尔几天前无意透露给我的一个信息让我兴奋：在夏马勒巴格村，一位名叫阿不都克里木·吐尔逊的维吾尔族老人，是目前仅存的一位会印染英吉沙土布的传人。

　　他是这门手艺的最后看护者。

　　开往夏马勒巴格村的班车里基本上是维吾尔族人。男人头戴黑色的羊羔皮帽子，却身着破旧的几乎看不出什么颜色的西服，神情缄默。车在路过艾提尕尔广场前的街道时，透过车窗，我看见广场上空荡荡的。若是天气好的话，这里会很热闹。

很快，夏马勒巴格村的景色进入了我的视线，乡村公路两旁的白杨树干细而长，一棵挨着一棵，灰白的枝丫在细雨中相互碰撞，哗哗作响。白杨树后的田野，是一片又一片广袤的棉田。

现在是四月，正是农民们最忙碌的时候。尽管细雨连绵，但仍有不少农人在地里忙着春耕。有一首维吾尔族民歌赞美了这一场景：

> 犁过的土地多么松软
> 阳光下宛如热情的摇篮
> 农夫啊，你的劳作让人喜欢
> 快快播种下田！

在此之前，我没有见过英吉沙印花土布，但是听到不少人用神秘的口气说起过它。据说，英吉沙土布的印染工艺非常古老而复杂，在用手工纺车纺织出的棉质土白布（维吾尔族人俗称大布）上，印染匠用镂空的印染花布的雕版（维吾尔语称"冬巴克"，分阴刻和阳刻），蘸着最老式的天然的植物染料或矿石粉印制出不同的纹样来。整个印染过程都是手工操作，在这一过程中，由于印染匠着力度的不同且"冬巴克"纹样的多变，印制出的图案绝无雷同，毫不机械刻板，有一种极富韵味的民间艺术气息。

40 年前，这种红白或蓝白相间的印花土布以其色彩浓郁、图案拙朴，与英吉沙的小刀、土陶、民间杂技达瓦孜一同，成为当地民间艺术之苑中的一个文化符号。我想，这很可能与历史上这一地区印花土布织染业的兴盛有关吧。

那时候，在英吉沙的很多地方都有生产这种印花土布的作坊，印染者多是一些不识字的工匠，他们用最朴实的方式织造和染印土布，织染出的土布图案拙朴，色彩非常好看。匠人们在这个过程中注入的感情是愉悦的，做这手艺活也被看成是一件很自然的事。他们做出的成品一部分留作自用，其余的拿到市场上出售。在当时，几乎所有的人都穿着这种土布制成的衣服。男的穿，女的也穿。

不觉间，这一地区匠人们在染织工艺方面留下了巨大的财富。

据说，当时的英吉沙县城农贸市场的一角，一家家英吉沙土布的布摊生意非常红火，特别是"巴扎"天，商贩在集市的一角扯起一根根麻绳，悬挂上红白或蓝白相间的英吉沙土布，天上炽阳高照，集市人来人往。当一阵阵挟带着黄尘的风吹来，一匹匹垂直悬挂的英吉沙土布随之鼓荡，如风之旗，煞是好看，令路人远远地就能望见。

阿不都克里木·吐尔逊说，他的父亲以及爷爷过去都是以织染这种土布为业。后来，对这种印花土布有需求的人越来越少了，生意开始衰落下去。再后来，人们分到了田地，种起了棉花和小麦，随着时间的流逝，少有人记起英吉沙土布了。

英吉沙土布最后的兴盛期是在 20 世纪 60 年代中期，从那以后，英吉沙土布就淡出了人们的视线。当地人一致认为，这种英吉沙土布已经失传。

一位在喀什群艺馆工作的朋友，叫张寿山，曾在1994年间学习英吉沙土布的图案，制作过两块仿品。在某届乌洽会上，这块一米见方的手工土布印染仿品极受外国代表的青睐，当即以800美元的价格买下进行收藏。而另一块花色质地相同的英吉沙土布仿品，随后在上海举行的艺术世博会上获得了金奖。这个消息，无疑是我听到的有关英吉沙土布最有影响力的一部分。

镂空版印花在古代称之为夹缬。"缬"在古代汉语里的意思是在织物上印染图案、花样。染织图案的结构形式有单独纹样，二方连续纹样，四方连续纹样等。新疆英吉沙土布就属于镂空版印花类织物。

随着"丝绸之路"在贸易上的繁荣，中原染织工艺产品在新疆供不应求。因而在盛唐时期，喀什、和田及库车等地，从中原来的染织工艺作坊屡屡可见。

棉（俗称棉花）古称"古贝"，唐时又称"吉贝"。《南史·林邑国传》中说："古贝者，树名也，其华成时如鹅毳，抽其绪纺之以作布，洁白与纻布不殊"。棉因其絮可做衣褥纺纱织布的原料，比蚕丝轻，应用颇为广泛。

不过在西域，在本色的棉坯布上，用天然的植物染料或矿石粉印染成各种色彩艳丽的图案还是两汉时期的事情。在那个时期，西域的织绣工艺很发达，各种织物的名称多达数十余种之多。

据称，现藏新疆维吾尔自治区博物馆的一块印有各种飞禽、人物、阴阳方格和繁复几何图案的"印花土布"是新疆现存最早的一块印化织物。它是由新疆民丰县尼雅东汉遗址出土的，质地为棉，系手工印染，画面内容繁复生动，色彩明快，极具装饰性。

新疆民间的印花土布在色彩和图案上的变化是什么时候开始的？我不得而知。比如英吉沙土布，在丝绸、锦缎等艳丽织物的背景面前，色彩拙朴的英吉沙土布做了最大的让步和退却，把以往繁复的纹样一一舍去，最后变成色彩浓郁的红白、蓝白两色。技术的进步往往是各种技术手段增加的过程，而英吉沙土布则相反，它用的不是加法，而是减法，减去了不必要的图案和细节，色彩的重要性让位给图形。图案仍是他们生活中常见的植物图样，有石榴、巴旦木、喇叭花、月季。与农人们简单朴素与平静的日常生活相比，过于繁复的色彩与图案，显得过于喧闹。

现在，英吉沙土布因简洁而生动。

细雨蒙蒙中，夏马勒巴格村的乡村公路上尽是泥泞。阿不都克里木·吐尔逊的家并不好找，在南疆农村，几乎所有的维吾尔族人家从外观上看差不多都是一样的。在他们的庭院里，几乎都种着桃树、杏树、桑树和无花果树。它们舒展着油亮、繁茂的枝叶，无疑是维吾尔族人的庭院中最美的植物群落。

据说，维吾尔族人外出经商在穿越别的地方时，只要一想起自己的家乡，首先就会把那些缠绕在心中的自家庭院的植物树木的名字一一叫出来。

阿不都克里木·吐尔逊家门口也种了这么几棵树。我们来到他家的时候，雨已经停了。天空浮现出了一些亮色，土坯房前那几棵高过墙头的杏树正开着白花，一簇簇、一团团的，枝头上有些欲开的花朵似乎还过于羞怯，淡雅的香味给他家过于质朴无华甚至有些寒碜的土坯院落，带来了一种别样的新姿。

阿不都克里木•吐尔逊今年 59 岁，是一个地道的棉农，家里有 20 多亩地，主要种些棉花、麦子等农作物，要不是他家阴暗的屋角处那台古老的纺布机和木几上的一叠蓝白和红白相间的印花土布，还有木几下搁着的一盆浓稠的红色染料，我的脑子很难一下子转过弯来：阿不都克里木•吐尔逊从这时起，不再只是一个终日面朝黄土背朝天的农民，而是在一个偶然因素的驱使下，成为一个已经消失 40 年的英吉沙土布的复兴者。

不过，阿不都克里木•吐尔逊倒并非带着雄心宏愿去做一番传承英吉沙土布的伟大事业。他的目的简单而直接，那就是：把这门手艺重捡起来，靠自己的手艺养家糊口。

我想，我能在夏马勒巴格村找到他真是幸运：再过几天，阿不都克里木•吐尔逊就要放下锄头，到喀什生活了。在那里，他将成为一个纯粹的制作英吉沙土布的民间艺人。

两个月前，喀什市电视台每天都在播一条广告，说是喀什市有一家涉外宾馆认识到地方工艺的重要性，将借复兴喀什民间手工艺之名，重振喀什古丝绸之路的昔日风采，在这家宾馆辖区内开辟一个"喀什民间民艺村"，诚募南疆地区各类有特殊手工技能的艺人长期驻扎此地。在这里，手工艺人们除了为前来参观的游人表演和展示自己特殊的技能外，在表演之余，还可以把自己做好的手工艺产品卖给游人。宾馆每个月还给每个艺人发 500 元工资。

结果发现，喀什地区箍桶、竹编、做乐器、陶、织布、补碗、做毡靴的手工艺竟有五十余种之多。甚至和田地区织染艾德莱丝绸、织地毯以及做桑皮纸的艺人听到消息后，也来到了喀什。

　　不过，我总有一些怀疑，失去当地自然经济土壤和地方文化背景的民间艺人们，在给外来游人们表演中做出的民艺，是否还是原来的那个民艺？

　　阿不都克里木·吐尔逊连续两个月，每天都能在电视里听到这条招募民间艺人的广告。他动了心思："手工艺真的有这么好，这么重要？"随后，他从家里的铁皮箱子里找出了一副放置了40年之久的"冬巴克"径直来到了村委会，他向村里的干部说明了情况，还一个劲儿地问："我身上的这个活儿算手工艺吗？"村干部连连说："算，当然算。"

　　阿不都克里木·吐尔逊取得了老伴和孩子的支持后，捡起丢下40余年的制作英吉沙土布的手艺，老伴和村里的妇女们还找出木头织机为他织棉布，两个儿子四处找植物和矿石粉研磨染料。而他自己，则每天在棉布上练习印染英吉沙土布的图案。

　　阿不都克里木·吐尔逊是英吉沙土布的第三代传人，他7岁就开始在作坊里跟着父亲学习英吉沙土布的印染工艺，真要恢复起来并不是很难。数天下来，他说自己印染出来的英吉沙土布竟和40年前一样好呢。

　　"手工艺品"一词在欧洲一些国家被用来强调"优良的产品"。"手工艺人"都是一些"怀技之人"。在他们看来，手工之道是非常重视年资的，不经过一定岁月的磨炼，就不可能充分掌握"技"。因此，只有经过制作大量的器物，才有充分练习技能的机会，准确的匠人之手，就是通过这样的劳动锻炼出来的。

织染土布是一项耐心细致的活儿，第一步是纺棉线。阿不都克里木·吐尔逊的妻子斯比努尔为我展示了三台最古老的纺织机：剥棉机、纺线机和织布机。均为木制，都因年代久远而出现了不同程度的破损。

令我感兴趣的是那台仅高40厘米左右的剥棉机，它的构造原理十分简单：也就是一个木制手摇把，一个控制旋转的轱辘，几根交叉的横杠。我看斯比努尔把一个个棉桃塞进木槽，用手摇把儿匀速摇动轱辘，几根交叉的木棒就左一夹、右一夹的，干硬的棉籽儿就自行脱落了。不一会儿，斯比努尔的裙子里就兜起了一小堆脱落的棉籽。

接着是纺棉线。要织出60米长的棉布，至少需要两万米长的棉线。这活儿看似简单，但真正做起来可不容易，它需要耐心和时间。棉线纺好后，就该上织布机了。

一般说来，这些活儿都由妇女来完成。

农闲时，妇女们一边聊天一边凭手的感觉不停地捻和织，就把布给织好了。冬天，一家子人也会围坐在暖炉边上搓线。其实，这也是一种锻炼手指关节的最好的活动。

在阿不都克里木·吐尔逊家里，我见到了这一套有着七八十年历史的"冬巴克"。

这一套"冬巴克"约成人巴掌大小，分阳刻和阴刻两块，材质为木质紧密的桑木。雕刻"冬巴克"繁复的程序是不能省略的：挑好材料后，请木匠锯好刨平，放在水中浸泡三天，然后彻底阴干，这样又得三天，再取一份雕版模纸粘在泡软后阴干的木坯皮表面，最后，再用10余种不同用途的雕刀进行雕刻。刻上阴纹（木坯表面形成凹显的部分）和阳纹（木坯表面形成凸显的部分）。但无论是阳刻还是阴刻，必须保证线条光滑流畅，条条相连贯通，不能有阻断。我想象着一把把雕刀咯吱咯吱地游离其上，木屑迸飞。刀刃的每一个走向都与最后的图形有关。在镂空雕版中最终建立起一种纹样的秩序。

吐尔逊说，从前在他家里，爷爷和父亲留下的"冬巴克"雕版大约有十几种之多，图案有维吾尔族人生活中常见的花草植物：如石榴、巴旦木、月季等。还有一些是几何图案。但他们只印染和买卖英吉沙土布，并不亲自去雕刻"冬巴克"。那么，雕刻"冬巴克"的刻版人呢？

吐尔逊说：他们早死掉了。

在吐尔逊的记忆中，那个为他家雕刻"冬巴克"的老木匠就住在喀什市的吾斯塘博依路上，那条街在历史上就是喀什最有名的手工艺街。

说起喀什的手工艺，瑞典著名的东方汉学家贡纳尔·雅林在他所著的《重返喀什噶尔》中回忆说："1950年前，喀什噶尔地区几乎没有工业。这也是当时新疆整个南部地区的状况。而工业产品，绝大多数是消费品，都是从苏联或印度进口的，或某种程度上经过乌鲁木齐从中国中部城市运来——但这也是少数。所有的东西都是由驼队承载运来的。因而，喀什是一个完全的手工业城市。"

现在，吐尔逊回忆中所说的那位有名的老木匠，在传说当中是一位神奇人物。他雕刻"冬巴克"纹样时，根本不用贴上一张张薄薄的拓样纸进行雕刻，一把把锋利的雕刀紧握在手，各种"冬巴克"的纹样就在他的脑子里装着。他下刀果断而敏捷，极富劳作的美感。对他而言，这一切自然天成。

吐尔逊对50年前的这位老手工艺人的描述，唤起了我对古老的乡土中国的想象。

《诗经》中有植物印染织物的文字，如"绿丝兮，女所治兮"（《邶风·绿衣》），"终朝采绿，不盈一掬"（《小雅·采绿》）。

那时候，人们生活中的一切都取自大地，而这些植物也都有着诗一样的名字，如泽兰、香草、蝉衣、绿豆衣、蓝靛草、百合……这些植物的名称不仅有色泽，还能引发出一种诗性的愉悦，最后变成令织物色彩鲜艳的染料，但其物质的成分却没有改变。从这些美好的织物中，我们仍能闻到植物汁液的气息，它们的每一丝纤维都与大地相连。

当风吹起织物的一角，让人感到草木在摇曳。

染色是印染英吉沙土布的一个重要环节。过去，在新疆这一地区，民间匠人无论是织地毯还是印染土布，均是从矿石或植物中提取老式的天然染料。

凯瑟琳·玛嘎特尼在她所著的《外交官夫人的回忆》中就有这么一段记录："克孜河对面，染匠们正在干活，他们把一条条长长的棉布漂在河水里，棉布事先染成了深红色，色彩鲜亮，他们用的染料是从黑色的蜀菊中提取出来的。"

印染英吉沙土布的染料与喀什、和田民间一带印染地毯的染料十分相似。南疆一年四季都会有不同的植物文善成熟，这些染料技术都来自民间，用来染色的天然材料均由当地老百姓经过多年的生活积累得来。用来做染料的品种十分丰富，比如水冬瓜染咖啡色，麻栗果染黑色，黄栗皮染红色，水马桑染黄色，南疆戈壁滩上十分常见的黑蜀葵染红色，另外还有核桃皮、石榴皮、蒲公英、带颜色的矿石粉，甚至还有铁锅底的铁灰。匠人们依据图案的需要分别进行调制。用这些天然物料印染织物，最大的好处是色泽古朴，永不脱色，越旧越美。

过去在新疆，人工的化学染料是一直被禁止使用的。但这一状况到 20 世纪 60 年代以后很快就改变了。因为现代化了。尤其是随着新疆地毯和民间手工织物印染品的需求量加大，很多人认为化学染料中的如苯胺固色比植物的好。

吐尔逊告诉我这么一件事。过去，一副材质好的"冬巴克"雕版连续用上十几年都不会坏。但是在 20 世纪 50 年代以后，染匠们开始流行用硫化染料代替他们以往一直在用的植物和矿物质染料。结果，硫化染料腐蚀性很强，"冬巴克"烂得很快。他家也尝试过用硫化染料，但很快就遭到了他父亲的唾弃。

后来，他们又恢复了传统，用黑蜀葵（染红色）与和田来的矿石粉印染织物。

把染料放入盒内，要放多少水合适？还要与什么样的植物染料混合才能发色？要经过多长时间才能拌匀？什么样的温度才能发色？要防止掉色应该如何处理？这些细微的事情必须面面俱到。这些都是经验和技术的累积，更是一种智慧和理解。

在吐尔逊家里，就放着事先用植物和矿石粉沤好的染液，在盆子里泛着红色的泡沫。染液的温度不能太高，否则染液里的发酵菌会失效。用吐尔逊的话说：染液就会死掉了。

现在的织物多与化学有关。我对化学知之甚少，化学的过度滥用，使有限的物质世界被最大可能地改变了其结构和成分。化学固然有益于人类，但过度滥用，最终将消解文化上千姿百态的差异。

雨停了，阿不都克里木·吐尔逊和妻子把一条条潮湿的印花土布搭在庭院中的粗麻绳上。布是刚刚纺出的。

这一条条印花布与乡村大地的重合有一种奇特的暗示，那是一种本质上的联系。它的一切都来源于大地：棉花、桑木、矿石和植物，最后是图案。

它们曾以不同的形状出现在当地维吾尔族人的衣裙、被褥、枕头以及包袱上，曾使人们在日常生活中最大程度地保持着对大地的亲近。

现在，阳光的气息渗入纤维。浓艳的暗红色石榴花和含蓄的蓝黑色草叶宛如大地上的果实，在春天刚刚到来的南疆乡村的庭院里散发出健康、拙朴的自然之美。

街
道

　　让我换一种方式描述这座城市——这不是一座普通的人间之城，而是一座地地道道的迷宫，自由地伸缩出无数条小巷道。它在五个世纪前就用一砖一瓦慢慢垒成，因而这里既有时间，又没有时间。以至我看到的小巷都有着诗一样的名字——欧尔达阿力提巷、阔孜其亚贝希巷或者著名的吐玛克多帕巴扎巷（帽子巷）、安江阔恰巷、诺尔贝希巷、江热斯特巷——我愿意将它们的名字记录下来。

　　回想起来，也许正是它们美丽的字形和动听的发音，吸引着我一次又一次风尘仆仆地走近它们。

　　吾斯塘博依——这条闻名遐迩的手工艺街就在艾提尕尔清真寺的背面，散发出维吾尔族人世俗生活的逸乐，它仿佛是挂在这座城市的一个体外的心脏，在某处支配着这座城市的生活、经验和想象——

　　吾斯塘博依是"水渠"的意思。1949 年以前，喀什市的四个城门中，其中一个就通向吾斯塘博依街。这条长千余米的土路，有些路段窄得只有牛车和驴车才能通过。

从前这条街没有下水道，一下雨，整个路面上尽是泥泞，等太阳出来晒干了积水，街道上又是尘土飞扬。就是这么一条巷道，却遍布百余家维吾尔族人开的手工作坊和店铺——弹棉花的、补碗的、制琴的、进行铜器雕刻的、织地毯的、编筐子的、做铁皮箱子的、做铁锅的、制花床花帽的……他们一边制作，一边出售，叮叮当当，昼夜不息。

据说，这条名叫吾斯塘博依的手工艺街是从街口一位补碗的维吾尔族老汉那里开始的。这位老人精湛的补碗技术充满了某种仪式般的艺趣和美感，经常引来许多人围观。待后来那些修修补补再用的老习惯消失了，没有了顾客而失去了存在的意义，补碗这项活计成了一项无用的技艺。这些年他再没来过这里。

一个阳光充沛的下午，我在喀什吾斯唐博依街一个个如针脚般繁密低矮的店铺和作坊中流连，临街店铺均为平房建筑，这些手工作坊都有着几百年的历史，土垒的门洞和梁木结构的门框都结实得很，在过去的岁月里从未坍塌。

午后，那些维吾尔族匠人在纸烟和茶水的间隙休憩或劳作，背景是墙上的灰尘、裂缝和水渍。我看见他们在木料刨花的香味里挥动着有力的双臂，似乎在召唤我的热情，他们使我信奉一种秩序——使粗糙的材料获得光华和完美的秩序，那肌理和纹样，似有文字之美。

以至于这条呈流线型的吾斯唐博依街，令我不知疲倦地在一个下午来回走了七次。

我在这暗陋街巷一间间狭小昏暗、放满陈旧器物的老店里挤来挤去，各种铜盘、铜杯、铜壶，还有让店主人都难以确定其具体年代的镶嵌着红蓝宝石的首饰盒，充满了浓厚的让人恍惚的奇异味道，那是灰尘、香料以及时间的味道——我曾经在这样的店里找到了一枚骷髅状的纯银戒指，以及一小块色彩绚丽得不得了的羊毛花毡。

南方作家庞培 1999 年去喀什旅行，路过吾斯唐博依手工艺街的一家小店铺时，曾对一把不知名的、类似青铜一样的古老乐器怀有柏拉图似的迷恋，他至今还能记起那柄精巧的羊角一样轻盈的古乐器的模样："它挂在那里，像远古的银子一样没有光泽，浑身只有一把长笛大小，有一个浑圆的形状，中间凹陷，一头状如圆肚，另一头细如马鞭……但由于囊中羞涩，这笔生意没有做成。"

以至于很多年过去，他称自己再也未能在新疆的任何城镇，碰见过比那把小型乐器更喜欢的东西。他至今也没有弄清楚它的名字。

我喜欢到这条手工艺街来闲逛，还因为这条街上集中了整个城市最多的手工乐器店。难懂的异族语言和声音，是这座城市的注脚，或者一份无限适用的激越之辞，演奏着一曲交响乐（我们时代最泛滥的形容词之一），令我这个地道的南疆人产生了一种恍惚感。

但这种恍惚感是我喜欢的：

狭窄的小巷子里到处都是不同民族的人流。有钱人骑着气度不凡的马，马鞍子上蒙着精美图案的毯子，在熙来攘往的人群中穿梭而过。临近黄昏的时候，油灯把飘忽不定的灯光洒向那些在幽深的巷子里移动的身影上，昏黄的光线中有颗粒细小的尘土在飘浮。

　　这个时候，你可以听到从一座座低矮的房子里传出的模糊的人声和音乐声——那是由两根弦的都塔尔奏出的美妙琴声，还有维吾尔族民歌声，时高时低，与琴声和谐地交织在一起，有时会突然长久地停顿下来，然后琴声又起。越来越暗的巷道里弥漫着烟熏的气息，温和的夜晚的气息……

　　这是"瑞典之子"——东方汉学家贡纳尔·雅林在1930年来到喀什噶尔时的一段叙述。

　　现在，当我叙述这一切时，年代的顺序已被打乱。

　　这是一个细节逐渐呈现的时代，它倾向于羁留人们的脚步，使人们在此驻足、流连和沉思。没有人能够幸免。就像现在，一家颇具规模的手工乐器坊，静静地虚掩着门，更符合它自身的形象。

　　它隐身在吾斯唐博依街的深处——但它的内部就这么破旧吗？甚至屋顶上的巴旦木、石榴花的雕饰也早已锈蚀。昏暗的光线仿佛被折叠过多次，才被反射到窗户和早已褪色的雕花木门上，使门外的沙尘天气具有一种月球般的清寂。

　　我的目光掠过这一切，连同墙上、展示柜中的热瓦甫、都塔尔、弹拨尔、纳格拉……我能准确地说出每一种陈列其中的乐器的名字。

　　我准备离开的时候，昏暗店铺的一角突然传出了琴声，那是从一直低头说话的两位维吾尔族老人那里传出来的。他俩都是六七十岁的样子，其中一位略胖的老者抱着一把艾捷克琴，他俩亲密地并肩坐在屋角低矮的沙发上，像两个经常在一起见面的老朋友。只是，那位抱琴的老者看起来要热情一些，另一位则寡言一些。

　　曾听人说过，那些维吾尔族乐器工匠们的生活，一半是生活节奏，一半是乐器节奏，他们做了一辈子琴的同时，也拉了一辈子琴。他们在演奏的时候，手中的琴简直就是他们身体的一部分。

　　眼前这位老者手里的琴，分明是一件活物，让我有了正好相反的审美感受：人是琴的一部分才对！只要我走近他，那种人与琴的主客置换便会在我的感觉中出现。这是一种着了魔一样的诱惑力，像空气似的在他们身旁无声涌动着，绵延不绝。

　　这位拨弄出如此好听旋律的老者是谁呢？他拨动了岁月的煎熬和时光的流逝，引来了我这个陌路人的驻足和聆听。他嘶哑的嗓音还哼唱出逸乐的音调，他吟诵永恒的季节和稍纵即逝的幻觉。吟唱完了月光再吟唱雨水，吟唱完了爱情又吟唱死亡。

　　他旁边的另一位老者一直怕冷似的把手袖在衣服里，神情温和地看着琴——好像那些好听的声音，是在他略有些含情的注视中从琴弦上流淌出来的。连空气都被这种声音所吸引，沉浸在一种类似于被抚摸的静谧中。

　　如果冥想和缅怀不能滤去大街上喧嚣的市声，那么像书页一样静止的记忆只能留住音符而非目光了。

我放下挎包，在离这两位老者不远的地方席地而坐。在这样一个扬着浓重沙尘与音乐的声音混合在一起的下午，两位老人，还有我，都似乎在等待着下午的最后一支乐曲。

喀什民间制造乐器是有历史渊源的。古代喀什为疏勒国故地，公元前 2 世纪，就已产生了《疏勒乐》，并由西域传入了中原，隋大业年间《疏勒乐》被列为宫廷九部乐之一。

据说，流通在喀什、乌鲁木齐以及全疆各地的维吾尔族乐器有 70% 以上出自踞喀什 8 公里之遥的疏附县的库木萨克托乡的村民之手。那片乡壤的村民世代以制作乐器为主业，这一传统已有 150 多年的历史。他们大多是家族式作坊，生产的主要是维吾尔族传统乐器：弹拨乐器主要有热瓦甫、都塔尔、弹拨尔、卡龙琴，拉弦乐器有艾介克、萨塔尔、胡西塔尔，打击乐器有达甫、纳格拉……库木萨克托乡是新疆著名的维吾尔族"乐器村"。

在这个村子里，男孩学习做乐器，女孩学习缝纫，一切都看起来天经地义。当我推开一家农户被白杨树遮掩的门，一个正在窗户下拼接窗帘的维吾尔族女孩向我展露出甜美、羞涩的乡村少女的脸。

在这样的家庭乐器作坊里，我常常看到一些正在做乐器的十三四岁的小男孩，他们大多有着小兽一般火热、腼腆的目光，我甚至现在还能叫得上一个小学徒的名字——吐尔洪，15 岁。

我见到他时，他正和另外四个几乎同龄的小伙伴在这里学手艺。一般说来，在这里学手艺的小男孩们满三年后才可以正式做乐器，这是一种约定俗成的传统。

没有人会因此而提出异议。

在库木萨克托乡一位村民家，我看到了一张木质的平台，平台上有锉刀、剪刀、锤等工具。一位维吾尔族小男孩在旁边劳作。他叫吐尔洪。

吐尔洪对我的惊奇不亚于我对他的。他不明白我为什么一个劲儿地往小本本上写字。这当然首先要归因于我的那些并不高明的追问。

我走上前去，问他："你制作的是都塔尔琴吗？"

"嗯。"

"你多大开始学习做乐器的？学了几年了？"

"嗯。"

"你制作这么一件乐器——哦，都塔尔得几天时间呢？"

小男孩抬起头看了看我："嗯。"

他少言寡语地继续投入他的小作坊的手工里去，将技艺变成了态度。而他手里的那些工具，正使一种物质变成另一种物质。

"你……上几年级了？"面对他，我感到有些吃力了。

"嗯。"

我蹲下身，胡乱翻了一下木桌上散乱的弦和大大小小的木块："这是桑木吗？为啥制琴都得用桑木？桑木制琴有啥好处呢？别的木头制琴为啥就不行呢？得用多长树龄的桑木做琴身呢？"我开始变得急躁起来。

吐尔洪低垂着眉眼："嗯。"然后开始说话，但好像并不是对我说，而像一个人在自言自语。我虽说是土生土长的新疆人，但我至今听不懂维吾尔语，那些单词像雨滴一样杂乱交错，并且相互碰撞。

我听不懂，好半天，我的喉咙里挤出一个字："嗯。"

现在，他向我无比骄傲地展示了他花了一个月的时间做好的热瓦甫，琴身还没有上漆，散发出好闻的木香，他把我的手按在琴弦上，"哈啰，热——瓦甫，拨一下子嘛"。

还没等我反应过来，他便将琴身抱在怀里弹了一曲变了声调的《追捕》主题曲——他把我当日本人了。

因为经常有各种肤色的外国人来参观和拍照，所以活计本身也就有了趣味性的表演，这些早早辍学在家学艺的孩子在这里学到的第一个英语单词就是"哈啰"。

在他家里，他的爷爷——年近 70 岁的马合木提说自己 6 岁开始学习做乐器，做了一辈子，他的 4 个儿子从小跟着他学习做乐器。经他们制作的乐器不知有多少件。他抱怨现在的二道贩子心黑得很，用很低的价格把村里人做好的乐器买走，然后用很高的价格在乌鲁木齐二道桥卖出去。

"大头的钱都被他们赚走了。"

"你的手艺这么好，干吗不去城里开店？开到乌鲁木齐二道桥去！"

"我的爷爷在这里做琴，我爷爷的爷爷在这里做琴，我为什么要离开？这个样子的嘛——"他摇摇头，不说话了，似乎对我提出的问题感到很不理解。

器物之美的一半是材料之美，材料是天籁，其中浓缩了许多人的智慧所难以预料的神秘因素。要得到合适的材料，必然会沐浴自然的恩泽。

维吾尔族的手工乐器多用桑木制成。

在马木提·热合曼看来，判断一件乐器的好坏是由材料决定的。要制作一件好的乐器，从备料开始就需要精心选择。桑树能长得很粗，树龄也长。桑木做乐器琴身的好处就在于它的材质坚硬，而且不易出现裂纹和变形。最重要的是桑木不仅纹理宽，而且纹理还一道硬、一道软，用这样的桑木做出的乐器才透音，音质好。用的时间越长它还越出光泽，油亮亮的。

用直径在60厘米左右，成长期为30年至50年的桑木做琴身是最合适不过的。但这样的桑木一般要到和田、莎车等地偏远的农村去购买。材料好坏从外观上是看不出来的。所以，有时用锯子锯开树材，就会碰到"节眼"。这些"节眼"都是当树还在幼小的时候，有人折了枝条，折了枝条的地方就自然长死，长大后形成了"节眼"，顾客一般是不喜欢像这样带有"节眼"的乐器的。所以，只能改做别的小物件，很可惜。

常年守在简陋的手工作坊里的琴匠们并不轻松。因为每一件乐器都要付出辛勤和智慧才得以完成，仅以砍削粗料成形为例，就要挥动一种"砍砍子"的工具上千次，而制作一把普通的乐器"弹拨尔"则需要半个月的时间。

但制作一件工艺品对一位消磨时光的工匠该有多么的重要！工匠们在木头上、石头上、金属上、花布上给"耐心"下了定义，然后让他们的耐心和他们的手艺一起流传或失传。

在这些古老的手工艺品身上,我看到了另一种被匿名、被忽略了的激情如何被灌注到对象当中,但又如此的谦逊——如泰戈尔所说的:"像大海一样谦逊。"

比如我在白桑子手工乐器店看到一把制于久远年代的都塔尔,琴身的装饰部分,居然用了2000多枚黄豆大小的牛骨头镶嵌而成——这只是一件日常生活的器物啊,但每一个细节都被工匠们烦琐而隆重地装点,却忘记了他们曾经怀着怎样的心情消磨着时间。

拥有和丧失,如同时光硬币的两面,享有它也就是磨损它。

趣味就这么打磨而成,时光就这么浪费掉。这也许就是工匠们的人生观、价值观。一切都仿佛天经地义。

能够拥有这么一把琴的人,都会认为是值得的。

"一把好桑木做的乐器可以用一辈子呢。"马木提·热合曼说:做一件乐器有选材、切料、打磨毛坯、拼接、装饰、涂料、调音等有十几道工序。因为都是纯手工制作,所以每一件乐器的音色都有着细微的差别。没有两件乐器是百分之百相同的。因为乐器是"唯一"的,买主便有了"拥有"了的感觉。

他告诉我,在他爷爷那一辈,维吾尔族人的乐器都是用牛骨做成的。用羊肠子或丝绸做的琴弦,弹出的声音也是最好的。

他给我指了指墙上的一张泛黄的画像。画像上一位长着白胡子的维吾尔族老人怀里抱着热瓦甫。"这个嘛,是我的爷爷,他怀里的琴是牛骨做的,很值钱。现在5000块钱都买不到。"

可就这么一件值钱的东西,却被他在"文革"破四旧期间,以30块钱的价格卖给了别人。

"当时我害怕嘛。"马木提·热合曼一脸痛惜的样子，认为自己简直是个败家子。

　　在我的要求下，他从身后取了一把热瓦甫，给我弹了一首曲子，微皱的眉开始舒展。

　　此刻，那曾经穿过窗棂的风已在暮色中静止。

寻

玉

　　和田是一个非常好玩的城市，它延续着传统。闹哄哄的街道表面上看起来是无序的，但实际上却是非常的安定，每个人都在做自己的事情。有人在清真寺旁的台阶上呼呼大睡，满不在乎地把整个巴扎当成自家的院子。

　　我想我是一个有着"巴扎情结"的人。玉石巴扎本身所具有的一种强烈的戏剧感，足以让人在轻微的眩晕中忘记现实。

　　在和田，玉石巴扎不是每天都有，而是在每周的星期五和星期日。各种各样的玉石摊子沿街而摆，在此摆摊设点的以维吾尔族人居多，但他们一般不戴玉件，特别是不戴雕琢成形的玉件，当地人说这是传统。对他们来讲，玉石只是用来交易的："玉石卖个好价钱就是玉，卖不掉就是块石头。"

　　但汉族人却不是这样，玉石不仅仅是用来欣赏的，还是用来养身安心的，"君子无故，玉不离身"说的就是这个道理。有了玉就一定要戴，要摸，越戴越有光泽，越摸越润。就是一块普通的石头，长久的抚摸之下也会成为宝石。

　　沿街的一家玉石店里，店里的老板正在把玩手中的一个玉件。店老板姓陈，他告诉我说：这是块古玉，家传的。早些年，这块玉还是土灰色，他的手每天在这个玉件上反复不停地摩擦，直至玉石发热。数年后，这块玉哪里是石头？分明是一件活物，通体油润，白如凝脂，还有些水汪汪的。

　　在和田玉石巴扎上，我遇到一位卖山玉（山流水）的维吾尔族人。这个中年男人叫木拉提。来自昆仑海拔 2300 多米的喀什卡什乡，翻译成汉语就是"玉石之乡"，当地人习惯叫它"火箭公社"，大概是说它所居的位置很高吧。

　　木拉提每个星期四上午从家里出发，身上背着几十公斤重的几块山玉，两个在路上充饥的干馕。玉石料的密度大，背在身上很沉，这让他看起来像一只微微躬身的虾米。每次下山，他都要翻越一座海拔近 3000 米的山，路几乎垂直地开凿在悬崖上，险象环生，他一侧身，手就能伸到裹着岩石的云朵中去。他必须走一步是一步，一步都不能打滑。

　　下了山就坐上班车，刚好可以赶上每周才开两天的玉石巴扎。吃完馕饼，在巴扎上找好一个位置安定下来，趴在放玉石的编织袋上睡一会儿，没多久，天就亮了，集市上人声鼎沸，将他吵醒，玉石巴扎开张了。他抹去眼角的眼屎，把几块"山流水"摆放好，等待买主。

　　到了下午，他的"山流水"才卖掉了一块：80 元。有巴掌大小。集市就要散了，他去马路对面的"卡瓦"（在馕坑里烤熟的南瓜）摊上吃了两块烤卡瓦，又吃了一份素拌面。看看天色，要回去了，下星期再来。

他笑了笑，打了几个饱嗝，齿间还留有没剔除干净的"卡瓦"杂质，站在冒着热气的"卡瓦"摊位旁，他同意我给他拍个照。

他把我给他拍照看作是对他本人的一种接纳。

在玉石巴扎上，我最爱看的是籽玉，籽玉最为贵重。这种卵形的、表面光滑的籽料经过流水近千年的打磨、搬运和分选，已变得圆润光滑。每一颗籽玉的形状和色泽都是唯一的，因而也是独一无二的。

它是时间的赋形。

籽玉出自玉龙喀什河。玉龙喀什河也就是白玉河从和田市经过的河段，喀拉喀什河（又名墨玉河）在它附近。据语言学方面的考证，"玉龙"为古维吾尔语，意为"白"。玉龙喀什即白玉河，河中出白玉（羊脂玉），枯水季节，下河趟玉者甚众，故名。

玉龙喀什河的源头是昆仑山，一般说来采玉是讲究季节性的，主要是在每年的秋季。昆仑山中有两条河流，靠夏季冰雪融化补给，当夏季气温升高，冰雪融化后的流水汹涌澎湃，山上的原生玉矿经风化剥蚀后变成玉石碎块，玉石碎块便由洪水携带而下，堆积在低山和河床中；秋季河水渐落，掩藏在卵石中的玉石显露出来，易于被人们发现。

冬天一个暖和的中午，刺目的阳光晒得我的脸发烫。我一走下玉龙喀什河的河滩，一群维吾尔族孩子便围了上来，变戏法似的在手心摊开一两枚乳白透亮的小石子："要吗？真的和田籽玉，就在这个河坝里挖的，在那——"其中一位少年扯起我的胳膊向远处胡乱指了指。

在和田，这恐怕是最小的生意了。

他们称这些石头是玉石。这些"玉石"大多没啥好成色，真假难辨。其状如纽扣，杏核般大小。他们缠着你，但不讨厌，因为这些孩子不贪婪。对他们来讲，一颗圆润洁白的小石子后面就是一把糖果、几本作业练习簿、几串红柳烤肉而已，他们只是在玩，以它为乐趣，活着，度过童年时光而已。

在南疆一些偏远的城镇和乡村中，维吾尔族少年总能够找到适合他们的谋生方式。这种生活在教育之外，带有游戏的性质，不能当真，因而是自然和自由的，并非绝对的谋生。对他们而言，生是主要的，谋是次要的。贫穷对于少年来讲并不像成人世界提起这个词所感到的那样可怕，贫穷，才是少年的正常状态，脱贫致富对于成年人来讲是真理，但对于少年，那是死亡之途。

因为一个腰缠万贯的少年是可怕的，就像一棵小树枝繁叶茂结满果实是可怕的一样。

我在玉龙喀什河的河床上漫无边际地走，到处都是卵形的石头，大大小小，只有河床中间有一段支流还有些浅水。

我在当中的一块石头上坐了下来。

虽说冬天不是拣玉挖玉的好季节，但眼见之处，到处是扛着铁锹、十字镐的采玉人。有携家带口的，有几人合伙的，还有闷着头抢着十字镐单干的。离我不远处的一位挖玉人紧握一把十字镐，凝神片刻后，猛地垂直砸下去，沙砾四溅。又蹲下来，用手在沙砾中细细翻找。

还有不少人在卵石裸露的河床上来来回回地走，不时地弯下腰，拣起一块石子，摸一摸，然后扔掉，再继续往前走。

伊明·尼亚孜，63岁，是洛蒲县普恰克其乡（豆子乡）的村民。与他一起的两个合伙人和他差不多年纪，也是这个乡的村民。我走过他们挖的巨大坑壕时，伊明·尼亚孜老人站在齐腰深的坑道里，正轮着十字镐一起一落地掘得满头是汗，抬头看见我，嘿嘿一笑。

伊明·尼亚孜从去年初开始就和另外两个人搭档合伙，在这条古河床上挖玉。通常他们三人是轮换着挖，挖到了玉石就会立刻出手卖掉，然后分钱，毕竟年老体衰，沉重的十字镐抡几下就气喘吁吁的，真是不容易！我不禁动了恻隐之心。

近一年半时间里，他们仨在这条河床上共挖了50多个大坑子，也只挖出价值4000多元的玉，却用坏了十几把铁锹。上个月，他们仨在玉河上游挖了一个多星期的坑，挖出来一块价值100多元质地不咋好的青玉，这100多元钱他们三人平分了，每人仅分得30多元钱。

"这30多元钱你干嘛了？"我问。

"巴扎上吃拌面、烤肉了，还给洋冈子（老婆）买头巾了。"

"还要继续挖吗？"

"挖呢，我的身体好得很。"伊明·尼亚孜憨憨一笑。

我坐在坑旁的一块鹅卵石上，一边看老人们挥舞工具，把坑道掘得尘土飞扬，一边翻拣脚下大小不一的石子。一块鹅蛋大小的半透明状的乳白色石头露了出来，我心头一喜。

"假的，你上当了！"伊明·尼亚孜瞅了一眼，"是石英石，这地底下多得很！"

"丫头，你拿回去吧，10年、20年以后它会变的。"伊明·尼亚孜冲我一笑。

"变成啥？"我傻乎乎地问。

"变成玉石。"

这老头，还挺幽默。

伊明·尼亚孜的合伙人艾沙告诉我，挖玉首先要选择好地方，挖一个直径为10—20米的大坑，采坑一般上大下小，呈漏斗状。边挖边找玉，挖好的沙砾堆积在坑的周围。

关于这种挖玉的方法，谢彬在《新疆游记》中说："常以星辉日暗候沙中，有火光烁烁然，其下即有美玉，明月坎沙得之，然得者寡，以不能定其外也。"

挖玉人操着南腔北调，成群结队而来，塞满了玉河狭窄的河床，在河谷阶地、浅滩及古河道的砾石层中挖寻玉砾，试图去抓住玉石最后一缕光芒。由于这些地方的玉是由流水带来的，砾石层之上早有或多或少的沙石覆盖，有的已被石膏和泥沙胶结成半胶结状，须用铁锹、十字镐等利器辅助。

由于挖玉付出的劳动很艰巨，长时间局限在很小的范围内，因此玉的获取率很低。隐藏的美玉带着永恒的秘喻，永远吸引和暗示着岸上的人，把自己当成亘古不变的占卜者，让他们在刹那间崩溃，刹那间狂喜，又刹那间颓废……

听当地人说，玉龙喀什河曾经发现过两块大的羊脂白玉，其中有一块是清朝时期发现的，重 17 公斤，现在就存放在北京故宫博物院。

还有一块是 1998 年发现的，重 14 公斤，通体润白，质如凝脂，是一块上好的羊脂美玉。据说是一位维吾尔族农民数天来在玉河挖玉未果，懊恼劳累之余，脱下衣衫铺在一处鹅卵石滩上准备睡觉，不料背部却被衣服下的一块硬物顶得怎么也睡不着，于是便生气地爬起来一把掀去衣服。一瞧，鹅卵石堆里露出的硬物正是一块上好的羊脂玉。玉石顶部有一大块色泽红润的"糖皮"。

据说在 2004 年，有一个由上千人组成的采捞队在玉河里拉网似的找籽玉，民工们一天只挣一元钱，双脚在冰冷的河水中一待就是一天，一连两个月一无所获。后来有一个民工碰巧踩在水中的一块石头上，石头翻了过去，整个人也都掀到河里，他生气极了，非要找到那块陷害他的石头不可，结果把那块石头捞出来一看，竟是一块 10 公斤重的羊脂籽玉！顿时，人们互相抱头痛哭。

中国自古就是一个讲究情韵的国度，每一个细节都浸透着古风。关于捞玉方法，古代文献虽多有记载，然而，由于古人对玉的宗教化，使采玉蒙上了许多神秘色彩。于是，关于这条河流诞生了许许多多的传说，以此来寄寓人们对这条暗藏美玉的河流的敬畏和想象。那就是：玉龙喀什河是一条与女性有关的阴性的河流。

"阴人招玉"，在《天工开物》一书中虽只是只言片语，但对古代和田采玉方式记载较详："白玉河流向东南（白玉河，玉龙喀什河）……其地有名望野者，河水多聚玉。其俗以女人赤身没水而取者，云阴气相召，则玉留不逝，易于捞取……"由此可知古时于阗的采玉还杂有阴阳之说，采玉者往往由女性充当，类似阿拉伯的采珠……

据说在古代，和田女性的开放作风，在许多史书上都有记载：裸体乃至性爱的陶俑时有出土。因此，说"女人赤身没水"在当时并不为怪。

"凡玉映月精光而生，故国人沿河取玉者，多于秋间明月夜，望河候视。玉璞堆聚处，其月色倍明亮……"（见《天工开物》）

"月光盛处必得美玉。"就是说在月光之下，羊脂玉显得特别亮。这些在古代没水取玉的女人让人联想的东西实在太多。想想看，皎皎明月夜，秋水相接处，男人们所有的喧哗、霸道、强悍、私利以及来自阳性的浊气都被抵御在这条河流之外，世界之外。这个时候，这些来自民间的女人们赤裸着身体，以一种无法想象的神秘力量一遍遍涉过玉龙喀什河的浅滩，用身体感知着脚下另一个阴性世界的低语。

而那些在乱石泥沙中掩藏的玉石像被赋予了灵性和生命，呼之欲出……

到了现代，在和田一带的专业拾玉者主要是维吾尔族男性中的老年人。他们的家大都在玉龙喀什河岸附近的农村一带。夏秋洪水过后，采玉人便手持长把小镐头，终日沿着浅水滩慢慢行进，反复查看玉河波浪的翻卷处，他们说，如波浪白而大，其下必有美玉。

在玉龙喀什河下游，我遇见了正在玉河中拣玉的买买提•伊明。他那一双锐利的眼睛透过水流的表层，顺着波浪的纹路，在一片看似平静的水面反光下面，盯紧着每一块石头，以及水面上出现的漩涡和波浪的曲线。

买买提•伊明今年 53 岁，和村子里绝大多数人一样，以在河坝中采玉为生。他记得自己在河上的生活。几年前，几十年前，他的父辈们也是挖玉的，这与其说是一种职业，不如说是一种宿命。一代又一代，一年又一年，他们几乎将全部的生活、感情沉淀于这条河的泥沙中。而时间早已像河水中人的倒影一样，被细碎的波澜揉皱，遗弃。

买买提•伊明告诉我，一个专业的拣玉人一般会有丰富的经验，很注意拾玉的地点和行进方向。他们找玉的地点一般在河道内侧的河滩或阶地，河道由窄变宽的缓流处和河心沙石滩上方的外缘，这些地方都是水流由急变缓处，在洪水过后都有利于玉石的停留。

而且，拾玉进行的方向最好是自上游向下游行进，以使目光与卵石的倾斜面垂直，这样易于发现玉石；但最主要的，是随太阳的方位变换方向，一般要背向太阳，这样，眼睛可免受阳光的刺激又能清楚地断定卵石的光泽和颜色。

他说，鉴于昆仑山北坡河流的方向，主体自南而北，所以拾玉的最佳时间是在上午。

在我看来，水中的道路和陆地上的道路是完全不同的，地上的路人们可以用脚感知，可以用自己的眼睛直接看到，并判断出道路的走向。尽管不断地犹豫，不断地选择，但仍知它通向何方。

但是，一条河流之上的道路却是隐秘的，它将自己的一切隐藏起来，其最终目的就是为了躲避人的寻找。因为水中的道路从来都不是固定不变的，一个拣玉人必须有穿透波澜的能力，凭着天赋、直觉、经验……将目光直抵河流的底部，看清每一个狭窄缝隙里的每一块石头。

　　这让我想到古代的人们曾经在静止的河水中观看自己的容貌；也曾经面对一盆水观测神秘的星相。仿佛这样就能够在俯视中远及天穹，以占卜未来，遍览从前。

　　一个采玉人终其一生，将自己的全部投放其中，仍然不能完全看清河流之下所隐藏的玄机。

　　"河坝是已经没有籽玉了，都给人挖走了。"买买提的脸上呈现出一种绝望的神情。

　　那个下午，我站在河岸上，心情复杂地看着眼前裸露着卵石的河滩。干枯的河床主干道已断流，眼睛望得到的地方，到处是大大小小的坑壤和纵横交错的沟渠。已有20万年历史的玉龙喀什河古河床正蜕变成为一个巨大的、喧闹的工地。重型挖掘机、铁锹、十字镐这些坚硬之物，正深深掘进它曾经健康的肌体。

　　在玉河大桥两侧绵延80公里处，百余台挖掘机在宽大的河床上日夜轰鸣，进行拉网式的推土挖坑，挖出的鹅卵石一个个码放整齐，堆放一边。古河床上被挖掘机刨过的砂渍层，几乎都被人一寸寸地反复筛选遍了，目的就是为了找到上好的和田羊脂玉，但收获甚微。许多人挖掘十天半月，也挖不出一粒拇指大的玉块来。

　　一位来自河南的老板告诉我，他去年花了血本买了两台重型挖掘机，挖了整整 120 天，只挖出价值 7000 元的玉石。

"简直是在赌博！"他苦笑说。从那时起他就洗手不干了，改行在农贸市场批发蔬菜。

"玉卖出了好价钱就是玉，卖不出好价钱它就是一块石头。"

对这一说法，我并不以为然。实际上，玉石之美对其自身来说正是与危险同义，虽然它早已被人赋予了某种社会文化观念，成为东方玉石的价值符号之一。但是，它现在正蜕变为人人追逐的猎物。

一望可知的事实是，玉龙喀什河孕育了这些珍贵的石头，只是它哺育得太多，因而它的意义早已淹没在它所创造的事物中。就像那些挖玉人，他们终年累日漂浮在这条干枯的河床上，像是神差遣来的苦役和信使。他们并不深知河水的无情，以及与生俱来的巨大特权，它可以给予一切，也可以让他们转瞬间失去一切。

一块美玉注定承载不了这样的重负，弯曲和变形，似乎已在所难免。

玉龙喀什河流经千百年，早已宽阔浑浊，暧昧不清，什么都暗藏其中。带着随波逐流的本性一直向前，不会挽留什么，不会目送什么，潮汐的到来和离去往往将所有的人影和烟尘收藏得无影无踪。河面上呈现的，永远只是面容和背影的更替。

那些掩埋在砾石之下的美玉，近似于虚拟中的美玉，深深掩饰住自己充满寓意的光泽，在聚集光亮的过程中，沉入更深的，却更为耀眼的暗。